顾梅珑 编著

20世纪文学
经典鉴赏

江西高校出版社
JIANGXI UNIVERSITIES AND COLLEGES PRESS

图书在版编目（ＣＩＰ）数据

20 世纪文学经典鉴赏/顾梅珑编著. --南昌:江西高校出版社,2023.7（2024.9重印）

ISBN 978 - 7 - 5762 - 3936 - 2

Ⅰ. ①2… Ⅱ. ①顾… Ⅲ. ①世界文学—现代文学—文学欣赏 Ⅳ. ①I106

中国国家版本馆 CIP 数据核字（2023）第 109279 号

出 版 发 行	江西高校出版社
社 址	江西省南昌市洪都北大道 96 号
总编室电话	(0791)88504319
销 售 电 话	(0791)88522516
网 址	www.juacp.com
印 刷	三河市京兰印务有限公司
经 销	全国新华书店
开 本	700mm×1000mm 1/16
印 张	13.75
字 数	218 千字
版 次	2023 年 7 月第 1 版 2024 年 9 月第 2 次印刷
书 号	ISBN 978 - 7 - 5762 - 3936 - 2
定 价	68.00 元

赣版权登字 -07 - 2023 - 425

CONTENTS

目　录

▼

20世纪：一个怀疑与反思的时代

昆德拉在《小说的艺术》中写道："在最高审判官缺席的情况下，世界突然显得具有某种可怕的暧昧性；唯一的、神圣的真理被分解为由人类分享的成百上千个相对真理。"[①]20世纪就是这样一个时期，价值观产生了天翻地覆的变化，对人文理性与宗教传统进行反思，具有强烈的文化批判倾向，提出了新的时代要求。与传统文学相比，20世纪的西方文学呈现出独特的新时代特征，它对"两希"传统有着不同程度的颠覆，真正进入了一个怀疑与反思的时代。正如昆德拉所说，现代世界诞生了，而作为它的映象和表现模式的文学，也随之诞生。20世纪的文学家多站在生命本体论立场，挖掘存在的真正本质，思考世界与人类的前途。"小说家既非历史学家，又非预言家：他是存在的探究者。"[②]而真正对于存在本质的把握，则需要借助一些文学的密码。因此，本书尝试从"荒原""城堡""血性""迷惘""南方""时间""存在""迷宫""忧思"等关键词进入20世纪文学经典，开启这场独特的精神探索之旅。

一、西方文学传统的回眸

> "在奥斯维辛之后，写诗是野蛮的。"
>
> ——阿多诺《文化批判与社会》

西方文学的学习，基本上分为三个部分：第一部分是从古希腊罗马文学到19世纪浪漫主义文学，这部分通常被认为是古典文学分期；第二部分是以批判现实主义文学为核心的近现代文学分期，涉及读者非常熟悉的一些作家的作

---

① 昆德拉.小说的艺术[M].董强，译.上海：上海译文出版社,2004：7.
② 昆德拉.小说的艺术[M].董强，译.上海：上海译文出版社,2004：56.

品,如司汤达的《红与黑》、巴尔扎克的《人间喜剧》、福楼拜的《包法利夫人》、狄更斯的《双城记》、夏洛蒂·勃朗特的《简·爱》、哈代的《德伯家的苔丝》、果戈理的《死魂灵》、陀思斯妥耶夫斯基的《罪与罚》、托尔斯泰的《安娜·卡列尼娜》等,这是小说兴盛的阶段,也是大师辈出的时期,很多世界文学的经典均出自这个阶段;而20世纪以来的文学则占据了西方文学三分之一的内容,这是最贴近当下现实的一代文学。那么,20世纪文学和传统文学有怎样的不同呢?这需要回归"两希"文化与"两希"文学进行探讨,因为它们是西方文明的源头。

古希腊文化与文学首先确立了以人为核心的人本传统。古希腊神话讲述的是神的故事,但我们看到的实际上却是活生生的人,即所谓的"神人同形同性"①。例如:宙斯虽然是众神之王,但他有好色的男性特点;赫拉虽贵为天后,但嫉妒成性,经常迫害情敌以及她们的孩子。再比如脾气暴躁的战神、性格木讷的火神、调皮的爱神、娇纵的美神都有鲜明的人性特征,是人格化了的神的形象。此外,古希腊的英雄史诗——《荷马史诗》,核心也是写人,最具代表性的是《伊利亚特》中英雄阿喀琉斯的形象。阿喀琉斯和中国传统文学塑造的英雄不一样,他有人性的弱点,易怒、残暴,但又代表了古希腊人追求荣誉、肯定现世价值的特征。再说古希腊的悲剧,一般被称为"命运悲剧",它表面写命运的不可抗拒,人命中注定被毁灭,实则却是要表达个体和命运的抗争,突出人的价值担当。西方文化的人本传统主要来自古希腊,贯穿着个体价值的本位观。延续至当代,甚至在好莱坞的电影中都有所体现,蜘蛛侠、钢铁侠、美国队长等都是个人英雄。突出个体的现世价值,是古希腊文学文化的核心特征。

西方文化还有一个源头,就是古希伯来文化。如果说古希腊文化的核心是"人",那么古希伯来文化的核心便是"神"。古希伯来文化在西方文化体系中的地位也非常重要。西方文化传统虽然强调个性解放,强调个体的价值,但是并没有达到为所欲为、有恃无恐的地步,之所以如此,就是因为有着来自"天国"的至高无上的约束力。这个约束的维度就出自古希伯来文化。托尔斯泰是俄国批判现实主义文学的重要代表作家,他在最著名的作品《安娜·卡列尼娜》中塑造的女主人公安娜,是典型的追求自我价值的女性形象。她挣脱婚姻中的各种束缚,不顾一切追求个人幸福。托尔斯泰创作初期是想写一个出轨的女人,

---

① 吴晓群.希腊思想与文化[M].上海:上海社会科学院出版社,2012:114.

却最终将她塑造成了世界文学史上熠熠生辉的女性形象。西方人本传统——尊重个体，将人的价值与自由放在首位，在这部作品中有集中体现。但是，安娜最后还是卧轨自杀了，并且在自杀前还进行了忏悔。她说："主啊，请宽恕我所有的罪吧！"可见，在西方文学中，还存在一个鲜明的约束性传统，这个传统就来自带有宗教性质的古希伯来文化。

著名的社会理论家马修·阿诺德曾经说过："希伯来精神与希腊精神，整个世界就在它们的影响下运转。在一个时期世界会感到一种力的吸引力更大，另一个时期则是另一种力更受瞩目。……和一切伟大的精神准则一样，希腊精神与希伯来精神无疑有着同样的终极目标，那就是人类的完美或曰救赎。"①可以说，西方文学的古典时期，是浓郁的人本传统和深厚的宗教传统交错并交织在一起而形成的，一方面尊重个体价值，一方面又存在最高审判，充满张力。然而，传统文学的张力，却在20世纪遭遇了前所未有的挑战。

20世纪究竟是一个怎样的时代呢？从社会背景上来看，20世纪遭遇了两次惨绝人寰的世界大战。战争对人类世界观与价值观的影响是难以估量的。18世纪启蒙主义思想家曾经预言，人靠自己的理性和行动，可以在人间建立天国，将人类推进文明世界。但是天国的设想并没有实现，迎接人们的却是两次世界大战，启蒙的神话最终被打破。这里并不是说启蒙理想不好，只是遁入现实，它便会掺杂很多复杂的因素，偏离了启蒙的初衷。著名社会理论家西奥多·阿多诺曾经说过："在奥斯维辛之后，写诗是野蛮的。"他的意思其实很简单：经历过战争的残酷，传统价值体系被质疑，文艺作品再也无法描写风花雪月，带上了黑色的印记。在战争之中，人性的黑暗、社会的弊病、文明的危机直接暴露出来，加速了传统大厦的崩塌。"迷惘的一代"是战后重要的文学流派，美国在"一战"中发了战争财，一跃成为世界强国，但战争摧毁了一代人的信仰，特别是年轻人在物质极度丰富的境况下，精神却更加无所适从。菲茨杰拉德的《了不起的盖茨比》，海明威的《太阳照常升起》，钱德勒的《漫长的告别》都是美国"迷惘的一代"的代表作品。除了战争，科技与物化的现代进程从另一侧面加深了20世纪的"迷惘"。20世纪文学关注人的异化与堕落，人往往被社会的

---

① 阿诺德.文化与无政府状态：政治与社会批评[M].韩敏中，译.北京：生活·读书·新知三联书店，2008：97.

"进步"所控制;科技的膨胀加剧了宗教的衰落。达尔文的进化论、地心说的提出、天文学的发展,都对宗教产生了强烈的冲击。如前所述,宗教在西方文化传统中具有很重要的约束力,但是随着科技的发展,天国被证明为虚妄,西方世界出现了普遍的信仰危机。在战争破坏与科技祛魅的双重合力下,传统的价值体系在20世纪濒临崩溃。

20世纪,是一个信仰出现危机的时代、一个怀疑与反思的时代,具体表现在对人文理性的反思与对宗教信仰的怀疑。尼采首先提出"上帝死了"这一论断,他在《查拉图斯特拉如是说》中写到了一个超人,大白天提灯笼,到处向人们宣告上帝的死亡,并表示"上帝是我和你,我们大家一起杀死的"①。这是一代人的宗教危机和信仰破裂的宣言。文学方面也出现了相应的变化。在阅读古典文学时,我们通常会感觉非常幸福,因为它诉说着真善美的和谐,诉说人的力量、理性的高贵、精神的伟大、灵魂的崇高,告诉人们要坚守美善、摒弃丑恶,使心灵得到净化与陶冶。但是到了20世纪,随着意义的丧失,人变成了"虫豸",失去了价值目标,根本无法掌控自己的命运。在卡夫卡的作品《变形记》中,我们可以看到这一完整的退化过程。20世纪,是最贴近当下的时段,我们就生活在这样一个充满怀疑、迷惘与反思的时期,一切坚固的东西都烟消云散了,这在20世纪的文学经典中有着最集中的呈现。

二、百花齐放的文学样态

"生活中只有一种英雄主义,那就是在认清生活真相之后依然热爱生活。"

——罗曼·罗兰《米开朗琪罗传》

对20世纪文学有较大影响的思想家有叔本华、尼采、柏格森、弗洛伊德等。叔本华在黑格尔哲学如日中天的时代便指明了非理性的重要,他的学说在当时颇受冷遇。据说他的课堂冷冷清清,与黑格尔讲堂爆满的盛况形成了鲜明的对

---

① 尼采.尼采四书:快乐的科学[M].孙周兴,译.上海:上海人民出版社,2020:185 – 187.

比。叔本华曾经预言，他将属于下一个时代，事实的确如此。叔本华对人生持有悲观的看法，他认为生存意志(will to live)推动着个人去追求一个又一个目标，而"人生是在痛苦和无聊之间像钟摆一样的来回摆动"①，最好能做到无欲无求。尼采是叔本华的超级粉丝，他在地摊上发现了叔本华的著作，如获至宝，但他并没有停留于叔本华的"生存意志"，而是进一步提出了权力意志(will to power)一说，肯定了此岸的价值与个体的生命能量。他重估了一切价值，对道德、宗教与理性进行了颠覆性的批判，提出了"超人与末人""主人道德与奴隶道德"等全新看法。他的震撼性名言有："每一个不曾起舞的日子都是对生命的辜负。""对待生命不妨大胆一些，因为我们终将要失去它。""那些杀不死你的，终将使你变得更加强大。"可以说，句句都是生命的兴奋剂。柏格森，关注时间与心理，对意识流文学产生了很大影响。他的哲学属于"生命哲学"，对生命本质提出了不同于"物质性"的多元看法。弗洛伊德，发现了人类意识冰山一角下潜藏的巨大的潜意识领域，引领人类重新审视自己的深层心理，其"三重人格"理论及"文明与缺憾"的观点在现代小说中都可以找到印证。20世纪文学，最大的特征是"向内转"，文本不再呈现明晰的故事情节，作者关注人类的痛苦、挣扎与迷惘，描摹内心世界，思索并探寻出路。所以说，20世纪的文学家也是思想家，只不过是换了一种形式来表达他们对于世界的思考。文史哲不分家，思想大师与文学大师之间息息相通，他们关注的都是人类的心灵世界与精神出路。

20世纪文学通常被分为现实主义、现代主义、后现代主义三大板块，其实很多作家作品超越了单一的三分领域，将不同因素糅合进自己的文学世界，形成了别具一格的文本风景。20世纪现实主义文学，主要继承了传统的现实主义，但是与其相比又有典型的时代特征。这一时期首先出现了大量的长河小说。小说发展到20世纪已经相当成熟丰富了，质量与数量齐头并进的长河小说是这一时期现实主义文学的代表，比如多卷本的《福尔赛世家》《约翰·克利斯朵夫》《当代史话》等，它们基本还是继承了现实主义文学的传统写法，有完整的故事情节，塑造典型环境中的典型人物，对社会现实与阶层压迫进行揭示与批判。然而，20世纪大多数现实主义作品已经具有现代主义文学的特征，包括情节淡化、心理描写突出、隐喻丰富等，其中劳伦斯的小说最具代表性。20世纪现实主

---

① 叔本华.作为意志和表象的世界[M].石冲白，译.北京:商务印书馆,1982:427.

义文学还有重要的一部分是反战文学、左翼文学与红色文学。现代主义文学是20世纪反叛传统、追求新奇的文学流派总称，它是20世纪文学中较为成熟的文学样态，也是其中的核心思潮。关于后现代主义文学，存在的争论颇大。到底哪些文学流派属于真正意义上的后现代主义，也是仁者见仁智者见智。不过总体来说，人们认为后现代主义文学具有以下一些特征：一、文本具有虚构性与本体性，写作与阅读成为一种游戏；二、被称为"破坏性文学"或"反文学"，更具破坏性与反叛性，无视任何既定规范，极度自由，无中心、无意义，反英雄、反形式、反美学，具有"碎片"化的外在形态；三、与大众社会与文化产业联系密切，呈现两大趋势——或更加极端与激进，或更趋平面化与通俗化。伟大的文学大师，往往自由穿梭于多种文学板块之间，集各种因素于一身，其精神世界由此得以充分表达。

围绕三种文学思潮，20世纪文学又分为很多流派。一般认为，现代主义思潮主要包括后期象征主义、表现主义、未来主义、超现实主义和意识流五大流派。其中，未来主义主要表现于诗歌上的激进革新，而超现实主义虽然有相关小说，但主要成就还是在艺术领域（如达利的布面油画《记忆的永恒》是典型的超现实主义作品），文学上的直接贡献不是太突出。超现实主义小说写得很梦幻，推崇下意识写作，直接写支离破碎的梦魇，造成了阅读上的障碍。不过，这两大流派的艺术技法对20世纪文学都产生了某种程度的影响。现代主义的主要成就集中于意识流小说的创作中。意识流小说是典型的现代主义流派，拥有许多重量级的写作者，比如乔伊斯、福克纳、普鲁斯特与伍尔夫。尽管这些作家都曾以意识流的方法来书写小说，但其实每个作家都有各自运用意识流方法的原因与视角，呈现出对于现代世界的多元感受。

"二战"以后，尤其是20世纪60年代以来，文坛又出现了一些重要的文学流派，包括存在主义、荒诞派、黑色幽默、垮掉的一代与新小说派。其中，最著名的是存在主义文学，这是以法国作家萨特、加缪为核心的流派，并将影响扩大至整个文坛。荒诞派和存在主义一样表达着荒诞的主题，它是现代戏剧舞台盛开的黑色罂粟，在某种程度上继承了存在主义对荒诞世界的描述，但是失去了叙事方法上的冷静客观与逻辑条理，以荒诞的形式来表达荒诞的内容。"垮掉的一代"是战后青年一代的宣言书，呼应了世界各地掀起的反文化运动狂潮，抛弃了"迷惘的一代"的诗意与渴求，让生命发出了痛快的尖叫，金斯伯格的《嚎叫》

与凯鲁亚克的《在路上》是其中的经典。黑色幽默与新小说派也风行一时。黑色幽默以"反英雄"与浓郁的绝望著称，代表作是海勒的《第二十二条军规》，"Catch-22"已经成为荒诞世界与暗黑规则的代名词；而法国新小说派通常被认为是后现代主义的典型代表，对传统小说的"主观"写作方式进行了全面颠覆，代表作家为阿兰·罗布-格里耶，而另一代表作家克洛德·西蒙(代表作《弗兰德公路》)荣获诺贝尔文学奖则标志着法国新小说派已经得到了西方文坛的认可。20世纪还有一种独特的文学样式，是以马尔克斯《百年孤独》为代表的魔幻现实主义文学，它用魔幻的手法来反映现实，形成了拉丁美洲的文学大爆炸。2018年获得诺贝尔文学奖的波兰女作家奥尔加·托卡尔丘克沿袭了这一"魔幻"写作法，她的《太古和其他的时间》《白天的房子，夜晚的房子》就是典型的魔幻现实主义的作品。还有一些作家很难被归入某个流派，比如卡尔维诺、博尔赫斯、纳博科夫，他们各具特色、自成一家。

20世纪的文坛百花齐放，每种文学样式都有各自鲜明的特色，每位文学大师都有自己耕种的园地。不过，作为出现在同一时期的作家作品难免不被时代打下烙印，呈现出20世纪文学的共通性。

首先，20世纪文学开始对传统人文观念进行反思，进入怀疑的时代，价值观产生了巨大颠覆，具有强烈的文化批判倾向，不再坚守传统理性原则，不再坚信人道主义理想，而是站在生命本体论立场，挖掘存在的真正本质，思考世界与人类的前途，对人文传统以及宗教传统进行反思，呼应时代提出的新要求。

其次，20世纪文学由热衷于对社会的批判转向对自我深层意识的探讨，挖掘人的真正本质。20世纪文学具有"向内转"的倾向。以小说为例，19世纪小说大多属于批判现实主义领域，更多关注小人物的悲惨命运、阶级的压迫、社会的矛盾、劳资关系等外在社会层面的问题；但20世纪小说，则对自我、存在、生命本质等领域进行深入探索。这种转变与时代关联密切，因为人类失去了家园，异化感日趋严重。在一个科技飞速发展的世界，如何自我拯救这一问题就变得异常重要。

最后，20世纪文学从外部的社会问题转向人的存在本身问题，开始关注自我，探索人类的命运与出路。它的内容主要是呈现现代人独特的生存境遇，凸显荒诞与异化的主题，集中于个人与个人、个人与社会、个人与自然、个人与自我之间的关系，包括现代人所遭遇的普遍问题，如世界对人的异化、人在社会机器前的渺小、人与人之间的孤独与隔膜、个性的丧失、自我的异化,等等。这些都是20世纪文学的常见主题。

三、进入群星璀璨的时代

"阅读不再是一种消遣和享受,阅读已成为严肃的甚至痛苦的仪式。"
——吴晓东《从卡夫卡到昆德拉:20世纪的小说和小说家》

20世纪是群星璀璨的时代,每位作家都在尝试拨开时代的迷雾,开启探索20世纪的艰难之路。我们唯有抓住那些直观的文学密码,进入他们的文学世界,才能审视我们共通的存在。本书遵循这一思路,从"荒原"的世界(艾略特)开始,呈现"城堡"的阴影(卡夫卡),呼唤"血性"的回归(劳伦斯),揭示繁华下的"迷惘"(菲茨杰拉德与海明威),追寻逝去的"南方"(福克纳),重塑"时间"的乌托邦(意识流小说家),考量"存在"的自由(萨特与加缪),感受玄思的"迷宫"(博尔赫斯),完成未竟的"现代性事业"(贝娄)。本书对各个作家探索的视角虽各不相同,却相互交织、互有补充,呈现出20世纪文学特有的精神样貌。这场文学经典精神的探索之旅,注定是惊心动魄的。

"荒原",是20世纪作家笔下世界的总体样貌。几乎所有现代文学大师的探索都以荒原为起点,由此开启了一个充盈着悲剧却又无比辉煌灿烂的文学时代。艾略特是明确提出"荒原"这一概念的英国现代诗人,他的伟大不仅仅在于获得了诺贝尔文学奖,更为重要的是找到了描述20世纪最精准的词语——荒原。所谓"荒原",是现代人在失去终极救赎,价值理性坍塌,又找不到精神支柱呈现出来的普遍的心灵荒芜。当然,这种荒芜不是物质上的匮乏,更多是精神上的贫瘠,包括信仰危机、精神虚空、欲望泛滥等种种现代危机。显然,荒原就是现代世界的象征,展示了战后西方文明的危机和传统价值观念的崩塌,反映了整整一代人理想的幻灭和绝望。艾略特以一种强烈的诚实描述了失去终极救赎的人类可怕的空虚,写下了"没有爱情的情歌""四月是残忍的月份"与"世界结束的方式"等。艾略特的探索过程,是从荒原上的痛苦、对荒原的认知起始,最终找到了回归传统之路,奏响了"四首四重奏",开启了金色世界的大门。

"烈火与玫瑰化为一体"——古典世界的和谐与永恒，是艾略特对抗"荒原"的最后武器。

"城堡"，形象地表达了外在世界的混乱、压迫、冷漠和障碍，不动声色却又惊心动魄地折射出每一个现代人遭遇的生存危机。卡夫卡，是 20 世纪可以与文艺复兴时期的但丁、莎士比亚相提并论的世纪伟人。他一生平淡，几乎没有离开过布拉格，却以其纯粹的写作，真实地直面生命本身，揭示出既属于自己又与整个时代相通的生命体验。卡夫卡的写作是私人化的，他心思缜密、描摹细腻，能够直面内在的恐惧、孤独、焦虑、绝望。也恰是这种私人化，让其能够真实地呈现出个体的生存处境，让阅读者产生深深的共鸣。尽管在写作领域卡夫卡采用的是变形、扭曲的表达方式，通常被列入表现主义文学阵营，但他却是 20 世纪最直接而真实的记录者，他的困境就是现代人的困境，成为 20 世纪当之无愧的伟大的写实主义者。总体来说，卡夫卡小说延续了荒原文学对于现代世界的绝望看法，然而孤独者的探寻与弱者的追问让卡夫卡的文学世界平添了一丝光亮。在他笔下，那些无名的 K 们——没有身份的异乡人、孤独的探索者、不合时宜的小人物，都是清醒的反抗者，即便挣脱不了现代的罗网，也有努力去了解真相的勇气。他们超越了异化与沉沦的常人处境，努力探寻本真生命的存在样态，闪耀着执着的精神光芒。

"血性"，性与血紧密相连，映照出文明的危机，呼唤生命摆脱现代负累回归原始，恢复本来的样貌。了解了"血性的秘密"，也就读懂了 D. H. 劳伦斯。劳伦斯对两性之间的奥秘进行了前所未有的细致入微的探索。他完全以严肃与真诚的态度来对待性爱问题，将关注的目光投射到人的自然天性、黑暗本能、潜意识世界，用"血液""感知""直觉""火焰"等词语来描绘难以捕捉的生命暗流，抵抗那些由"头脑""智力""思想""文明"构建出来的理性规范和精神枷锁。劳伦斯一生都在探索两性问题，关注婚姻不幸、家庭战争、灵肉分离、亲子危机等人伦创伤，揭示现代文明及其带来的价值危机。战争之后，劳伦斯失去了对工业社会的最后一丝希望，以绝望的姿态接受现实，却更加迫切地将两性问题推向了前台。他认为，在文明的废墟上，只要生命不死，一切就有希望。劳伦斯的小说自始至终写满了对生命的热望——那摇曳在山间的小野花，那破壳而出的小生命，那健康结实的古铜色的胳膊，那轻盈自信的翩翩舞蹈，那在暴雨之夜狂奔的女性裸体——处处是蓓蕾！处处是生命的突跃！翻译家黑马曾将劳伦斯的作品看作是"生命的童话",恐怕没有比这再贴切的形容了。

"迷惘",是生活在荒原上的一代青年特有的情绪表达。美国"迷惘的一代"有两个领军人物:一个是菲茨杰拉德,一个是海明威。这两个写作风格迥异的作家同属一个时代,曾经是非常好的朋友,都写出了属于20世纪特有的"迷惘"经典。迷惘将他们紧紧联系在了一起。作为起点,菲茨杰拉德是当之无愧的"迷惘的一代"的代言人,他在迷惘中生,在迷惘中死,一边忏悔一边堕落,至死也未能走出迷惘的深渊;与之相对,早期的海明威也是个地道的迷惘者,但他似乎在不懈的探索中找寻到了一条冲出迷惘绝境的道路。海明威生长于20世纪深深的幻灭土壤里,但他恰恰在绝境边缘寻求出路,认为有尊严的人需要冲破时代的迷雾。在《老人与海》中,他写道:"一个人可以被毁灭,但是不能被打败。"从菲茨杰拉德到海明威,一代青年探索的心路历程就此呈现。在一片没有上帝的荒原之上,是随波逐流,还是坚守尊严?海明威找到了"重压下的优雅",与传统硬汉形象不同,他认为20世纪的硬汉恰是一些"失败的英雄",能够面对命运重压(痛苦、挫折、诱惑、恐惧、死亡)仍保持着人的尊严、勇气和优雅风度。这是身处绝境中的人的价值和精神,是对个体存在价值与生命尊严的肯定,也与古希腊的悲剧精神遥相呼应。海明威的小说,为走出繁华的迷雾点了盏明灯。

"南方",是理解福克纳文学世界的关键词。很多文学中潜藏着作家的地域情结,这种情结不分国别、种族,承载的内涵各不相同,对于生活在20世纪的现代人来说,却具有普泛性的深层意义。福克纳笔下的"约克纳帕塔法"也是如此,虽然似乎写的都是故乡的故事,作者却将它呈现给了全世界,留下了时代洪流途经此地的真实印记。福克纳徘徊在传统与现代之间:既回不到过去,又跟不上现代的节奏;既无法保留传统的那些美好,又无法适应现代的进程。在他笔下,一切都充满了悖谬:爱米丽小姐的一生是不适应现代进程的一生,她退回到封闭的传统世界里,留下了腐朽怪异的形态;凯蒂倒是走出了南方世界,但并没有找到幸福与出路,她在自由恋爱中被抛弃,又在功利婚姻中被利用,最后不得不辗转到北方社会沦落为妓女。前者是坚守传统的悲剧,后者是走向现代的悲剧。福克纳全景呈现了南方从传统走向现代过程中的各类黑色悲剧,精准传达出个人在时代夹缝中无法言说的痛苦,其小说通常显现出常春藤般纠结缠绵的文风,矛盾、痛苦、悖谬与危机感错综交织,形成了作品独特的张力,表达出对人类发展前景的深深担忧。为此，福克纳的"南方"也承担起了拯救的重任，他以悲悯之心关怀每一个受伤的灵魂，抵制现代进程中的困顿与仇恨，对人类的苦难感同身受，真诚呼唤爱与信念的回归。

"时间"，是每个现代人难以逃脱的牢笼，也是现代文学关注的核心，其中最具代表性的便是意识流小说。意识流是 20 世纪上半叶最重要的文学流派，伍尔夫的《达洛维夫人》、普鲁斯特的《追忆似水年华》、乔伊斯的《尤利西斯》和福克纳的《喧哗与骚动》都是意识流小说的典型作品。与传统乐观进步的时间观不同，现代人看到了时间的悲剧与恐怖。他们对时间的体会实在是太深刻了，从而呈现出共通的时间焦虑，并采取不同的方法来阻挡时间之矢，对这种不可逆转、消解一切、摧毁一切的时间予以挽留，加以拯救。伍尔夫描写了真实流动的意识，将过去、现在、未来串联起来，表现变幻莫测、错综复杂和难以理解的生活。作为敏感的女性作家，她对心灵世界充分加以呈现，不再局限于社会问题（尽管现实的阴影渗透在作品的字里行间），而是沉潜于心灵世界，加深对生命的思索。普鲁斯特借助时间的"触点"破译出已经消逝的时间密码，将烟消云散的过往从缥缈的时间之河中打捞上来使之永恒，最终构筑起时间的纪念碑，挽留了生命中的美好。这是对生活本原的一次确认与追怀，是对流逝生命的一次回眸与首肯，正是在这样的追忆行为中，生命得以永存。乔伊斯则以普通人的一日来呈现千篇一律、琐碎而平庸的现代生活，写出了一个英雄不再的时代，原生态地重现了现代都市的场景，穷尽了现代生命的生存样态。《尤利西斯》通过与古典神话的对比，揭示了当下人类普遍的精神状态。显然，意识流小说中的时间不仅仅是时间，更是现代人全部的生活与渴望。

"存在"，是 20 世纪下半叶文学表达的重要主题之一。"二战"之后，普遍的信仰破灭与理性危机，在这一时期都达到了白热化的程度。人类从来没有像此刻这么绝望、悲观、沮丧，重新探索人的出路显得尤为重要，存在主义思潮正是在这样的背景中诞生的。存在主义文学关注的核心问题是：在一个荒诞的世界中，人应该怎么活？20 世纪是一切都变得十分可疑的时代，人类失去了家园的记忆以及被承诺的乐土的希望，觉得自己是被放逐的异乡人，产生了荒诞的感受，觉得生活毫无意义，理性关系割裂，存在的价值及目的丧失。在了解世界的荒诞本质之后，如何面对荒诞就显得非常重要。直面荒诞，人类获得了前所未有的自由，可以自由选择自己的人生，但需要为各自的自由负责。加缪以西西弗的神话作为比喻，认为人生就如同西西弗推石头上山的惩罚，是绝望而沉重的。然而，人生的意义就存在于西西弗推石头上山的过程之中，人的价值和尊严便存在于反抗荒诞的行动之中，努力奋斗的过程足以充实人心。当然，西西弗的幸福不仅仅是因为有力量去对抗荒诞，赋予虚空的人生以过程意义，更是因为他感受到了人生的美好，是热爱生活的人。从直面荒诞到走向幸福，存在主义感兴趣的是如何做好一个真正的人，选择那条通向阳光之路。

"迷宫"，是描述后现代文学文本的经典词汇。博尔赫斯，作家中的作家，一位独具慧眼的世界秘密的探索者，他以独特的方式构建出布局精美的文本世界，却折射着对现实最深沉的关怀，为多姿多彩的后现代世界增添了一道最亮丽的风景。与传统小说家不一样，博尔赫斯是只写小文章的大作家，小说中没有"典型环境中的典型人物"，与具体人间事物似乎没有太直接的关系，更多是探索形而上的问题，涉及真实和虚构、时间和空间、有限和无限、偶然和永恒、生命和死亡等世界的永恒秘密。不过，千万不要因此认为博尔赫斯只是一位玄学家，认真阅读博尔赫斯，便能够感受到他的现实关怀。他将世界看成一个谜，每一部作品都是一个解谜的过程，都想解决人生的难题，有着相对独立的空间，承载着他对于世界与生命的多彩玄思。如果顺着他给出的阿里阿德涅的线团步入迷宫，便能找到作家真正想表达的文学精神，发现他超越时空的普世关怀。

"忧思"，表述了一个作家面对世界人生的大情怀。索尔·贝娄是美国20世纪下半叶多元文化语境中的思想型作家，他一生关注着20世纪现代人的诸多问题，在其60余年的创作中，既有知识分子对物欲消费社会的批判意识和精神性坚守，也在形而上领域不断叩问人的存在意义，表现了物质与心灵、个性与道德、意义与虚无等现代人的困境。他不断地感叹：现代化成功了，而人本身的价值却变得微弱且逐渐让位，成为被机械、数字、效率统领的对象，人文思想、文化经典、精神心灵等在各种发展数字面前变得无足轻重。在几乎是全人类都在质疑传统观念的20世纪大语境中，此类思考回应了现代人的种种困惑。也可以说，贝娄在一个复杂丰赡的世界，以文学的方式参与了20世纪欧美思想界的各种现代性反思，构成了贝娄对历史现实的当下关怀和知识分子的使命意识。同时，其叙事通向个体生命与人性精神深处，在一个个具体情形中，在一次次精神困顿中，伴随着不断的质询与纠结，体现了贝娄和欧洲传统人文理念的藕丝联系及其矛盾心理。重要的是，面对此情此景，贝娄有着坚实的积极态度。他在作品中借人物之口说："我们正试着和把我们打翻在地的事实共处""价值标准王国和事实王国并不是永远隔绝的"（《赫索格》）。人类确实制造了一片一片的荒原，但并不能说明人类即将毁灭，我们可以怀抱希望，在反思与批判中不断努力，去寻求和重新建构人性和历史。

吴晓东表示，在 20 世纪，"阅读不再是一种消遣和享受，阅读已成为严肃的甚至痛苦的仪式"①。阅读 20 世纪文学经典的过程，是个体对于自身生存境遇的追问与考量。20 世纪文学是建构在荒原之上的绝望的文学，不再给人类提供廉价的希望，但是 20 世纪的文学家恰恰是反抗绝望的斗士。我们在阅读 20 世纪文学经典时，会发现作家们不是高高在上的，他们一样遭遇了痛苦、迷惘与绝望，他们关注的问题也是现代个体的生命之痛。然而，每一位文学大师都打开了一扇窗户，让我们看到他们苦难的同时也看到他们寻求光亮的努力。他们对生命抱有悲悯之心，不断挣扎、反抗、探索、追求，为我们走出现代荒原树立了一个又一个精神路标。步入他们的文学世界，我们可以在精神上与思想上寻求某种支撑，尝试找到一条可能走出危机的道路。这或许是学习 20 世纪文学经典最现实与最直接的意义。

---

① 吴晓东.从卡夫卡到昆德拉：20 世纪的小说和小说家［M］.北京：生活·读书·新知三联书店,2003：4.

第一章　艾略特：荒原上的丁香

　　T. S. 艾略特（Thomas Stearns Eliot, 1888—1965），伟大的现代诗人。1948年，他被授予诺贝尔文学奖，以表彰其对当代诗歌做出的卓越贡献和所起的先锋作用。当然，艾略特的伟大之处不仅仅在于他获得了文学最高奖项，更为重要的是他找到了那个描述 20 世纪最精准的词语——"荒原"。20 世纪文学是建构在废墟上的文学，环顾四周，"诸神退场"，世界一片荒芜，传统的价值体系分崩离析，终有一死的个体失去了精神目标，徘徊在意义匮乏与欲望蒸腾的现代都市，不知该何去何从。诗歌高居于语言的峰顶，讲解诗歌是一件非常困难的事情，因为据说只有通灵者，即非常具有灵性的人才可以写出诗来。再加上艾略特是个博学多识、精通多国语言、对文学典故如数家珍的学院派诗人，理解他的诗歌真的是"一件痛苦的仪式"。然而，诗歌虽然难懂又难讲，但艾略特的诗歌却不得不讲，因为他的"荒原"是 20 世纪文学的起点，几乎所有现代文学大师的探索都是从"荒原"开始，并由此开启了一个充盈着悲剧却又无比辉煌灿烂的时代。

第一节　一个字也看不懂

　　"在写《荒原》时，我甚至不在乎懂不懂得自己在讲些什么。"

——艾略特

　　在外国文学史教材中，艾略特的诗歌一般被归属于后期象征主义流派，这是 20 世纪西方文学第一个颇具影响力的文学流派。有后期象征主义当然就有前期象征主义，前期象征主义一般指 19 世纪末期以波德莱尔为代表的象征主义诗歌。所谓象征，就是用一些意象、一些暗示，来表现内心诚挚的情感，传达深邃的意蕴。与浪漫主义类似，象征主义也注重表达内心，然而差别在于，它不是直抒胸臆,而是一般要凝结成合适的象征体后再进行表达。象征派写诗需要经过情感的沉淀,要找到象征体,精准地将感情附着其上。19世纪象征主义代表诗人波德莱尔有四首描写忧郁的诗歌,通常被称为"忧郁四首",这是他非常有名的一组象征诗。这四首诗都在写人的忧郁,表达个体心情的苦闷,然而其间一个"忧"字都没写,没有任何诗行提及自己的忧愁与苦闷。他写到了下雨天,天像一面巨大的锅盖,压抑的氛围由此而生;他还写到了一辆灵车,送葬的队伍,黑色的人群,挂满了蜘蛛网的牢房。这些意象交错穿插之后,便将19世纪末个人的颓废、痛苦的心绪很好地传达了出来。除了波德莱尔,19世纪末象征主义还有著名的"三巨头"——魏尔伦、马拉美、兰波,他们集中的特点是用象征、暗示的手法表达内心,表达个体隐秘的内心世界。

以艾略特为代表的后期象征主义与前期象征主义相比,在新时期发展得更为成熟,主要表现为:"从简单象征发展到意象象征,从个别象征发展到普遍象征,以揭示普遍的真理,从情感象征发展到情感与理智并举,具有思辨性和哲理性。"①什么叫"从简单象征到意象象征"呢? 显然前期的象征诗歌表达相对单纯,比如写忧郁,大部分的意象围绕忧郁展开;而后期的象征主义会围绕核心主题进行发散,形成一个个彼此关联的意象群,比如艾略特的《荒原》,涉及火、水、欲望、死亡等多个意象群,形成了体系,相对来说更加复杂。什么是"从个别象征发展到普遍象征"呢? 个别象征主要从个体出发,将个人内心用象征的手法表现出来,但是到了后期象征主义,开始深入到对全人类普遍性问题的探讨。比如瓦莱里《海滨墓园》中的生死问题,诗人来到临近大海的墓地,面对大海回望墓地时,他开始感慨生命的有限与宇宙的无限,写下了这首意蕴深远的长诗。再比如艾略特的《荒原》,描述的是现代文明整体的精神状态,因而更复杂、更开阔、更具探索性,也更有哲理性与普遍性价值。总之,前期象征主义题材相对狭窄一点,主要表达诗人的内心,到了后期象征主义,开始走向对世界本质与人类命运的广阔探索。

值得一提的是,每一位后期象征主义大师都是值得关注的大家,他们都是各自诗歌王国中的国王。瓦莱里的代表作《海滨墓园》谈论生死问题,里尔克《杜伊诺哀歌》谈论存在问题,叶芝《驶向拜占庭》则谈论艺术问题。里尔克写

---

① 郑克鲁.外国文学史:下[M].2版(修订版).北京:高等教育出版社,2006:120.

道:"谁,倘若使我叫喊,可以从天使的序列中/听见我?其中一位突然把我/拉近他的心怀:在他更强烈的存在之前/我将消逝。"①在没有信仰、没有理性支撑的世界里,人类发出了追问,这便是现代派诗歌中"现代"的内容。当一个人痛苦到仰天呼号之时,却没有天使降临,因为"诸神隐退",诗句揭示了现代生存的残酷真相,这是人类面对当下荒诞境遇——价值颠覆、信仰消失之后发出的悲鸣。叶芝早期是个浪漫派诗人,那首著名的《当你老了》便带有鲜明的浪漫主义色彩;创作后期,他开始转向美的价值探索,试图在古典王国完成拯救。叶芝的代表作《驶向拜占庭》是典型的后期象征主义代表诗作,表达了一代人在艺术王国里寻找永恒的尝试。

艾略特也是后期象征主义的典型代表,他的《荒原》中有上百个意象与典故,需要精通庞杂的西方文化知识才能够读得懂。有的诗句看上去很直白,却暗含典故。一些对西方文化感兴趣的人进行这方面的探索,会发现是一件很有意思的事情。艾略特是典型的学院派作家,他曾在多个大学求学,是哈佛大学的高才生,也曾在哈佛大学任教。此外,他还精通各种古典文学,掌握多种语言,其诗歌写作足见其博学多识。他的生平中还有一件值得提及的事情,那就是婚姻的不幸,他的妻子后来去了精神病院,这也是许多人揣测他在诗作中表达对爱情与女性不满的原因之所在。不过,艾略特是反对把作品与作家混为一谈的。就像钱钟书调侃那些想要和他见面的读者时说的那样:如果你喜欢一枚鸡蛋,为啥非要见到那只下蛋的母鸡呢?这种观点与艾略特的创作理念非常一致。

艾略特的诗歌理论可以参见他的文论《传统与个人才能》,在其中,他详细表达了自己的象征主义观念。第一,诗歌的"非个人化"特色。艾略特认为感情太强烈时,需要沉淀,要将"自我"藏起来,让情感在胸中酝酿,再将它用另一种形式表达出来。因为要去除诗歌中个人的感情,所以被称作"非个人化"。这是象征主义和浪漫主义最大的区别,即不直接表达自我与情感,相对比较客观和冷静。艾略特曾经说过:"诗不是放纵感情,而是逃避感情,不是表现个性,而是逃避个性。"②那么情感应该如何表达呢?需要寻找意象或象征体。这里就要

---

① 里尔克,臧棣.里尔克诗选[M].香港:中国文学出版社,1996:277.
② 王恩衷.艾略特诗学文集[M].北京:国际文化出版公司,1989:8.

谈及艾略特所崇尚的第二个理论——"客观对应物"理论，即找到诗歌的情感载体，用意象来承载情感。比如《荒原》中的水与火，水代表欲望泛滥，火代表毁灭与救赎。借用是最好的表达，欲言此物而言他物，表达出的内涵更加深沉。第三，开创了英美的新批评传统。传统文学研究，一般从作者生平出发来探析文本内涵，研究艾略特就会关注他的个人经历、学院派背景、不幸的婚姻生活、诺贝尔文学奖成就等等，这是文学史阐释一个作家通常会涉及的内容。其实，作者的经历有的对作品影响较大，有的则影响不大，要具体问题具体对待。英美新批评派最大的特点便是如此，他们更多关注的是文本，而不多去考虑作者本身。我曾在美国访学一年，在 UC Davis（加利福尼亚大学戴维斯分校）的英语系听课时，发现他们的课堂很少进行文学史梳理，往往人手一部作品。比如讲到艾略特，肯定每个同学桌上都有一本《荒原》，老师会带着学生一段一段地朗读、讲解、讨论文本，讲得细致入微。这些课程可以让人明显感受到"新批评"治学方法的影响，即关注文本，关注作品本身。

艾略特的一些象征主义诗歌，具有典型的后期象征主义特色。他的诗晦涩难懂，经常有成堆的意象构成的意象群或出现典故叠加现象。除了那些对西方古典精髓很有研究的人，普通人要想逐字逐句弄清楚每行诗的意思、所有的典故，可能会是一种奢望。一些文学批评家很坦白，比如评论家阿伦·塔特说他第一次读《荒原》时，一个字也看不懂。① 这位评论家的感受和我们中的大多数人是一样的，所以千万不要责怪自己的"浅薄"，因为这并不妨碍诗歌主旨的传达，最终我们都能够"意识到这是一部伟大的诗篇"。艾略特自己也曾表示："一首诗实际意味着什么是无关紧要的，意义不过是扔给读者以分散注意力的肉包子；与此同时，诗却以更为具体和更加无意识的方式悄然影响读者。"②他甚至说："在写《荒原》时，我甚至不在乎懂不懂得自己在讲些什么。"③可见，解读后期象征主义诗歌，并不需要逐字逐句地进行意义阐释，诗歌整体想要传达的主旨具有更深远的影响力。《荒原》这首诗一开始写得很长，是现有诗行的几倍多，但后来他的好朋友——诗人庞德，大刀阔斧地将它删减了，最后剩下现在所

---

① 郑克鲁.外国文学史：下［M］.2 版（修订版）.北京：高等教育出版社,2006：128.
② 郑克鲁.外国文学史：下［M］.2 版（修订版）.北京：高等教育出版社,2006：129.
③ 郑克鲁.外国文学史：下［M］.2 版（修订版）.北京：高等教育出版社,2006：128.

能看到的一百多行诗句。艾略特对这一行为不但不生气,还在诗歌的扉页上写下"献给伟大的工匠庞德"来感谢他。也许对于他来说,这棵大树的枝杈并不那么重要,重要的是它作为一棵大树的形象,傲然矗立在每个现代人的心中。如今,《荒原》在20世纪文学史中的地位已然确立,它是一部无可取代的经典。

第二节　一首没有爱情的情歌

"直到人类的声音惊醒,我们就溺死。"

——艾略特《J. 阿尔弗雷德·普罗弗洛克的情歌》

艾略特的"荒原",是从一首没有爱情的情歌开始的,这首情歌的诗名叫《J. 阿尔弗雷德·普罗弗洛克的情歌》①。普罗弗洛克是一个年轻人的名字,这是一首关于他的情歌。尽管有评论者认为这个普罗弗洛克可能是个中年人,但从艾略特写这首诗的时间——27 岁来看,诗歌的主人公应该是个年轻人,只不过带有现代青年未老先衰的特征罢了。

艾略特诗歌的开篇通常有一段题词。这些题词并非无关紧要,而是点睛之笔,奠定了整篇诗作的基调。《J. 阿尔弗雷德·普罗弗洛克的情歌》这首诗从但丁《神曲》中引来了一段题词,原是被贬到地狱的一个鬼魂所讲的一段讲话:"假如我认为我是回答一个能转回阳世的人,那么这火焰就不会再摇闪。(注:在蒙骗和欺诈者的那一层地狱里,每个阴魂都被包在一个大火焰中,在阴魂说话时,他的声音就自火苗顶尖发出来,因此那火苗就像舌头一样颤动和摇闪。)但既然,如我听到的,果真没有人能活着离开这深渊,我回答你就不必害怕流言。"鬼魂以为听他说话的但丁也是被打入地狱没有希望的阴魂,因此毫无顾忌地和但丁谈论他罪恶的一生。开头这段引言与典故奠定了整篇诗歌的基调,用以表达现代人真实的生存感受,即我们都是生活在地狱中的人。回想20世纪的生存背景,信仰破灭、战争威胁、理性危机,失去了终极救赎,失去了对生活意义的探寻,没有希望,无异于在地狱之中。这段题词显然不是说给但丁听的,也

———————————

① 以下艾略特诗歌译文均由笔者参照英文原文与中文译本自行翻译,不再另注。

不单针对普罗弗洛克，而是对于每一位读者，每一位生活在现代而失去信仰的人。

让我们再次回到《J. 阿尔弗雷德·普罗弗洛克的情歌》。开篇写"让我们走吧/我和你"，由此开启了现代青年自我生存状态展示的旅程。开头两句非常令人疑惑，似乎在写一个年轻人准备前去赴宴。参加宴会不是一件很开心的事吗？但显然他的情绪不高。诗人笔锋一转，开始描写赴宴路上看到的灰色街景，当然这就是每个现代人生活的环境。"当暮色蔓延直至天际/好似病人麻醉了躺在手术台上/让我们走吧/穿过某些半是萧索的街/不安宁的夜幕/喃喃有声的撤退/退入廉价的一夜旅店，以及满是锯末和牡蛎壳的餐馆/相连的街道仿佛形成一场冗长的争执/用心险恶，带上一个不知所措的问题，哦，不要问那是什么，让我们走，去做客。"赴宴的时间是在黄昏时分，不是夜晚，也不是白昼，昏黄的色彩涂抹了此诗的整个基调。接着，艾略特用了一个形象的比喻——"好似病人麻醉了躺在手术台上"，世界生病了，呈现出半死不活、毫无生气的样子。病人被麻醉了，躺在手术台上，这是对环境的总体感受，也是对现代人生存境况的展示。再看后面两句具体的场景描写，"廉价的一夜旅店"，有一些性的暗示，写青年男女寻欢作乐，廉价一词影射这种性关系的低级，纯粹是为了欲望。至于"满是牡蛎壳的餐馆"，这是人类饕餮的场景。我们经过某个繁华的夜市便会看到这样饕餮的场景。食与性，似乎就是现代人生活的主要内容。一边是一夜旅店，一边是满是牡蛎壳的餐馆。面对这一切，普罗弗洛克感到了厌倦，因此连街道都显得"用心险恶"。他想问活着是为了什么？仅仅是为了欲望的满足吗？作为一个年轻人，他对生命的意义与价值有着本能的追求。令人不解的是，他的追问接下来却停止了，诗歌在这里打上了休止符。在全诗的很多段落中，我们经常会看到普罗弗洛克——一个现代都市青年，反反复复地想要去追寻生命的意义，却总在关键时刻停下了。为什么呢？诗人在这里并没有做直接的回答。显然作为青年，普罗弗洛克对现实并不满意，但是他停止了追问，只是无可奈何地表示了妥协：还是走吧，去做客吧。

终于到了宴会的地点。青年人的宴会灯红酒绿，有女人们，这是情歌的对象。"房间里的女人们来去穿梭/谈论着米开朗琪罗。"这是诗作反复出现的一句很有意思的吟唱，20 世纪美国作家钱德勒在其代表作《漫长的告别》一书中也引用了这一诗句。米开朗琪罗，文艺复兴时期的大艺术家、画家、雕塑家，一个伟大的艺术家,却被宴会当中来去如梭的女人们闲谈,这是怎样一种反讽? 不是说女人不能谈米开朗琪罗,而是说她们谈论的场合是在宴会的闲扯中,人们在这种环境下谈论的内容一般很随意琐碎。先不谈艾略特所谓的厌女症(他确实有一点,女权主义者们曾对他有一些批判),但很明显这里产生了强烈的对照。一位伟大的艺术家、精神性的象征人物,成了现代宴会中女人们闲谈的谈资,这便具有了反讽的意味。这句诗的潜台词是:这些这么伟大的艺术家是你们谈的吗? 你们知道其伟大的内涵吗? 你们懂他的精神世界吗? 你们知道他艺术的境界吗? 你们只不过是浮于表层的闲扯而已。传统精神的典范和琐碎的现代生活拼合在一起,便造成了很强烈的讽刺效果。艾略特在下面的诗行中还会反复强调这个场景。

"黄色的雾在窗格玻璃上蹭它的背/黄色的烟在窗格玻璃上擦它的嘴/用它的舌头轻舔夜晚的角落/逗留在排水沟的料水里/任烟囱跌落的煤灰落在它的背上/从阳台边滑落/忽又跃起/目视着这温柔的 10 月的夜晚/围着屋子绕一圈,去睡。"又是一段环境描写。宴会中人们聊得热火朝天,但是青年人普罗弗洛克觉得与他们格格不入,一切失去了深度,变得异常无聊。所以他把目光转向了窗外。窗外是伦敦真实的场景。伦敦被称为雾都,这是工业化的产物,环境被破坏了,四周弥漫着黄色雾霾,而不是纯净的白色之雾。普罗弗洛克不是生活在阳光明媚、贴近自然的乡村,而是在充满肮脏烟雾的伦敦,一个工业高速发展的大都市。夜晚来临,室内的女人们进行着热火朝天的闲聊,外面环境恶劣,到处是污染。这时,背景中突然出现了一个动物(据研究者认为应该是一只猫)的形象。这只"猫"颠覆了传统认知,不再是闲适、自然与生态的精灵。它徘徊在都市夜雾中,逗留在污水沟里寻找食物,肮脏而又阴沉,看不出一丝可爱。烟囱的煤灰落了它一身,它应该是一只夜游的、被遗弃了的流浪猫,和许多浮萍般流浪在这个城市的现代人一样。这个意象用得非常巧妙。

青年时期的艾略特,感受到了现代生活的废墟。现代人生存的环境,一方面是性的欲望与吃喝拉撒,一方面是污染严重的大工业社会。中产阶级宴会——平庸琐屑,将伟大的艺术家古典的精神全部剥离掉,咀嚼一些剩余下来的残渣,但并不妨碍他们聊得热火朝天。现代人就像那只流浪猫,徘徊在污水沟似的环境而不自知,慵懒而失去了精神追求。在平庸而又没有精神慰藉的现实面前,难道就这样荒废时光、继续沉沦下去吗? 这时,时间主题出现了。

现代人对时间的感悟很强烈,20世纪西方文学逃不开的核心主题之一就是时间。现代人对时间有很独特的感受,将它比喻成一条线段,从出生那一点就开启了永不回头的旅行,直到死亡的那一刻结束。一个人拥有的不是永恒,而是短促得如白驹过隙的一生。所以,现代人有着强烈的时间紧迫感。但是,因为失去了价值目标,不知道活着的目的,不知道应该干些什么,这又让时间的存在失去了意义。对于时间悖谬性的感慨,在这首诗中表达得非常清晰。"有时间让黄色的烟沿着街道划走/在窗格玻璃上蹭他的背/有时间,准备一张面孔去会见你要见的面孔/总有时间去谋杀和创造/有时间从事人手每天的劳作/在你的茶盘上提起又放下一个问题/有时间给你,有时间给我/有时间上百次的犹豫不决,做上百次的幻想和更改/在用一片吐司和茶之前。"普罗弗洛克对现实不满,觉得自己很年轻,得做点什么事情,但是又失去了行动目标。这时候他的感受很复杂:时间似乎很充足,但又显得很紧迫。他虽然目前还很年轻,但是时间在不停流逝,人的一生光阴是有限的,对于有限的生命来说,时间又是异常紧迫的。所以,我们看到他犹犹豫豫、反反复复,似乎每一天都有时间喝茶闲聊,但作为一个年轻人,他又觉得应该去做一些"重大的决定",来改变目前平庸麻木的生活状态。不过,面对"吐司与茶"的日常,他再次回到了现实中——"房间里的女人们来去如梭,谈论米开朗琪罗"。

那么,究竟有还是没有时间呢? 接下来普罗弗洛克再一次对时间进行追问。时间的紧迫让他发出了"Do I Dare(我是否敢于)"的问题。他最终了解了时间的真相,承认生命时光的短促,觉得要做出决定,去做年轻人应该做的有意义的事情。"我现在是否会有时间转身走下楼梯?"首先需要离开这个地方,离开宴会,和没有意义的琐碎的生活告别。时间紧迫,生命短促,"我的头发中间有一块秃地"——头已经秃了,别忘了这是一个不满30岁的青年人。在现代快节奏的生活中,疲惫让许多年轻人未老先衰。头发当中有一块秃地,可见时间过得是多么快! 他感受到了时间的压迫,想与无聊平庸的生活告别,去做一些"扰乱宇宙"的大事情! 然而,现实中他是一位穿着得体的中产阶级绅士——礼服止式,笔挺的领子紧贴着卜巴,领带华贵而得体。如同领带上别针的约束,这种体面的生活最终阻止了他的改变。总之,这位年轻人对平庸的现实非常不满,他想改变,但又犹豫不决。"在一分钟里会有时间/去做一个决定和更改决定/好在下一分钟里再推翻。"这一分钟做了一个改变之后,在下一分钟再推翻。

比如有些人,决定暑假要背起行囊去很远的地方,但到了暑假,开始行动之前又要考虑钱、父母的意见等问题,于是放弃了。普罗弗洛克也是如此。一方面他没有目标,失去了价值支撑,找不到伟大的事业需要他去完成;另一方面,他被现实生活束缚,虽然厌恶这种生活,但又离不开这种生活。他说,"我已经彻底了解这一切",却又在"把生命用一匙匙的咖啡来消磨"。随着现代化的文明进程,现代人物质层面的生活虽已丰富,但精神极度匮乏,那些豪华的宴会谈论米开朗琪罗的场景,那种没有任何精神内涵的吃喝场景,时间都在看似美好实则平庸的生活中慢慢消磨殆尽。他对这一切都了解,对这一切都很厌倦,但是怎么能冒昧改变呢?因为这代人已经失去了改变的目标和精神支撑,不在这里又能去哪里呢?最主要的是,还有把你钉在这种生活上的常人的目光。平庸的生活实际上每个人都过着,然而一旦有人有出格的行为或者变化的话,所有的目光都会看向你。"我被公式化了/在一根别针上爬行。"这又是一个相当精彩的象征和比喻。像用来固定领带的别针一样,他将自己的生活也固定了。普罗弗洛克将自己形容成一个没有办法掌控自己命运的虫豸,又怎么会大胆改变?20世纪文学大师卡夫卡描述自己的生存状态时,认为现代个体根本无法掌握自己的命运,只能异化变形为低等的虫豸。这是二者共通的感受。"我该怎样开始?""我又怎么能冒昧?"这时候,他感觉无法做出与生活决裂的重要决定,特别是在他还享受这一切的同时。

接下来依旧是反反复复的犹豫,想行动而不能。但这部分更多针对的是女人与爱情,是与标题关联密切的情歌环节。与"我已彻底了解这一切"相对应,诗人说"我已经彻底了解了那些手臂",如果说,前面所写是对现代生活的了解,那么后句则表达对现代爱情的了解。很明显,女性特质集中出现了。那些"戴着手镯的手臂白皙裸露",还有"灯光下淡棕色的绒毛""衣服上传来的香气""横陈的手臂裹着一条纱巾",这些细节的描写无不透露着性的暗示与诱惑。因为精神的缺乏,现代男女的情爱关系似乎只剩下了赤裸裸的情欲关系。作为一个有追求的年轻人,他渴望真正的爱情,但是显然这种渴求也落空了。在看清生活与爱情的真相后,他再次询问自己是否要在这种环境中生存下去。诗中出现了一个孤独的男人形象:"我在暮色中穿过狭窄的街道/看到穿有衬衫的孤独男人斜倚在窗口/烟斗中的烟袅袅升起。"这实际是通过路人视角写普罗弗洛克自己。对于这种物质丰盈但精神匮乏,处处是欲望、处处缺乏精神追求的生活,他感到了深深的厌倦和前所未有的孤独。这是一个想和现实世界保持距离的男人。玻璃窗内，歌舞升平，有个孤独的男人斜靠在窗口，抽着烟，他对生活不满，想反抗。他说："我应该变成一只粗糙的爪子/匆匆掠过寂静的海底。"幻想变成一只粗糙的爪子打破这虚假的一切，代表了他当下内心的愤怒。但是再看到下一段诗行，他似乎又恢复了平静，再次回到现实环境之中，甚至享受着这种现代带来的所谓美好安逸的爱情生活："那夜晚睡得如此安然/被纤长的手指爱抚/睡了倦了，或是装病在地板上慵懒地伸展肢体。"无论是真的舒适还是麻痹，他在爱人的爱抚下，在享用"茶、点心和冰激凌"之后的安逸生活中，开始反问自己："我是否有力量把这个瞬间推向它的决定关头？"他对生活不满，想成为"粗糙的爪子"进行反抗，但是最终离不开甚至享受这样的生活。同样，他和女人之间虽然只是爱欲的关系，但是他害怕孤独，不敢去追求更高级别的情感。

在退缩与犹豫之中，时间的催促再次来到。"我看见我的头已经微微秃了/盛在盘子里。"这里再次提及已经微微秃了的头，年轻人必须下定决心改变现状了。"我看到了我的伟大时刻在闪耀。"但是他似乎又看见周围人们不怀好意的奸笑，这实则还是一种犹豫。因为被杀的人是先知，他为捍卫道德与真理被杀，所以死得坦然伟大。但普罗弗洛克说自己不是先知，所以没有什么伟大的信念支撑他去行动，他也感觉到时间紧迫，但无法真正下定决心。"在饮料、果酱和茶水之后"，在"在关乎你的言谈之间"，在"西下、庭院漫步、洒扫街道之后"，在"读小说、用茶点、长裙曳地之后"，年轻人在反复问自己这一切是否值得去做？生活看上去似乎非常美好。但毋庸置疑，这种美好的背后是重复、平庸、欲望、意义的匮乏与价值的失落。作为一个年轻人，他觉得应该追求更有意义的人生。所以，关于人生意义与价值的追问，他是无法抗拒的。

普罗弗洛克来来回回地犹豫，有点像以犹豫著称的哈姆莱特王子。哈姆莱特在是否为父亲报仇这件事情上，延宕了很长时间。普罗弗洛克也一样，他在要不要与看似很安逸但实则无内容的生活告别时，也犹豫了很长时间，他们在这"犹豫"层面有共通的地方。但是他哪里比得上哈姆莱特王子呢？因为他只是一个迷失的现代人。哈姆莱特犹豫是因为他所对抗的势力较为强大，面对的是整个人性危机、人的不完美以及社会的黑暗，无从复仇。他虽然装疯卖傻，但理性并没有崩溃，比如在国王祈祷时，他没有杀死国王，因为这有违他的本性。他是一个有原则的人。哈姆莱特自始至终都保持着一个大写的人字形象，这是一个高贵的、有理性的、有价值信念的人。相比较而言，现代人普罗弗洛克，没有坚定的目标，做事缺乏信心。如果真拿《哈姆莱特》中的人物与之比较，他也只不过是个侍从廷臣，就像那些给国王打趣逗乐的小丑，捧捧场，做一个工具，小心谨慎、乖巧精致，会讲满口华丽的辞藻，有些愚笨，甚至有时候荒谬可笑。背后的潜台词是："唉，我哪里比得上哈姆莱特王子，他有坚定的理性目标，而作为一个现代人的我，有时就像一个傻瓜。"这是他对自我的定位，也是失去信仰的一代人的定位。即便对现实再严重不满，也找不到行动的理由与方向。所以，虽然普罗弗洛克和哈姆莱特有着同样的犹豫，但有着本质的区别。思考至此，他再次感慨自己老了。虽然是个年纪不大的年轻人，但是他感觉自己异乎寻常的苍老。这种苍老其实源自现代人内在的厌倦和疲惫，无力积极行动去实现自己的梦想。

"我该把头发向后分吗/我敢去吃桃子吗？"这句诗是自我质问。作为一个青年人，本应该敢做自己想做的事情，敢去追寻自己的梦想。比如我们经常在电视节目里看到一些追梦者，将头发留得长长的，背把吉他就到大世界去追梦了。普罗弗洛克感受到了年华易逝，想抓紧时间为自我梦想的实现而努力，而这个前提就是去打破中产阶层的枷锁——那个温柔却缺乏意义的陷阱。在现实生活中，他没有办法和这样的生活与爱情告别，所以他想在梦中实现自己的理想。

结尾的部分正是一个梦。"我穿着白色法兰绒的裤子漫步在沙滩上/我听到美人鱼在歌唱，彼此歌唱。"这是艾略特难得一见的浪漫写法。现实生活中无法挣脱枷锁，只好在梦中打破。艾略特抒写了唯美浪漫的场景，梦到了美人鱼在歌唱，海滩、海浪很漂亮，美好的女孩们乘着海浪奔向大海。恋爱中的青年男女"流连在大海的卧室里/身边是环绕着红色、棕色海草花饰的海女们"。梦的美好代表了年轻人心中的完满理想，他通过梦的呈现反衬现实生活的平庸，展示想要的理想生活。作为一个象征派现代诗歌大家，艾略特用"童话"隐晦地表达了精神生活的美好。这是一个梦想式的结局，王子与海女的爱情——显然运用了《海的女儿》的典故，诗人想要表达纯粹、美好、浪漫、富有牺牲精神的爱情。真正的爱情应该是这样的，美好得如同童话。海女们乘着波浪奔向大海的场景令人如此震撼，她们的交谈，不需要语言，那是一种真正的心灵交流，一切都很美好。

但是，最后一句诗行这样写道："直到人类的声音惊醒/我们就溺死。"一旦回归现实，梦想就破灭了，一切美好只不过是梦而已。曾经想过的生活、理想的目标、爱情的色彩、美丽的童话都只是虚幻，生活只是眼前的苟且与无休止的吃喝拉撒。美好的梦境消失了，现实生活再次侵袭：黄色的雾、满是牡蛎壳的餐馆、一夜旅店、谈着米开朗琪罗的女人们……这才是最终的结局。

艾略特早期诗作《J. 阿尔弗雷德·普罗弗洛克的情歌》，已经清晰地传达出他一贯的荒原主题。它所描述的便是现代荒原的生活场景——虽然精致却不高尚，充斥着物欲焦虑，精神贫乏得令人窒息。而生活在现代的青年普罗弗洛克，敏感焦虑，精神没有依托，做事犹犹豫豫。当然，作为一个青年人，他对生活还是有所期待的。他的梦残留着传统记忆的碎片，他想拥有真正的精神生活，当然不是一夜旅店，也不是满是牡蛎壳的餐馆。为此，他跟现实格格不入，成了靠着窗口抽烟的孤独男人，但又没办法打碎现状。他反复质问自己：敢不敢转身走下楼梯？敢不敢和现实的一切决裂？但最后还是放弃了反抗："在这一分钟做一个决定/下一分钟再推翻！"为什么他害怕、胆怯、没有力量？因为这一代人，失去了终极支撑，他了解生活中平庸琐碎的内质，觉得这不是自己想要的生活，但是到底往哪里去，又不知道。在这种状态下，他犹豫、反复，精致的物质环境加深了这种犹豫与反复，最终没有办法实现自己，让生命变得更富有意义。这是年轻的艾略特写给自己的第一首荒原诗歌。作为敏感的都市青年，他看似衣食无忧，却清晰感觉失去了一些重要的东西，包括青年人很看重的爱情。这首诗通常被称为"一首没有爱情的情歌"。一个青年，他心目中的爱情，保留着理想诗歌与童话作品的美好，但是现代生活中的情感世界，却苍白枯燥、充斥欲望。他看清了现代爱情的苍白。到了创作中期，艾略特开始直接呈现现代人欲望泛滥、目标缺失、精神干渴的生存状态，并且精准地找到了那个词——荒原。

第三节　四月是残忍的月份

"这就是世界结束的方式，
这就是世界结束的方式，
这就是世界结束的方式，
并非一阵轰响，而是一阵呜咽。"
——艾略特《空心人》

　　艾略特的诗歌创作一般被分为三个阶段。写作《J. 阿尔弗雷德·普罗弗洛克的情歌》时，艾略特才 27 岁，他这个阶段写的诗被认为是"通向荒原的阶段"。《荒原》与《空心人》是他成熟期的作品，一般被认作是"荒原阶段"的代表作，全方位呈现人类"荒原"般的生存状态与精神状态。到了第三个阶段，他开始重新回归古典主义的精神世界。所谓"荒原"，是现代人在失去终极救赎，价值理性崩塌，又找不到精神支柱的心灵荒芜。当然，这种荒芜不是指物质上的匮乏，更多是精神上的贫瘠，包括信仰危机、精神虚空、欲望泛滥等等。刘成纪表示："在西方文学传统中，荒原(Desert, Barren Ground, Wasteland)是重要的精神象征形式。源远流长的基督教文学，将它作为人类被上帝遗弃命运的写照。流浪汉文学则将它作为无家可归者的活动场景。19 世纪浪漫主义文学运动以降，随着西方传统价值体系的崩溃，对文明世界的厌倦和逃离，对传统价值的拒斥和反抗，成了激进知识分子的精神主流。于是，荒原作为和现实相对立的诗性空间，它对人类悲剧精神的负载达到了空前的程度，成为时代精神强化的象征。"[①]这段话对荒原的流变历程与精神内涵进行了高度概括。显然，荒原就是现代世界的象征，展示了战后西方文明的危机和传统价值观念的崩塌，反映了整整一代人理想的幻灭和绝望。

　　诗作《荒原》是当之无愧的经典。艾略特的《荒原》开头也有个题词，涉及

---

　　① 刘成纪.西方现代荒原精神流变观[J].郑州大学学报(哲学社会科学版),1994(06):43－48.

了一个典故："我自己亲眼看见古米的西比尔吊在一个笼子里，孩子们问他'西比尔，你要什么'时，他回答'我要死'。"后期象征主义诗歌就是这样，如果没有足够的知识背景和文化储备，不借助于对应的注释，普通读者很难理解它蕴含的深意。读艾略特是非常"伤脑筋"的事情。这个典故中的古米是一个地名，西比尔是女巫，一个有法力的女人。她曾经帮助神完成了一些重要的事情，神为了奖赏她，答应满足她一个愿望。西比尔的愿望是永远不死。对于有限的人来说，生命永恒是最重要的事情。但是，"永远不死"不等于"永远不老"。神答应了西比尔不死的请求，却没能让她永葆青春。后来，她苍老到连皮也皱起来了，像一个干瘪的核桃，腿也萎缩了，不能行走，只好被吊在笼子里。虽然她还残存着生命，但是已经没有任何生气；虽然活着，但是比死了还要难受，衰败且没有希望。当青春烂漫的孩子们玩耍时经过这里，看到了这个吊在笼子里的又老又干瘪的女人，问她想要什么的时候，她说，我想要死。用这个典故，艾略特想要表达西方文明的整体状态——没有生气、不死不活的荒原状态。这是一个总体性的隐喻，奠定了艾略特《荒原》的总基调。

　　艾略特的《荒原》是个庞杂的艺术结合体，运用了大量象征暗示的手法，涉及上百个意象典故。全诗 400 余行诗句，共分为 5 章，包括《死者的葬礼》《弈棋》《火诫》《死于水》与《雷霆的话》。第一章《死者的葬礼》运用了各种象征、暗示与典故，拼贴出了"惊心动魄"的现代荒原景象。第二章《弈棋》、第三章《火诫》与第四章《死于水》从各个层面来呈现人欲横流、空虚堕落的现代社会生活。第五章《雷霆的话》开启了艾略特的拯救之途。《弈棋》这个题目来自古典剧本，讲述了公爵为了同情人幽会，设计让邻居骗情人的婆婆出门下棋的故事，奠定了这部分诗作所描写的人欲横流、尔虞我诈的现实。诗作开头就运用了 3 个古典故事：埃及艳后克利奥帕特拉七世放纵情欲，最终死于毒蛇之口的故事；埃涅阿斯娶狄多女王最后又离开她，导致狄多自杀的故事；国王铁卢强奸妻妹翡绿眉拉，割了她的舌头，妻子杀死亲生儿子为妹妹报仇，双双被杀变成夜莺与燕子的故事。下半部分由古至今，转写现代人（一对空虚的情人）的闲谈，话题谈及一个名叫丽儿的女人，和丈夫并无爱情，却放纵情欲，生了 5 个孩子，31 岁便掉光牙齿变老变丑的故事。这些古今故事的交错、古典文言与现代口语的交织，呈现了一幅幅欲望泛滥的罪恶场景，暗示着传统道德观念的崩溃。《火诫》继续着现代荒原生活的拼贴，前部分整体呈现伦敦泰晤士河畔各种人物猥琐无聊的生活,后部分具体描写一个女打字员和一个丑陋青年有欲无情的关系。面对肮脏的现实,诗人忍不住掩面哭泣。《死于水》则集中写腓尼基水手弗莱巴斯沉溺欲海的死。值得注意的是,"火"与"水"构成了《荒原》两大意象群,既暗含着欲望与毁灭,也代表着渴望与救赎。

阅读《荒原》真是一件"痛苦的仪式"。作为普通读者,想要弄清楚每个词语背后的故事是一件非常困难的事情(当然对于有这方面兴趣爱好的研究者是例外)。艾略特自己就曾提及"寻找圣杯"(宗教故事)、"鱼王繁殖"(原始神话)等几大象征系统。不过,是不是这就意味着《荒原》遥不可及呢?其实,不了解这些典故我们一样也可以感受"荒原"。在阅读这首诗时,我们没有必要抠字眼,关键是把握它的总体精神,甚至只需要抓住那几个关于"荒原"的关键诗句即可。

让我们再次回到诗篇的开头一章《死者的葬礼》。"四月是最残忍的月份/从死去的土地里培育出丁香/把记忆和欲望混合在一起/用春雨搅动迟钝的根蒂。"我们都知道,真正的四月大地回春,鲜花初绽。但是,艾略特的第一句诗行却是:四月是最残忍的月份。四月原本的美好和形容它的"残忍"在此处形成了很强烈的反讽。那么,四月的残忍究竟在哪里?"荒地上长着丁香"——美丽的花朵生长于荒地之上,土壤是由记忆与欲望混合而成的,又会有怎样的希望?紧接着这几句诗行是一些典故,描述了上层社会一些人具体的无聊生活,暂且不去深挖。"一堆破碎的形象,这里烈日暴晒/死去的树不能给你庇护,蟋蟀不能使你宽慰/而干燥的石头也不能给你一滴水的声音。只有这块红岩下的阴影/……我会给你展示在一把尘土中的恐惧。"这几句诗行又带我们回到了荒原的具体感受之中:太阳的暴晒、枯死的树、焦石与红岩,没有庇护,没有宽慰,没有流水的声音,四处灰尘弥漫——这便是无所依傍的荒凉的恐惧,缺乏生命之源,没有生命与生气的荒原景象跃然纸上。

从"四月是最残忍的月份"开始到"我要给你展示在一把尘土里的恐惧"结束,读者可能对诗行背后的细节内涵一点都不了解,但不用担心,诗人想描述的荒原感受,已经在字里行间溢出。他接着说:"我既不是活的也不是死的/我什么都不知道,茫然谛视着那光芒的心,一片寂静/大海荒芜而空寂。"这种"既不是活的也不是死的"与吊在笼子里的西比尔给读者的感受是一致的。荒芜而空寂的不仅仅是大海,更是人类整体的生存状态与精神状态。"这年头人得小心啊!"口语入诗也是艾略特的独创,古典与现代拼合,却毫不违和地表达着同一层意思。诗篇的结尾也是如此。诗人白描了日常化的场景。在路上,他拦住了一个熟人,对方是个名叫"斯特森"的普通朋友,但是交谈的内容却触目惊心。他问:"去年你栽在你花园里的那具尸体/开始发芽了没有? 今年会开花吗/要不就是突然来临的霜冻惊扰了它的苗床?"花园里是种植花草的地方,朋友的花园里却种着尸体,而且这具尸体还发芽开花了。这个场景与"荒地上生长着丁香"表达着同样的意思,让我们感受到了"四月的残忍"与浮华背后的溃烂,而这就是荒原。

几乎在同一时期,艾略特还写下了一篇名叫《空心人》的小诗,据说这首诗的大量内容是被庞德从《荒原》中删减下来的。这首诗和《荒原》相互映衬,补充了"荒原"上的人类形象。诗篇开头写道:"我们是空心人/我们是填充着草的人/倚靠在一起/脑壳中装满了稻草。唉/我们干巴的嗓音/我们在一块儿飒飒低语/寂静,又毫无意义/好似干草地上的风/或我们干燥的地窖中耗子踩在碎玻璃上的步履。"艾略特认为现代人都是空心人。空心人就像稻草人,脑袋里填充着草,这个比喻给予我们很具象的感受。"脑袋里填充着草",心灵和头脑中都失去了真正的血肉,我们被抽空了灵性,成了木偶般的人。现代人每天都在被信息轰炸,似乎无所不通无所不晓,但是那些信息有意义吗? 他们只不过是没有实质内涵的稻草而已,并不是真正的灵魂栖息地。如同《J. 阿尔弗雷德·普罗弗洛克的情歌》里宴会中谈论着米开朗琪罗的女人们,她们确实谈得热火朝天,但内容毫无意义,因为失去了精神支架,就像干草一样没有任何价值。

《空心人》的结尾也令人震撼,作者接连写下了三句"这就是世界结束的方式"。那么世界是怎样结束的呢? 世界连毁灭似乎都无法给人带来震撼。"这就是世界结束的方式/这就是世界结束的方式/这就是世界结束的方式/并非一阵轰响/而是一阵呜咽。"全球化的时代似乎每天都在发生惊天动地的新闻,但麻木生活着的人们活着就活着,死了也就死了,如此而已。在古典的悲剧中,英雄的毁灭往往带来强烈的震荡,涤荡着个体的心灵,"通过引发怜悯和恐惧使这些情感得到疏泄。"[①]。但是,随着宏大意义的消解,在卑琐与无深度的世界里,轰轰烈烈的声响没有了,所有现代的死亡都消融在毫无意义的虚空之中,这就

---

① 亚里士多德. 诗学[M]. 陈中梅,译注. 北京:商务印书馆,1996:63.

是缺乏价值目标、失去信仰的现代人麻木的生活状态。

总之，艾略特"荒原阶段"的诗歌将意象、故事、典故，甚至日常进行穿插与拼合，暗示着缺水、荒芜、偶像的破碎，揭示了没有希望、虚空、恐怖、残酷的现实，与现代人失去拯救的精神状态相契合。虽然我们没有读过这些章节、没有任何关于"荒原"的背景知识，但是这些诗句的碎片已经向我们讲述了荒原景象的恐怖与残酷。在一个没有美、没有意义、没有秩序的世俗世界中，艾略特以强烈的诚实描述了失去终极救赎的人类"可怕的空虚"。

第四节　只有通过时间才能征服时间

> "现在的时间和过去的时间，
> 也许都存在于未来的时间，
> 而未来的时间又包容于过去的时间。"
>
> ——艾略特《四首四重奏》

20世纪文学作品往往以绝望为起点，不许诺什么廉价与乐观的希望，直击生活的真相。人类生存在信仰破灭、理性崩塌的荒原之上。但是，人类毕竟还要存活，所以怎样存活变得尤为重要。20世纪作家都以荒原为起点开始他们的探索，从各个方向尝试寻找到一条走出荒原之路。艾略特一生也在寻找救赎，他最终确立的方向是回归传统并构建出了心灵的港湾。《四首四重奏》是艾略特一生探索的结晶，也是其思想与艺术完美的结合体。最终，这部作品帮助艾略特获得了诺贝尔文学奖，奠定了他在西方文学史上的经典地位。诺贝尔文学奖是纯文学奖，被用以奖励那些精神闪光的作家。如果仅仅停留于荒原景象的呈现，艾略特是很难获得这一殊荣的。

《四首四重奏》是艾略特诗歌艺术的集大成者，思想深刻、意境悠远。然而，阅读它依旧是个很大的挑战。这时，读者可以借助一些研究者的论著加以理解，不然，理解过程会变得更为费解。海伦·加德纳是这方面的真正专家，他关于T. S. 艾略特的研究专著就有3部。在《T. S. 艾略特的艺术》这本书中，他重点分析了《四首四重奏》，这些分析可以帮助读者阅读与理解这首诗。首先，他提出了"听觉想象力"这个概念，这便是诗歌音乐性的问题。他说："这个乐章的生命在其节奏，正是节奏将语词的不同要素统一在一起，创造出总的诗歌印象，统摄各诗行所产生的不同效果。"①显然，加德纳认为这首诗不是用眼睛看的，而是用耳朵听的。诗篇的开头便是一段关于时间的吟唱。如果能够看懂英文原文，读者将会更深刻地体会此诗的节奏。"现在的时间和过去的时间/也许都存在于未来的时间/而未来的时间又包容于过去的时间/假若全部时间都永远存在/全部时间就再也无法挽回/过去只可能存在的是一种抽象/只是在一个猜测的世界中/保持着一种恒久的可能性/过去可能存在和已经存在的/都指向一个始终存在的终点。"——完美的语言表达、节奏的回环往复产生了强烈的音乐感染力，彰显有限与无限、过往与未来、短暂与永恒的时间迷宫，刺激着每一位阅读者，从而唤起某种想象力，直抵诗歌的主题内蕴。其次，加德纳肯定了艾略特对于现代诗体变革所做出的贡献。他认为艾略特的伟大之处，在于"接纳了所在时代的语言"，并予以精练。唐诗中的七律或五绝的写作都需遵循一定的规范，西方古典诗歌也如同中国古典诗词这般。但是，艾略特开启了现代语言的转换，甚至将口语纳入诗行，出现了诸如"这年头人得当心啊！"这样的口语表达。可以说，从艾略特开始，现代诗歌语言最终被诗界接纳了。此外，艾略特反对过度解读诗歌，滥用学术术语，"相信诗歌批评之功用在于点亮火炬，而非挥舞权杖、肢解和谋杀，重在阐明而非攻击"②。艾略特的诗歌确实很难理解，不过诗歌批评的功用在于点亮火炬，阅读现代的诗歌也无须为难自己，大家尽可以去体悟细微语句带来的那些心灵震撼，在诗行中触碰心灵，把握诗歌的主体精神。有时候，心灵的感悟可能比知识的掌握在理解诗歌层面更显重要。

再次回到《四首四重奏》，这首诗歌描写了一个宗教皈依者在寻找真理过程中的精神历程，集中在各种矛盾关系的探索之中，涉及了有限/无限、瞬间/永恒、过去/未来、生/死等多个二元领域。艾略特是位天主教徒，期望将有限的人生引向永恒的王国。在他看来：人世是有限的，天国是无限的；人世是瞬间，天国才是永恒。这首诗有着音乐般完美的结构。第一章为《焚毁的诺顿》。诺顿是诗中的玫瑰园遗址，也是英国一个贵族府邸旧址。后来，这位贵族因为酗酒

①　加德纳.T. S.艾略特的艺术[M].李小均，译.桂林：广西师范大学出版社，2021：32.
②　加德纳.T. S.艾略特的艺术[M].李小均，译.桂林：广西师范大学出版社，2021：16.

无度以致神志狂乱,举火自焚,宅邸被焚毁后变得荒凉。这个空间是真实的,艾略特曾经带着他的夫人亲自去参观过。艾略特就此提出了时间的问题:既然人世的一切都会毁灭,那么时间还有什么意义?玫瑰园,是人类居住的红尘世界。玫瑰,象征着爱情,火一样的世俗热情。"足音在记忆中回响。"诗人带领我们回到祖先亚当和夏娃所在的伊甸园,这与玫瑰园的意象是合一的,共同指向人类居住的地方。经历过时间的洗礼,玫瑰园成了废墟。诗人时间维度的漫游,如同瓦莱里在《海滨墓园》中面向大海与墓园,对人生的意义与永恒发出追问。的确,既然人世间的一切都会逝去,那么时间还有什么意义?在第二、三、四章,诗人继续着探索之旅。第二章为《东科克》。"在我的开始中是我的结束。"东科克是艾略特祖先曾居住的一个古老的英国乡村,他写到了它的历史,甚至具体到村庄里一对夫妇新婚的热闹场景。接下来,四季流转、生死须臾,数百年的历史缓缓流逝进入黑暗,"屋宇房舍都已沉入大海/跳舞的人们都已长眠山下"。那么,这样消失的历史又有什么意义呢?诗人写道:"为了要到达那儿/……你必须经历一条其中并无引人入胜之处的道路/为了最终理解你所不理解的/你必须经历一条愚昧无知的道路/为了占有你从未占有的东西/你必须经历被剥夺的道路/为了达到你现在所不在的名位/你必须经历那条你不在其中的道路。"这便是"经历"的历史意义,"在我的结束中是我的开始"。第三章为《干燥的萨尔维吉斯》。萨尔维吉斯是美国东部大西洋中的一群岩礁。艾略特祖辈之前移民到了美国,后来他再次回归英国。诗人延续着瞬间与永恒关系的探讨。"大河"与"大海"——江水滔滔、海洋浩渺,渔民繁衍生息于江海之间。时间的"无始无终"与人生的"瞬息万变"再次形成对位的变奏。当时间隐退,诗人逐渐将我们领向圣者的世界。第四章为《小吉丁》。小吉丁是英国一个带有宗教性质的乌托邦村舍,"以虔诚的信念留在人们的记忆中"。作者时年54岁,历经岁月沧桑,对时间有了更深刻的认识。此章写于"二战"期间,战火将现实的危机进一步激化,由此出现了一只燃烧的鸽子形象:"鸽子喷吐着炽烈的恐怖的火焰/划破夜空/掠飞而下。"这是战争的暴力场景,战争中轰鸣燃烧的飞机与和平鸽的形象合二为一。经过漫长的探索,艾略特终于明白:人世间所经历的一切——玫瑰园残留下的废墟、小村庄的历史变迁、东海岸的沧海桑田、充满暴力与欲望的战争——随着时间的流逝与烈火的洗涤,最后剩下的才是永恒。在诗篇的结尾,他回到了生命的起点,表达了自己的人生观,认为罪是不可避免的,而人类跟随"爱和召唤声的吸引"，洗涤罪恶，"一切终将安然无恙"。玫瑰本是世俗的象征，代表着爱情、欲望、红尘与世俗世界，但是经过时间之火的锤炼，"当火蛇最后交织成牢固的火焰/烈火与玫瑰化为一体的时候"，最终可以达到某种美的永恒。

艾略特曾经表示："在政治上，我是一个保守者；在宗教上我是一个英国国教徒；在文学上，我是一个古典主义者。"他的探索过程，是从荒原上的痛苦、对荒原的认知起始，最终找到了回归传统之路。艾略特将这种信仰融化在其所热爱的古典王国里，重建了属于人类的永恒世界。《四首四重奏》——艾略特的生命结晶，在对千疮百孔，充满痛苦、暴力与欲望的世界进行一番巡礼之后，最终找到了一条通往永恒的道路，构建出火焰和玫瑰燃烧的统一体，回归精神的伊甸园。

在现代社会中，为什么要做一个古典主义者？德国作家黑塞有一部非常著名的小说《荒原狼》，主人公在现实的炼狱中不停梦回一座金色的大厅。其实，黑塞所说的金色大厅便是艾略特的古典世界，是人类精神财富的汇集处。它超越时空，不会因为现实生活的破裂而失去存在的意义。这个世界里储存的是历经千年积淀下来的文明，经过漫长的结晶过程，人类社会所有闪光的宝石均汇聚于此——不单单有文学艺术，还有价值与信仰，它们构筑了恢宏的人类精神家园。直到今天，依然有那么多热爱古典文艺的人。为什么还要阅读唐诗宋词？为什么还要重现遥远的古典世界？那是因为重回古典是件非常幸福的事，在古典王国中还保留着完整和谐、统一完满的精神世界，那些经过大浪淘沙留存于世的人间瑰宝具有不朽的价值，它为现代人敞开了一扇拯救的大门。

艾略特是个正宗的古典主义者，他推崇莎士比亚，追寻但丁，阅读波德莱尔，这是他的艺术世界。不过，艾略特的古典王国，显然不及但丁笔下的天堂那么纯粹，它需要穿越无数人世的烦恼和痛苦，经历过暴力、挣扎与绝望，经历过时间的锤炼，经历过各种各样的人世沧桑。人类在现代荒原之上痛苦挣扎，有限的人生、经验的世界、生命的瞬间经过时间与烈火的洗礼，留存下来的内容才会不朽。在《荒原》中，偶像已经破碎，大地一片干涸，雷霆发出了警示的声音，唯有舍予、同情、克制，才能换得平安。在《四首四重奏》中，经历了有限与无限、短暂与永恒的探索，当烈火和玫瑰燃为一体的时候，一切恢复了平静。显然，在艾略特的世界里，价值与信仰永存，都是古典精神的组成部分。对于艾略特来说,古典世界的和谐与永恒,是他对抗"荒原"的最后的武器。在古典的王国中,保有真善美的和谐,还有经过千锤百炼的完满的精神世界,这是艾略特在现代荒原上给人类开出的救赎良方,是一种回归的救赎。

对于大多数现代人来说,这条救赎之路似乎有些遥不可及,但古典世界曾经有过的秩序与光亮,都应该是记忆中的灯塔,塔顶闪烁的光芒足以给寒冬夜行的人们带来一丝光亮,让千疮百孔的灵魂得到短暂的休憩。在现代荒原之上,人们可以尝试通过书籍或艺术回归传统理性与秩序化的世界,走进古典的金色大厅,重温人类在长久的文明发展进程中留下来的永恒足迹,体会曾经的美好。毕竟,在永恒的精神世界里,有着古今相通的一贯之气。

那位在窗户边抽着烟蒂并在泰晤士河畔默默流泪的孤独男人,终于找到了自己的家园。

第二章　卡夫卡:城堡的幽灵

弗兰兹·卡夫卡(Franz Kafka,1883—1924)在20世纪文学中处于一个什么样的位置呢? 也许大诗人 W. H. 奥登这句话最有影响力,他说:"就作家与其所处时代的关系而论,当代能与但丁、莎士比亚和歌德相提并论的第一人是卡夫卡……卡夫卡对我们至关重要,因为他的困境就是现代人的困境。"①这个评价非常高。在西方文学史的发展长河中,几乎每一个时代都有一个重量级的代表作家,比如但丁和莎士比亚代表文艺复兴,歌德代表狂飙突进运动。而奥登觉得,卡夫卡便是那个代表20世纪现代作家的人。卡夫卡为什么如此重要? 奥登一语中的,表示他描述的困境就是每一位现代人的困境。的确,卡夫卡的作品不动声色却又惊心动魄地呈现了现代个体所面对的生存危机,真实描绘出他们内在的恐惧、孤独、焦虑、绝望等情绪,同时反映了外在世界的混乱、压迫、冷漠和障碍。尽管在写作领域卡夫卡通常被列入表现主义文学阵营,但他是现代最直接而真实的记录者,无愧于"伟大的现实主义作家中最伟大的作家之一"的称号。

第一节　无声的呐喊

"卡夫卡属于伟大的现实主义作家之列。确实的,他是伟大的现实主义作家中最伟大的作家之一。卡夫卡的作品,其巨大的力量所在,不光来源于他的热切的真诚——这在我们这个时代是少有的——而且由于他塑造的世界是那么朴素无华。"

——卢卡契《当代现实主义的意义》

---

① 袁可嘉.欧美现代派文学概论[M].上海:上海文艺出版社,1993:259.

首先来看一下卡夫卡的生平。卡夫卡的生活经历并不像马克·吐温、杰克·伦敦或海明威这类美国作家丰富，而是和每一位普通的现代人一样简单。除了欧洲人工作间隙常有的旅行生活，卡夫卡一生几乎没有离开过布拉格。他出生在布拉格，死在布拉格，不仅生存空间很有限，生平也没有什么特殊的地方。卡夫卡按部就班地上完大学之后就参加了工作，当了一辈子公司小职员，直到最后生病去世。由此可见，作家平淡的人生经历与其敏感多思的心灵特征并不冲突。如果非要找出他生平中特殊的地方，那就是他一直生活在强势父亲的阴影之下：大学阶段，他按照父亲的要求改选法律专业（之前他选择的是德国文学），先后在法律事务所和法院实习；毕业后又按照父亲的要求入职公司，虽然没能在社会竞争中当上法官或律师，但也在一家半官方性质的劳工工伤保险公司供了职。他对待工作尽心尽职，曾经还被提拔为高级秘书。尽管他尽心尽力，然而始终无法让父亲满意。

　　在卡夫卡著名的《致父亲》一文中，读者可以细致体会到他对于父亲既爱又怕的矛盾情感。后来，在他的长篇小说《美国》中，男主人公 K 因为父亲说了一句"你还不如去死"，就真的投海自尽了，然而跳海前还深情表示自己是爱着父亲的，这亦表现出卡夫卡对于父亲这种"爱畏交织"的复杂感情。

卡夫卡（中）与他的父亲及《致父亲》一书书影

　　卡夫卡的父亲曾是一名军人，退伍之后他靠自己的打拼，从底层白手起家成为富裕的商人。按照现代社会的价值标准，他的个人奋斗史是非常成功的。他也觉得自己拼搏的一生具有榜样作用，认为这才是个男子汉该干的事情，因此他也想让儿子卡夫卡走这样的路，向其学习，取得世俗所谓的成功。然而卡夫卡显然无法和父亲相比,他性格内向、情感丰富、敏感多思,与父亲的身强力壮、精明强干与专横粗暴全然两样。实际上,他的父亲和现代异化社会形成了某种程度上的共谋;更进一步而言,二者对于个体的功利性要求基本上是一致的,却都忽略了生命个体的多元色彩与对温暖的需求。

什么是成功? 或者说怎么样才算现代意义上的成功? 我们可以看看卡夫卡的父亲给他选择的大学专业——法律专业,这看上去非常符合世俗意义上的家长对孩子未来生活的规划和期待,可以帮助孩子获得体面的职业。但是,父亲根据的是成人世界的价值标准,完全无视少年卡夫卡真正的内心需求,对孩子产生了无形的压力。卡夫卡最终未能按照父亲的要求成为大法官或者是大律师,而成了一位普通的公司小职员。在社会竞争层面,卡夫卡是弱的。他曾经在日记中写到,他所认为最理想的生活就是藏在地下室中,远离外在的压力,除了吃饭,不需要和外面的世界发生任何联系,安安静静地从事自己喜爱的写作。然而,这种看似简单的私人化要求在现实世界是很难达成的,所以卡夫卡直至生病去世,都在自己小职员的岗位上兢兢业业、按部就班地生活着。然而,父亲很明显不满意儿子这种"平庸"。在他眼里,儿子过于柔弱、不成器,不像他的儿子。父亲不满的阴影以及作家所处的急功近利的现代社会都给敏感的卡夫卡带来了巨大的压力,这种压力渗透在他的创作中,成了今天所见的《城堡》一类的作品。外在无形的威胁无处不在,渗透进每一颗孤独敏感的心,造就了现代人无路可逃的压力感与危机感。

卡夫卡的创作属于纯粹的个人写作,即所谓"私人写作"。这种私人写作有什么样的特点呢? 说简单点就像每个人写的日记一样,是写给自己而不是用来发表的。为什么可以这么说呢? 我们知道卡夫卡死得很早,41 岁就因为肺病去世了。在去世之前他给最好的大学同学,他的好朋友马克斯·布洛德留下了独特的遗嘱。他让这位朋友将其所写的全部作品与私人文件烧掉。当然,布洛德没有按照他的要求做,不然我们将会损失一笔巨大的文学财富! 正是他将卡夫卡所有的作品整理出来,并进行了公开发表。虽然这违背了卡夫卡的初衷,但是为文坛贡献了一坛珍宝。就烧作品或者烧信件这点要求来看,卡夫卡的创作显然不是写给外人看的。其实,在西方社会,著作出版是一个很大的产业链,比如巴尔扎克、狄更斯、雨果、托尔斯泰、海明威的创作背后,都有关于出版营销一系列很复杂的事情,所以才会出现出版社催着作家写作,或者作家拼命写作用于还债这样的事情。许多职业作家，他们写作更是为了赚钱，或者是为了某种社会责任而写作。然而，卡夫卡的写作完全是写给自己的。弗洛伊德在《作家与白日梦》中表示创作是作家自我减压的一种方式，他说："作家的工作与孩子游戏时的行为是一样的。他创造了一个他很当真的幻想世界——也就是说，这是一个他以极大的热情创造的世界——同时他又严格地将其与现实世界区分开来。"①卡夫卡在现实世界感觉到的压抑以私人化的写作方式加以排遣，将自己在现代生活中感受到的痛苦、焦虑、绝望与孤独，全部表达出来。这是一种宣泄，也是一种对灵魂的治愈。不管怎样，从他临死前"焚稿"的要求可以看出，卡夫卡的写作是非常私人化的。正是这种私人化，绝对真实地呈现出个体生命的处境，直接地描绘出现代人的生存困境，尽管他描述的方式看上去似乎是怪异与荒诞的。

关于卡夫卡的写作方式，学界有个词叫作"卡夫卡式的写作"。卡夫卡式的表达方式看上去的确怪异且不同寻常。卡夫卡喜欢写动物，会通过动物来描写人的异化心态，其中《变形记》可以算是一个典型。作品描写了一个深受重压的公司小职员早晨醒来发现自己变成了甲虫。然而，需要关注的重点不是神话故事中人变甲虫的奇幻情节，而是现代人普遍遭遇的生存压力。人在无形的压力面前无法堂堂正正地做人，只能成为一个无法掌控自己命运的"虫豸"。卡夫卡会写梦，比如他的短篇小说《乡村医生》很大程度上写的就是一个梦，长篇代表作《城堡》也充满了梦魇的场景。这些作品情节不连贯，呈现出真实生活中不可能有的变形与扭曲。但是，每个阅读并理解卡夫卡作品的人都会产生某种"共情"——那是源自心灵深处的互通。他真实呈现了我们的生存体验，包括人和人之间的隔膜、身不由己的痛苦、不能被理解的孤独等等。从这个角度看，他的书写又是非常真实的，所以社会学家卢卡契直接表示："卡夫卡是我们这个时代的现实主义作家。"每个人都可以在他的作品中找到自己的影子。

其实，卡夫卡的表达方式并不算独创，现代作品经常会采用这样的表达方式，这是现代文学"向内转"进程中的一环。现代文学为什么会出现"向内转"的趋向呢？这与现代生活的节奏以及现代人对生活的密切体验有关。外国文

① 弗洛伊德.弗洛伊德论美文选[M].张唤民，陈伟奇，译.上海：知识出版社，1987：29 - 30.

学史通常将卡夫卡归为现代表现主义流派。表现主义在文学与艺术领域都曾有过重大影响。从名称便可以看出，表现主义关注的重心是"表现"而不是"再现"，是从传统文学对于现实的描摹转向对于精神世界的揭示。这与现实主义文学的书写方式截然不同。现实主义最大的特点是写实——生活是什么样子的，就将它的样子白描出来，提炼出"典型环境中的典型人物"；而表现主义则深入个体的内心世界，呈现某种心灵的真实。整个20世纪文学"向内转"的进程，就是深入内心世界进行探索的过程。20世纪文学并不停留于现实表层或简单描摹现实。

总之，表现主义的总体特征"是表现，不是再现"；"不是现实，而是精神"，聚焦于个体面对外在世界的内在世界，表现内心，表现精神，表现内在的灵魂、生命的冲动、心灵体验。表现主义透过事物的外层表象，展现内在的灵魂；直接表现人物的心灵体验，凸显内在的生命冲动。当然，它也表现外在世界，但是外在世界永远是强大的阴影或模糊的背景，对内在世界形成无形的挤压与影响。表现主义从外至内，将现实主义的写实外壳去掉，直接将心理变成了现实。20世纪的文学为什么会有这样的转变？正因为现代生活变动不居，外在节奏加快，现实主义的笔触已经远远无法描写快速变化的现代生活；表现主义呈现内在心理的方式反而显得非常真实。这种描写现实的方式起初让读者觉得很怪异，难以接受，被公认为是现代主义文学的首创。其实除了卡夫卡，表现主义文学的阵营还有美国的奥尼尔、瑞典的斯特林堡等剧作家的戏剧作品。斯特林堡的《鬼魂奏鸣曲》让幽灵直接登场，将人内心深处的邪恶、惊恐与矛盾纠结都在舞台上直接呈现。当然，在现实生活中，是不可能有鬼魂出现的，也不会让分裂的人格以两种人的形象同时登台。让真实生活中不可能出现的事物在舞台上显现，这就是表现主义戏剧的诡异之处。

如果用一幅画来给予表现主义最直接呈现的话，最恰当的应该就是挪威画家爱德华·蒙克的代表作《呐喊》。画面呈现的场景显然是不真实的，因为现实生活中极少有人长着骷髅形的脑袋，没有头发且形状扭曲的脑袋。外界的景物也极其梦幻，血火红的波浪式的天空、黑蓝色的远景，看不清这些景物具体到底是些什么，却给观者带来了强烈的心理冲击。画中人显然受了某种刺激，从内心产生强烈的波动。这幅画的题名叫《呐喊》，画中人呐喊的具体原因不得而知，据说蒙克当时正遭遇着常人难以承受的困苦、孤独、惊恐与绝望，最终爆发出可怕的生命呐喊。他从桥的一端奔跑而来，天地变色变形，人物扭曲。他双手抱着头颅，脸部变形，眼神、嘴型都发出了叫喊状，表达出强烈的恐惧。天空中的云彩的变形变化也是为了应和个人的恐惧，真实不再重要，外在世界扭曲、变形、幻象化，反映了内心的激烈、狂热、喧嚣、不安和非理性的情感情绪。这幅画是对表现主义最好的诠释。绘画通过色彩与线条来表现人的内心波澜，转至文学作品，便是通过语言来呈现现代人的心理风暴。

爱德华·蒙克《呐喊》

　　表现主义艺术呈现出从外到内的转变，凸显外在环境挤压下的内在灵魂。它有如下几个鲜明的特征：一、强调主观感受，表现内在实质，即揭示个体深藏在内部的灵魂。二、擅长描写人的下意识，会将现实扭曲、幻象化，用以表现内心激烈狂热、喧嚣不安和非理性的情感情绪，比如梦魇的世界。三、擅长探讨人类普遍性、本质性的深刻问题，比如人人都会有的恐惧。四、人物符号化，在表现主义的作品中，人物具有普泛性，这个人是张三还是李四都不重要，他是每一个人的代名词。比如卡夫卡作品中的主人公经常被其称为 K。这个 K 究竟是不是卡夫卡本人呢？是也不是，K 是每一个现代人的化身，他的痛苦、焦虑、孤独、绝望、恐惧是人类共同的心病。人物因此变成了符号，没有什么特殊性。

五、表现主义具有独特的表现手法。我们经常会在表现主义的艺术中看到梦魇；如果是戏剧体裁，便会出现假面具、幻景、幽灵世界、人鬼同台并置的情况。在卡夫卡的小说中，除了梦幻、变形，还有象征、寓言等手法的运用。值得一提的是，表现主义艺术中的梦缺少了玫瑰色，与 20 世纪末的黑色幽默一样，涂抹上了浓郁的悲观、焦虑、恐怖、绝望的色彩，这与一代人的荒原感受是契合的。

尽管没有得到本人的承认，但毋庸置疑，卡夫卡是典型的表现主义作家。表现主义艺术真实地揭示出现代人的生存与心理状态，是属于那个时代的现实主义，恐怕 20 世纪没有比卡夫卡的作品更真实的文学世界了。

第二节　安宁是不可能的

"对我来说，最好的生活方式即带着我的书写工具和台灯住在一个大大的被隔离的地窖的最里间。有人给我送饭，饭只需放在距我房间很远的地窖里最外层的门边。我身着睡衣，穿过一道道地窖拱顶去吃饭的过程就是我唯一的散步。"

"我今天看了一张维也纳的地图，有那么一会儿我觉得难以理解：怎么人们建起这么大一个城市，而你却只需要一个房间。"

——卡夫卡

卡夫卡被认为是可以与但丁、莎士比亚、歌德相提并论的伟大作家，他用表现主义的方法写作，真实地呈现出现代人独特的生命体验。进入卡夫卡的作品，就是进入每个个体的心灵世界，唤醒潜藏在内心深处的恐惧感、不安全感、异化感、荒诞感、孤独感、负罪感与绝望感，了解 20 世纪荒原上人类共同的生存困境。

首先，让我们谈谈恐惧。恐惧感源自某种不安全感。像浮萍一样生活在都市中的人，面对高节奏的现代生活与生存压力，感受到的便是不安全。房价之所以那么贵是因为人们总觉得需要一间自己的房间，生活才会稳定可靠些。读书阶段可能还好一点，因为和原生家庭还有非常密切的关联，父母给了孩子安全的港湾。但是当离开父母独自面对这个世界，特别是独自在某个城市打拼时,拥有一个属于自己的家就显得尤为重要。现代社会变动很大,生活节奏很快,外面的世界变化莫测,总是让人感觉到不安宁。比如前两年江南大学东门外还没有高架桥,但现在高架桥上已经车水马龙了;近期无锡将会有条湖底隧道直穿太湖,车行湖底10分钟后便能看到灵山大佛。这些都是大工程。再举个小例子,某一天学校的浴室突然换成了电子锁,图书馆许多设施也开始电子化,转变似乎就在一瞬间,一切都让人猝不及防。人们经常会用日新月异来形容现代社会的变革。外面的世界变化太快,人的内心便会感觉恐慌,这种恐慌实际上就是一种不安全感,因为不知道外面随时随地会发生什么样的事情,会发生怎么样的改变,渗透至内心深处,人就会感觉到不安全。卡夫卡非常擅长写现代人的恐惧与不安全感,当然,这源自他自身的真实体验。他说:“我现在正处于我的生命途程的顶点,就是在这样的时候,也几乎得不到一个完全安宁的时刻。”①

　　卡夫卡对于不安全感的描绘最集中地体现在他的短篇小说《地洞》中。故事讲述了一个类似地鼠之类的小动物,为了保护自己免受外在威胁的侵袭,整天战战兢兢忙着打洞。卡夫卡曾经描述过他理想的生活,即类似“地洞”生活的“地下室”生活,与外界隔着无数道门,仅仅需要有人每天在门外放些果腹的食物即可。他写道:“我经常想,对我来说,最好的生活方式即带着我的书写工具和台灯住在一个大大的、被隔离的地窖的最里间。有人给我送饭,饭只需放在距我房间很远的地窖里最外层的门边。我身着睡衣,穿过一道道地窖拱顶去吃饭的过程就是我唯一的散步。”②这种封闭的内在需求源于对外在威胁的恐惧与对外在混乱的不理解。卡夫卡将弱小动物的心理写得非常真实:“即使从墙上掉下的一粒沙子,不弄清它的去向我也不能放心。”③有一粒灰尘掉下来,都会感觉出了什么大事,一定要把它检查清楚,才觉得可靠一点。为此它将地洞打得四通八达,整天忙忙碌碌,并在洞内储存着大量食物以保障最基本的生存,仅是为了便于逃跑的出口就安排有好几个,因为它感觉到危险随时可能出现。这个小动物精心营造着属于自己的私人空间,如同每个人需要一间属于自己的

---

①　卡夫卡.变形记[M].李文俊,译.南京:江苏凤凰文艺出版社,2021:227.

②　卡夫卡,叶廷芳.卡夫卡全集:第9卷[M].石家庄:河北教育出版社,1996:213.

③　卡夫卡.变形记[M].李文俊,译.南京:江苏凤凰文艺出版社,2021:245.

房间,这是现代人不安全感寓言式的表达。在乡村生活的人很少有这样的感受,因为他们深深扎根于故乡的泥土之中;而生活于都市之中的人却像浮萍一样随波逐流,永远不知道明天将漂向何处。在这样的境况下,人会感受到外在世界的威胁,内心得不到安宁,这和现代快节奏的生活、危机四伏的生存环境密切相关。《地洞》写出了每个人为消除这种不安宁的感觉做出的辛苦努力。例如当下我们拼命努力考上大学后,觉得还需要读个研究生,需要多弄些证书,英语 4 级不够还需要考过 6 级,再多学一种语言……其实这些都是缺乏安全感的表现,总觉得必须得有十八般武艺,将自己包裹得严严实实的,才能应对这变动不安的现代生活与现代社会。面对不确定的未来,每个人的内心充满了恐惧,这种恐惧感每一个现代人都有,即使那些看上去似乎拥有一切的人也不例外。打洞是为了安全,为心灵寻找栖息之地,享受生命中难能可贵的"寂静"与"安宁"。然而卡夫卡深知,"这种寂静是虚假的",甚至可能会在你觉得最安全的那一刻突然中止,就如同结尾处那个悄悄逼近的威胁。所以说,《地洞》是一个隐喻、一则寓言,它如此真实地揭示了每个现代人内心深处的惶恐不安。

卡夫卡对现代人的困境感同身受,因而能够真切传达出个体生存于世的异化感、无力感与荒诞感。《变形记》是卡夫卡的代表作,写了年轻职员格里高尔早晨醒来突然变成了一只大甲虫,这种变形是现代人在各种压力下的异化。人变成了虫豸,活得不像人,无法主宰自己的命运,随时随地可能被碾压。在现代社会里做个有尊严的人,是件非常不容易的事情。当一个人为了生计而忙碌,去求职,在领导面前谨小慎微,做着毫无意义的事务,甚至还要违背良心迎合外部世界的乌烟瘴气,还谈得上什么尊严? 作品中的小职员为了一家人的生计,过着自己不愿意过的朝九晚五的生活,每天应对枯燥、机械的工作,感觉不到任何乐趣和意义,但是突然有一天当他因为压力而倒下时,父母甚至他最爱的妹妹也不能理解他,他怀着愧疚,宁愿死去也不愿意成为亲人们的负担。《变形记》是作为小职员的卡夫卡一生孤独与无力的写照,也是无数被异化与压迫的普通人的人生镜像。

现代人的生活束缚重重,生而为人显然并不快乐。在短篇小说《一份致某科学院的报告》中,卡夫卡对人类文明的进程做了反思。作品写了一只非洲猿猴,被捕获之后经过长期的训练,学会像人一样抽烟、喝酒,甚至进行学术报告,似乎变成了真正的人。然而,这种转变是迫不得已的,只不过是为了生存。它表示:"我并没有兴趣模仿人类;我模仿,因为我在寻找出路,没有别的原因。" "我没有出路,那我必须开辟一条,因为没有出路我就活不下去。一天到晚面对这箱子——那我肯定会完蛋。""在没有自由可选择的前提下,我没有别的路可走。"①从猿猴转变成人,这与人类进化史非常类似;然而生活在现代牢笼中的人们,甚至还不如生活在丛林里的祖先,因为失去了"真正的自由"而变得走投无路。作为保险公司的小职员,卡夫卡不得不勤奋工作以应付生计,就像被迫抛弃本性的猿猴红彼得,虽然在文明世界的杂技舞台上展示过无数成功的表演,但内心的压抑、孤独、苦闷、忧愤却是阴郁而沉重的。卡夫卡对20世纪人类荒诞的生存现状产生了深刻怀疑。

卡夫卡的《在流放地》进一步揭示了现代荒诞的生存境遇,集中呈现出"物"对人的侵蚀,虚构的故事背后却掩藏着可怕的真实,这些主题后来在荒诞派戏剧中有着更为充分的表现。一位军官发明了一件满意的刑具,能够让受刑者很痛苦地死去。这个军官感到非常骄傲,将机器使用的方法展示给一个过路人看。他一步一步展示每个细节,说明机器上的针可以戳入受刑人的身体,如同绣花一样让犯人慢慢流血而死。在展示的过程中,犯人表现得很麻木,对死亡没有感受;反而是发明者异常兴奋,兴奋到为了证明机器的精密,亲自体验了这件完美的杀人工具,最后很悲惨地被机器杀死。在现代社会中,人类被科技的进步异化——当然并不是说这些发明不好,而是说需要慎重对待物质发明。比如手机是一项伟大的发明,可以让我们足不出户而知天下事,但它对个人生活、身体健康以及亲子关系上的破坏也是巨大的。再比如监控录像,可以帮助事件重现,但这双监控的眼睛无处不在,对私人生活造成了侵害。现代人容易被自己发明的机器异化与控制,深陷其中而无力自拔,生命体的生存空间反而缩小了。

孤独意识在现代生活中格外强烈。卡夫卡曾发出这样的感慨,他说:"尽管人群拥挤,每个人都是沉默的,孤独的。对世界和自己的评价不能正确地交错吻合。我们不是生活在被毁坏的世界里,而是生活在错乱的世界里。"②这段话

① 卡夫卡.变形记:卡夫卡中短篇小说全集[M].叶廷芳,等译.北京:人民文学出版社,2017:94-98.

② 雅努施.卡夫卡对我说[M].赵登荣,译.长春:时代文艺出版社,1991:114.

应该是现代人最强的心灵感受。面对沉重的生存压力，每个人都被裹挟着忙忙碌碌，根本没有精力去沟通。即便是至亲，由于现代生活的异化也互不理解，甚至相互伤害。卡夫卡是这样向女友描述自己所感受到的亲情的："我生活在父母的家里，生活在最善良、最可亲的人中间，但是我在家里比陌生人还要感到陌生。"①《变形记》《判决》等作品对异化的亲情都有详尽的描述。此外，娱乐大众社会制造的生活泡沫太多，阻止了人与人之间真诚的精神交流。最深层的现代孤独应该属于真正的艺术家，这是面对"马戏团"式的浮华世界独有而深沉的孤独。

　　小说《饥饿的艺术家》虚构了一个禁食表演的艺术家，他可以在很长时间内不吃任何东西，用来挑战生命的极限。之所以进行饥饿表演，他表示是因为在这个时代根本"找不到适合自己口味的食物"②。卡夫卡采用一贯的隐喻笔法，表达了艺术家的精神饥饿与失落。在现代社会中，面对着大量的文化泡沫，艺术家想坚守真正的艺术而拒绝浮华。然而大家不能理解他，甚至还侮辱他：一些人故意在他面前吃东西，引诱他；有的甚至偷偷地给他塞食物；大多数人对他的"禁食"表示怀疑。这些行为都是对艺术精神的亵渎。只有艺术家一个人坚守着自己的艺术，坚决不吃任何东西。起初，大家因为新奇而去看看他，后来渐渐就失去了兴趣，甚至将他遗忘在动物园的笼子里。除了两三个小孩偶尔驻足观看，其他人宁愿去看狮子老虎也没有兴趣关注他的艺术了。当人们最后发现他的时候，他已经奄奄一息了，艺术家以生命为代价达到了艺术的最高境界。然而，等他死后，一头年轻的豹子很快取代了他的位置，吸引了大众的目光。《饥饿的艺术家》写出了坚守艺术精神的艺术家的孤独，他们是20世纪真正的"殉道者"。这显然又是一则现代寓言，卡夫卡通过艺术家的故事讲述自身的精神痛苦。在娱乐化的社会里，一切都成了肥皂泡，艺术成了动物园的陈列，艺术家被污蔑，真正的艺术精神被践踏，艺术的悲剧成了大众的喜剧，这是多么可悲的事情！

　　卡夫卡作品中还有强烈的负罪意识，这可能与卡夫卡的生平以及犹太人身

---

　　① 斯默言.卡夫卡传［M］.长春：东北师范大学出版社，1996：184.
　　② 卡夫卡.变形记：卡夫卡中短篇小说全集［M］.叶廷芳，等译.北京：人民文学出版社，2017：116.

份相关,他一生生活在父亲的阴影之下,处处感受到犹太人遭受的非难。然而从更广阔的社会氛围来看,现代生活给每一个人强烈的压抑感,卡夫卡自觉跟不上这个时代,无力与外在世界抗衡,并对幸福缺乏信心。在家庭生活中,他因达不到父母要求而自责,这在《变形记》主人公变形后的心理中有深深的体现;在婚恋期间,他因为先后"给两位姑娘"带来不幸而深感内疚;在社会生活中,他又因无法拯救这个世界而感到悲哀。

卡夫卡曾经订婚多次,但最后还是解除了婚约,决定不要结婚。因为他觉得根本没有力量负担起一个家庭,特别是给他人带来幸福,他说:"我爱一个姑娘,姑娘也爱我,可我不得不离开她。"卡夫卡深知自己不适应现代生活,更不可能给一个女人带来幸福,所以他若干次订婚,又若干次解除了婚约。在给第一位女友菲丽丝的求婚信中,他写道:"现在你想一想,菲丽丝,婚姻会给我们带来怎样的变化,每个人将会失去什么,每个人将会赢得什么。我将会失去我大多数时候都很可怕的孤独,赢得你,我爱你超过所有人。但你会失去迄今为止几乎完全满意的生活。你会失去柏林、让你快乐的办公室、女友们、小小的娱乐,失去嫁给一个健康有趣的好男人,生下健康漂亮孩子的前景,你只要想一想就会很渴望。用这些不可低估的损失换来的是一个生病、孱弱、孤僻、沉默、悲伤、僵硬、几乎绝望的人。"①这哪像是求婚信?不过菲丽丝经过考虑还是接受了卡夫卡的求婚,但退缩的依旧是卡夫卡,他在结婚前一个月取消了婚姻,"自从决定结婚的那一刻起,我就再也睡不着觉,脑袋白天黑夜都发烫,我没法再过日子,绝望得四处晃荡"。这种婚姻上的犹豫与他的负罪意识关联密切。在《判决》中,他与父亲在结婚问题上进行了交流。父亲对他的决定不屑一顾,觉得他根本无法通过婚姻变得强大,反而是对自身与整个家庭的背叛。因为按照父亲的标准,卡夫卡不具备现实担当的力量,只能生活在父亲的阴影之下。卡夫卡也觉得自己做不好,没有办法成为父亲那样的人,日子过得穷途末路(小说中那位贫病交加的朋友正是卡夫卡顾影自怜的镜像),对家庭、父母、爱人来说都是负担。为此,他产生了强烈的负罪意识。训诫之后,父亲厌恶地宣判了他的死刑,主人公于是真的跑出门外,投河自杀了。请注意,这是卡夫卡在与菲丽丝热恋期内献给女友的作品。

---

① 卡夫卡.卡夫卡书信日记选[M].叶廷芳,黎奇,译.天津:百花文艺出版社,1991:210.

有时候,负罪意识还体现在有意或无意地进入了害人者行列。卡夫卡表示:"生活在一个罪恶的时代,我们都应该受到责备,因为我们参与了这个行动。"①在长篇小说《城堡》中,村民出于对权力的恐惧而对信使巴纳巴斯一家自行疏远。尽管城堡那边毫无动静,但村民趋炎附势的迫害就已经开始了。作为有良知的人,卡夫卡一生都背负着沉重的时代负罪感。

现代人失去了终极的拯救,卡夫卡用梦魇的方式表达了对生活的绝望,他的《乡村医生》将人与世界的隔膜表达得很残酷。在现代社会,医生作为一个救死扶伤的职业,代替了传统信仰世界里牧师的地位,带有救赎的色彩,只不过将拯救灵魂转向了拯救身体。在现代社会中,人们将拯救的希望更多地寄托于医院,正如作品中所写:"我这个地区的人们就是这样的,总是向医生们要求力所不及的事。他们已经失去了旧的信仰;牧师坐在家中,撕着一件又一件弥撒服;医生凭他动手术的纤弱之手,却应当无所不能。"②但是我们可以看到小说中的乡村医生(很可能也就是卡夫卡自己,他一直为拯救自己与世界而努力),自身的生活都成了问题:女仆在家里很可能会被马夫欺负;马匹该快的时候不快,该停的时候又停不下来;他医治的孩子带着美丽的伤口却并非真正有病(这伤口如同卡夫卡童年便有的精神创伤),但孩子的家里人却一定让他救治,甚至蛮不讲理地剥去了他的衣服。在各种窘境下,他感受着人与人之间的隔膜、人对人的敌意、世界的冷漠,作为救人者的他身陷囹圄。显然,卡夫卡觉得在失去终极救赎的现代世界里,是没有办法完成拯救的,这主要源自人和人之间厚厚的隔膜。救赎者在这样充满敌意的世界里深陷泥沼,更谈不上什么救赎他人了。

卡夫卡心思细密、描摹细腻、细节动人,书写自己(也是每个现代人)的生存感悟与生命感受,虽然采用的是变形扭曲的表现主义方式,却无比贴切,比任何现实主义文学都更真实地透视了那个时代,让人产生深深的共鸣,这便是 20 世纪特有的"写实主义"文学样式。每一个现代生活中的个体,都能在这位生活在布拉格的小人物身上感受到相同的恐惧、不安、痛苦、孤独、彷徨、异化与绝望等心灵困境,这便是卡夫卡的伟大之处。

---

① 雅努施.谈话录[M]//卡夫卡,叶廷芳.卡夫卡全集:第 5 卷.石家庄:河北教育出版社,1996.

② 卡夫卡.变形记:卡夫卡中短篇小说全集[M].叶廷芳,等译.北京:人民文学出版社,2017:66.

第三节 一切障碍都能摧毁我

"在巴尔扎克的手杖上刻着:我在摧毁一切障碍。在我的手杖上则是:一切障碍在摧毁我。共同的是这个'一切'。"

——卡夫卡

卡夫卡的作品是现代心灵的镜子,能够照出每个人内在的惶恐,发现每个人面对的种种生存困境。现代人的内在心理,与其外部环境密切相关。现代世界的无形压力渗透到个体身上,就变成了心理的内容。读卡夫卡作品第一印象是心灵危机,接着就能隐隐约约看到"城堡"的存在。外在世界像城堡一样压迫着每个个体,正因为这些外在的压迫,我们的内心世界才会扭曲变形、陷入困境。那么,外在的城堡有哪些呢? 他写到了权力压迫、官僚体制、法律问题、异化的生活、现实的混乱、金钱社会等。所以,在卡夫卡笔下哪里会有有尊严的人? 他觉得像个渺小羸弱的虫豸,或者是那个感觉不到安全的小地鼠,"一切障碍在摧毁我"①,随时随地可能被碾压。卡夫卡的小说永远存在着牢固强大而又纷杂可怕的外在世界,这在他的长篇小说中表现得尤为明显。他的《美国》描写了现代人生存的混乱场景;《审判》写体制、机构、制度等国家机器对个体的威胁与限制;《城堡》则用最精确的寓言象征笔法塑造了和人对立的城堡形象。

《美国》是卡夫卡的第一部长篇小说,还保持着写实主义文学情节的完整性,但已经具有了表现主义小说的梦魇特质。小说写了一个男孩在美国的遭遇。当然卡夫卡没有到过美国,他虚构了这样一个故事。这个 16 岁的少年梦幻般地来到美国,去投奔他的亲戚,遇到了各种各样的人,有的人诱惑他,有的人欺负他。所谓的"美国"就是混乱的代名词,这很可能是当时古老欧洲对新兴美国的看法,卡夫卡利用"美国"这个词表达了外部世界的整体敌意,包括混乱、迫害、不安宁等。男孩找不到出路只好返回家乡,最后在和父亲的争执中,投海自尽。整部作品充斥着个体与世界的对抗。

---

① 卡夫卡,叶廷芳.卡夫卡全集:第 5 卷[M].石家庄:河北教育出版社,1996:153.

卡夫卡另一部重要的长篇小说叫《审判》，表层写的是人与法的冲突，却也深深揭示了外在世界的不可控。故事呈现出卡夫卡一贯的荒诞。一个名叫 K 的人某天早上突然收到法庭的传讯，宣布他犯了罪，至于犯了什么罪，受怎样的惩罚，没有任何说明。刚开始，他到处辩白自己并没有犯罪，四处去寻找证明自己没有犯罪的证据。最怪诞的是法庭虽然宣布他有罪，却并没有立刻对他进行审判，他还能像正常人一样自由活动、四处奔走。只是这个无形的审判已经完全影响了他的生活，他全部的时间都用来找寻自己犯罪的真相，甚至在法庭上为自己辩护，但是并无人回应他。个体的一切努力看来都是徒劳的，两个刽子手最终出现了，而 K 也失去了最初的反抗，像一条狗一样被处决了。这是一则看似荒诞的故事，但细想之后却透露出可怕的真实：现代人的一生中将会遭遇无数次这样的"审判"。在现代社会无处不在的危机中，在强大的社会机器与权力机构面前，个体真的可以掌控自己的命运吗？

卡夫卡曾是法律专业的大学生，也曾在法律事务所学习，显然他对欧洲司法机构非人的本质有着深刻的认知。《审判》中有个非常经典的故事可以说明这部小说的主题。这个故事曾作为短篇收录在《卡夫卡中短篇小说全集》中，名叫《在法的门前》。在法律门前站着一个门卫，一个农村来的男人走上去请求进入法律之门，但是门卫说现在还不允许你进去，男人想了想问是否以后可以进去。门卫说那倒有可能，但现在不行。看到法律之门像往常一样敞开着，而且门卫也走到一边去了，于是男人弯下腰想看看门里的世界，这一切被门卫看到了，门卫就笑着说："你这么感兴趣，不妨不顾我的禁令，试试往里闯。不过，你要注意，我很强大，而我只不过是最低一级的守门人。里边的大厅一个接着一个，层层都站着守门人，而且一个比一个强大，甚至一看见第三道守门人连我自己都无法挺得住。"[1]困难如此之大，是农村男人始料未及的，他还以为法律的门对任何人在任何时候都是敞开的。经过仔细观察，看着眼前这个强大的门卫，他决定还是等下去为好，直到能够被准许进去为止。门卫甚至递给他一个小板凳，让他在门旁边坐下。然后他便在这里日复一日地等待，并且多次尝试进入，但是最终都失败了。男人为这次"旅行"做了充分的准备，他想用一切值

---

[1] 卡夫卡. 变形记:卡夫卡中短篇小说全集[M]. 叶廷芳,等译. 北京:人民文学出版社, 2017:69.

钱的东西来贿赂门卫,门卫虽然接受了他的贿赂,却还是拒绝他的进入。乡下人忽略了其他门卫的存在,觉得眼前这个守门人是针对他的唯一障碍,并且为之痛苦而烦恼。随着时间的推移,他变得日渐苍老,周围也越来越黑暗。弥留之际,他提出了一个疑问:"大家不是都想了解法律是什么吗?为什么这么多年以来,除了我再没有别的人要求进入法律之门?"门卫的回答是:这道门只为你一人而开。既然你快死了,那我就关门走人了。

卡夫卡的"法的门"令人毛骨悚然,它不仅仅是现代官僚机构或国家机器设置的罗网,同样也是个体成长过程中必须面对的生命的障碍,卷入其中的人根本无法跨越。卡夫卡阐述得非常深刻,他虽然谈论法律,但涉及面比法律更为广阔。"这个门就是为你而开"——一旦个体进行追问或有所追求,世界就设置了重重障碍,人生之路荆棘遍布,越是想了解真相所受的阻碍越大。在门的后面还有无数道门,在外面的人永远也看不见真相也得不到幸福。卡夫卡展现了现代人的生存状态,不仅在法律领域,而且在生活的各个层面,都将面对庞大、坚硬、无坚不摧的障碍,还有各个领域无形的权力之网。作为个体太脆弱了,随时可能被第一道甚至最小的障碍所吞噬。法的门,是个体必须面对的重重障碍,是荒诞且无力抗争的外在世界,也是卡夫卡对现代威胁的本质性认知。

《城堡》和卡夫卡其他两部作品一样,也是一则现代寓言。寓言是用比喻性故事来传达某种深层的蕴意,故事只是表层,最重要的是其蕴含的深意。《城堡》核心是围绕"城堡"展开的,其中的重点就是城堡的含义。那么这个城堡究竟代表什么?其实它的名字就是很好的解释:城堡寓意强大的外在威胁。书中城堡几次出现的形象无不展现出威严、阴森、冷漠、牢固、神秘,无法靠近却又主宰一切,神秘莫测而又无法抗拒,是现代生活的人所感受到的无形的压力,一种潜在的异己力量。正是在它的阴影下,每个现代人都处于恐惧、孤独、不安定与荒诞之中。

加缪认为卡夫卡非常擅长"有逻辑的荒诞"。原本"虚"的存在被卡夫卡写得很"实",书中有几段很详细的关于"城堡"外观的细描,真的有座具象的城堡耸立在 K 面前,里面有杂乱无章的建筑群,有乌鸦围着它的高塔在飞,上面还会响起洪亮的钟声。这些真实的描述与永远走不进去的徒劳形成了卡夫卡小说特有的悖谬,恰恰为 K 的生存境遇笼罩上了一层梦魇式的荒诞氛围。在关于"城堡"有逻辑的描摹中,卡夫卡特意提及了"城堡"与"故乡"的差别。K 是一个失去故乡的异乡人，他接到了城堡的任命书，到城堡来只是因为找工作的需要，城堡有指令任命他为村子的土地测量员。不过，当他到达村庄之后，村长却查不到这项任命。K想进入城堡又无法进入，所以他只好在村子里住了下来，急切地想弄清自己的身份。这就是《城堡》故事荒诞的开始。

主人公K是一个异乡人，他不停地想弄清楚自己的身份，所以一次次地想进入城堡，却一次次地失败了。在这个反反复复的过程中，他和城堡下面村子里的人（村长、酒店老板娘、克拉姆的情妇、巴纳巴斯一家以及两个助手）发生了各种各样的联系。他曾多次听说城堡官员的来访，但每次都像在梦魇中一样，无法会面那位叫作克拉姆的重要长官。这个作品是没有结尾的，不过卡夫卡曾经告诉了朋友故事的结局，他说直到K快死的时候，才会有人从城堡传来口信表示他现在可以在村子里永久居住了。这和《审判》中那扇"法的门"极为类似，乡下人快死的时候门卫才告诉他，这个门就是为你而设的。这就是一位异乡人想要生存下来必须面对的荒诞境遇。现代人是没有故乡的人，没有了故乡就是失去了稳固的根基，成了异乡的浮萍。K想在异乡确定身份，但是障碍重重，因为异乡并非故乡，他只是这个陌生世界的流浪者，也是所有现代人必须面对的身份难题。

卡夫卡非常擅长写现代人没有故乡、没有根基、没有安全感的状态，就像不停在寻找安稳的小地鼠，这源于他自身深刻的生存体验。远离了故乡的K，很久没有回故乡去看看了，但故乡的印记还在，那是乡愁、安宁与精神家园。城堡不是他的故乡，而是他为了生存必须停留的地方，它高高在上，对个体形成了潜在的钳制。当然城堡并没有发出任何明确的法令，但是既然生存于此，它的权力就无处不在，它神秘的力量笼罩一切，令人无法抗拒，潜移默化地影响着每个村民，也在无形中主宰了K的命运。这就是现代人生存境遇的荒诞性展示，城堡也成了"外在压力"的集中体现。

纵观各种类型的研究，"城堡"已经拥有庞杂的解释。一、形而上学阐释视角认为城堡是最高的拯救，K是追求这种最高拯救的人。二、心理学阐释视角认为城堡是K的自我意识的外设。作为现代人，K感受到了外在世界的压迫，将它外化成了城堡。这种压迫可能是权力、疾病，虽然不确定，但是对人的生存形成了巨大威胁与控制，特别是在心理层面形成了某种压力。三、存在主义阐释视角认为城堡是荒诞世界的外在形式，是现代人必须面对的危机。K所有进入城堡的努力都是徒劳的,这正是人类荒诞生存状态的呈现。四、社会学阐释视角认为城堡是官僚机构的展示。书中提及 K 想弄清楚自己的身份,去了村长家,村长从箱子里搬出了如山般高高一堆的资料,想弄清到底有没有他的任命书。这个细节呈现了官僚体制下事务处理的繁复与琐碎,也有人在其中感受到了权力的控制。五、马克思主义阐释视角更多地关注物化的问题,将个人的恐惧感普遍化,将个人的困境上升到历史和人类普遍的困境,认为 K 的恐惧来自个人和外在世界的矛盾。面对一个物化世界,个体感受到了自身的无能为力。六、实证主义阐释视角细细地考察作者的生平,指出《城堡》中的人物、时间,与卡夫卡身处的时代、社会、家庭、交往、工作、旅游、疾病、个性等有密切关联。

　　一部作品一旦写出来之后,它就成了多义的符号,特别是卡夫卡的作品,它本身就是寓意丰富的现代寓言,因而内蕴深远。再次回到《城堡》,城堡无形的威胁与特殊的权力究竟是如何实施的? 这也是卡夫卡小说的秘密。高高在上甚至显得有些虚空的城堡以其隐秘的方式施加它的魔力,具体到每一个村民身上。K 是进不去城堡的,所以他活动的范围只能局限在村子里,他在村子里琐碎的生活构成了一部没有结尾的长篇小说的全部。城堡的运作是无形的,但它会作用于每项具体事务与具体的人,甚至在每个村民的言语中都有体现。很多评论者运用福柯的微观权力理论对《城堡》加以分析,这是非常贴切的。现代社会的权力运作就是这样潜在、牢固与无孔不入的,是一张无形的大网。其中代表性事件便是巴纳巴斯一家的遭遇,这是《城堡》中的典型案例。巴纳巴斯的妹妹收到了一个城堡官员措辞下流的求爱信并当众撕毁了信件。本来这是很正当的反应。但是因为这件事,全体村民自发对这家人进行了疏离与攻击。为了弥补"过失",这家父母大雪之夜站在路口等待城堡官员经过,希望能有机会乞求原谅,却冻伤腿脚瘫痪了;姐姐为了和城堡官员接触,在村中酒店当了妓女;弟弟则成为一名城堡与村子之间的信差,来挽回他们一家并没有犯的错。可以看到,城堡并没有直接发号施令,那个被撕掉求爱信的官员也没有发出任何声音,但村民因为恐惧或因为异化,自愿当起了城堡的维护者,给巴纳巴斯一家带来了灭顶之灾。他们的疏离与攻击让人想到很多现实的人性。时代的一粒灰尘,落在个人身上就是一座大山。在巨大的社会机器面前,个体的弱小可想而知。对于 K 不懈进入城堡的努力,可以看到村民的不理解,他们已经安于城堡的安排,不再追求真相。旅店的老板娘被城堡官员克拉姆抛弃之后,还保留着对方给她的三件物品,并引以为豪,甚至对 K 想见克拉姆的努力进行无情的嘲讽。正是在这些阻力面前,K 想进入城堡困难重重。

在学习 20 世纪文学时,经常会进行现代与古典的比照。在对比中我们似乎发现,现代人畏缩了,不再有古典世界里那些敢想敢做的英雄。古希腊英雄阿喀琉斯即使知道命中注定会死在特洛伊战争中,也要为了荣誉出征。但是在卡夫卡的小说世界中,个人往往是"弱者",没有办法掌控自己的命运,没有力量抵抗外在强大的城堡,充满了孤独感、焦虑感、不安全感、荒诞感、异化感、绝望感;现代人在重压下变形成为虫豸、地鼠,感觉生活于世,对家人、对自己都是一种负累。这是信仰破灭、价值危机的背后,人类自我怀疑与自我放逐的结果。卡卡夫一眼就看穿了世界的荒诞、人性的悖谬和社会的异化本质,重新审视了现代人习以为常的生活,如此真实地揭示了个人遭遇的内外困境。

然而,尽管卡夫卡的作品充满了荒诞与梦魇般的黑暗,但还是在字里行间投射出独特的亮光,如同法的门内永不休止射出的一道光芒,城堡上空发出的叮叮当当的铃声,还有无数个像 K 一样执着追求真相的人。这些存在有什么样的意义呢? 在《法的门》中,我们可以看到那个顽固的乡下人。门卫质问他:其他人都没有追问法律的本质,为什么你却要来刨根问底,就这么糊里糊涂活着不行吗? 所以这扇门就是为你而设,为你的探索设置重重障碍。但是那个乡下人还是顽固地坐在那里,他就是想弄清楚法律的真相。卡夫卡的确对 20 世纪的人类生存有着悲观的看法,但他并没有放弃对本真存在的追求。个体即使挣脱不了罗网,也有了解真相与追求光亮的权利。卡夫卡作品中的 K 应该就是这样的代表,以弱者独有的方式来抵抗着异化的世界。

卡夫卡显然是弱者,一切障碍都能摧毁他,这体现在身体、家庭、婚姻、社会竞争各个层面。但是有灵魂的人往往不是强者。灵魂与思想不同:思想让个体变得强大而冷酷,可以穿越一切"媚俗"的陷阱傲然于世;灵魂却很敏感、脆弱,易于受到惊吓,它蜷缩在身体的内部,悲伤、惶恐、愤怒,带着羞耻感(没有灵魂的人没有羞耻感),随时随地会受伤。然而,弱者的美好恰恰在于他的身体拖着灵魂的影子,洞察真相,珍爱生命,表现"对被遗弃的世界的怜悯"与"对弱小与必然死亡的东西的慈悲"中,散发着特有的温暖诗意。纵观卡夫卡作品中的主人公形象,通常是没有身份、失去了故乡的异乡人。K 的身上集中了所有现代人的特质——没有了故乡、失去了家园,是漂在现代海洋中的一叶浮萍。他很孤独、贫弱,承受着各种各样的心灵创伤,却以其独有的执着散发出生命微弱的光亮。值得一提的是,据卡夫卡同事与好友的回忆,他是一个幽默有趣、热情洋溢的人,也很受女性青睐,对生命有着异乎寻常的热爱。有本绘本名为《卡夫卡和旅行娃娃》,记录了卡夫卡生命最后阶段发生的一个故事。卡夫卡在公园里偶然遇到一个因丢失了洋娃娃而感到悲伤的小女孩。为了安抚她受伤的心灵,卡夫卡谎称洋娃娃只是厌倦了平凡的生活,去旅行、去追寻自由和幸福,并答应她会替洋娃娃给她送信。在接下来的三个星期里,卡夫卡强忍病痛,接连为小女孩写了整整二十封信,给洋娃娃的旅行故事画上了一个圆满的句号,也为这个谎言编织了一个完美的结局。这是个温暖的故事,呈现了卡夫卡对待世界的爱意与善意——愿每个生命都能被温柔以待。

虽然身体羸弱,卡夫卡却是这个世界上精神最健康的人。他的爱人密伦娜即使在分手后也给予他很高的评价,她说:"我相信,我们大家,整个世界,所有的人都有病,唯独他是唯一健康的、理解正确的、感觉正确的、唯一纯粹的人。我知道,他不是反对生活,而仅仅是反对这一种生活。"[1]当一个人对生命有了本质性了解之后,他就会获得某种揭示真相与追求光亮的信念。海德格尔曾经认为人有三种存在状态:自由、沉沦与异化。多数人属于常人,容易受环境约束,失去个性,远离本真的存在,表现出沉沦或异化状态。[2] 在《城堡》中,村子里的人都属于沉沦与异化之人,因为害怕城堡而屈从于它的权力,受其控制,甚至与城堡形成共谋。比如酒店老板娘甚至认为K想见城堡官员简直是痴心妄想,她被克拉姆抛弃后还保留着他的物品。还有那些村民,不自觉地便站到了城堡一方,迫害无辜的巴纳巴斯一家。但是K不同,他不惧怕城堡,并采取各种各样的方法试图进入城堡。他虽然孤独,但不与常人同流合污,探寻着生命的真相,有着强烈的反抗意识。卡夫卡的一生也是如此,父亲逼迫他改专业做职员,让他成为现代生活所谓的成功者,但是他遵从自己的本性,一直没有放弃写作。这种写作虽然是一种"弱者"的反抗,却是对世界真相求索的方式。按照海

---

① 叶廷芳.卡夫卡全集:全9卷[M].北京:中央编译出版社,2015:总序17.
② 海德格尔.存在与时间[M].修订译本.陈嘉映,王庆节,译.上海:上海三联书店,1999:168.

德格尔的说法，"这是一个寻找本真生命存在状的现代人"①。卡夫卡的孤独正源于他的"不从众"，能够清醒面对世界的混乱、亲情的扭曲，面对莫名的诉讼坚持辩解，面对着强大的城堡坚持真相。生命在现代尽管遭受了如此巨大的劫难，随时可能被强大的外在威胁所吞噬，但个体对于生存的真相应该有所洞察，特别是不能成为异化者，与现代机器形成共谋，成为这台庞大吃人机器的一部分。

卡夫卡虽然一生生活在布拉格，却洞察到 20 世纪人类共通的生命经验，其写作的意义在于对生存真相的不懈探索之中。卡夫卡的一生都在追问，这种追问与探寻本身就是反抗，也是 20 世纪文学书写的意义所在。现代文学与后现代文学的差别在于：后现代文学多是碎片化、平面化、摒弃终极追求的文学，更多是一种文本游戏；而现代文学却是承认绝望但又反抗绝望的文学，卡夫卡书写的价值就在于此。卡夫卡的每一部作品，都是心灵的一扇窗户，都会让人产生各种各样的共鸣。我们步入卡夫卡的寓言世界，去找寻心灵与心灵契合与共通的部分，了解生命真正的需求，与卡夫卡一起踯躅在探求的路上，发现那些有亮光的地方。

---

① 海德格尔.存在与时间[M].修订译本.陈嘉映，王庆节，译.上海：上海三联书店，1999：174.

第三章　劳伦斯：血性的秘密

D. H. 劳伦斯(David Herbert Lawrence,1885—1930)是一位西方现代作家,他对人类两性之间的奥秘进行了前所未有的、深入而细致的探索。也正因如此,他的作品在当时引来了颇多争议,还曾多次被禁,在英国没法出版,甚至只能在美国专门出版黄色小说的出版社发行。实际上,劳伦斯完全是以一种严肃和真诚的态度来对待性爱问题的,他将关注的目光投射到人的自然天性、黑暗本能、潜意识世界的活动之中,经常用"血液""感知""直觉""火焰"等词语来强调个体内在的难以捕捉的生命暗流,从而抵抗那些由"头脑""智力""思想"所建构出的现代文明的种种理性规范和精神枷锁。这些思想赋予了劳伦斯看待性的独特眼光,性与血(生命)紧密相连。如果用一个关键词来总结他的小说,那便是"血性"。劳伦斯在"性"的前面增添一个"血"字是为了恢复性的本来样貌,让生命摆脱现代的各种负累回归原始状态。因此,了解了"血性的秘密",也就读懂了劳伦斯。在他看来,凡是同生命紧密联系的人和外物皆充满了灿烂耀眼的光辉;而失去了生命的人和外物注定是暗淡和丑陋的。他说:"我知道,只要有生命,就有本质的美。充满灵魂的真美昭示着生命;而毁灭灵魂的丑则昭示着病态……举凡活生生的、开放的和活跃的东西,皆好。举凡造成惰性、呆板和消沉的东西皆坏。这是道德的实质。我们应该为生命和生的美、想象力的美、意识的美和接触的美而活着。活得完美就能不朽。"①因此,与其说劳伦斯是一位性文学家,不如更准确地称他为一位生命哲学家,他的小说是现代生命的童话。

---

① 劳伦斯.花季托斯卡尼:劳伦斯散文随笔集[M].黑马,译.北京:中国广播电视出版社,1999:44-45.

第一节 失去了伊甸园

"我们千万不要忘记,它(现代文明)的核心是恐惧和仇恨,极度地恐惧和仇恨自己的本能与直觉肉体,恐惧和仇恨男人与女人之间之热烈、生殖的肉体和想象力。"

——劳伦斯《花季托斯卡尼》

劳伦斯的生平和他的写作关系非常密切,不了解他的背景很难进入他的小说。英国是欧洲最早完成工业革命的国家,也最早开始城市化与现代化进程,劳伦斯便在此出生和生活。他的家乡诺丁汉是著名的产煤基地,所以劳伦斯的作品中经常会写到煤矿,写到铁路,写到机器。当然,从历史的角度来看,现代化的进程是社会进步的表现,然而随之也出现了一系列问题,其中文明和人性的冲突尤为突出。在众多国家之中,英国首先经历了从农业国向工业国的转变,以及从乡村走向城市、走向工业化的过程。在这个过程中,劳伦斯敏锐地察觉了人类失去伊甸园后出现的各种问题。第一次世界大战对劳伦斯的创作也产生了较大的影响。随着社会的进步,人类没有按照启蒙思想家的设想进入理想国,物质发达的同时也爆发了战争。战争的恐怖进一步证实了文明的虚妄。

劳伦斯为什么会关注两性问题? 最直接的动因就是他的原生家庭。劳伦斯父亲是一个地道的矿工,《儿子与情人》就是以劳伦斯个人的生活背景为原型创作的,父母的婚姻悲剧让劳伦斯更能深刻地体会到现代社会的弊端。工业化进程中的农民十分不幸,他们被迫离开土地,进入地下,成为矿工,为工业文明和社会发展提供"燃料"。与其父亲不同,劳伦斯母亲是出身中产阶级、受过教育的女子,曾经当过小学老师。从阶级层面来看,二人的婚姻是不般配的。现代社会虽然不再像封建社会那样等级分明,但也是有阶层划分的,这种划分背后体现了鲜明的现代价值观,比如医生、律师普遍受人尊敬,而灰领工人往往被人瞧不起。一个是矿工,一个是小学老师,两人怎么会走到一起? 这个问题在劳伦斯的自传体小说《儿子与情人》中有详细说明,其中还写到了父母婚姻的失败。父母婚姻的不幸对劳伦斯影响非常大,特别是母亲婚姻失败后对孩子的过度关注,对其一生的婚恋观都产生了很大的影响。女人遭遇婚姻不幸之后会将关注的焦点集中在子女身上。劳伦斯的母亲有两个儿子,在大儿子去世之后,她便将所有的爱放在劳伦斯身上,但这"爱"同时也深深束缚了他。有评论指出,劳伦斯有非常典型的恋母情结,这种恋母情结的背后是畸形的家庭环境。他本来有一个青梅竹马的女朋友,因为母亲的干扰而没有结婚。他在30岁前后,又和一位大学老师的妻子坠入情网,这个人就是弗丽达。她有一本自传《不是我,而是风》,讲述的就是和劳伦斯的婚恋过程。劳伦斯在结识弗丽达的时候,她已是三个孩子的母亲,本来两人可以保持着地下情人的关系,但劳伦斯不愿意这么做,他对待婚姻、爱情、性的问题非常严肃认真,表示一定要和弗丽达建构美满神圣的婚姻。弗丽达最终离开了自己的丈夫和孩子,跟随劳伦斯私奔。可以说,劳伦斯的生活环境和个人背景对他的创作影响深远。

劳伦斯小说的创作主题主要分为两个部分:一个是批判,一个是揭示。批判的部分集中在现代工业文明及其带来的价值危机,揭示的部分主要是两性关系中存在的问题。两性危机在现当代社会中尤为凸显,当下流行的不婚主义和高离婚率都说明了这点。年轻男女往往对两性生活和婚姻带有怀疑和恐惧,比如很多人曾目睹父母婚姻生活中的"战争"。然而,不可否认的是两性关系在人的一生中占据着非常重要的位置,绝大多数人要走进两性关系的罗网之中。人的一生和自己的父母在同一屋檐下生活的时间大多为18年,和子女的生活时长也是如此,但和伴侣却要在一起生活五六十年,比父母和子女相处的时间都要长。这可以说是一件很可怕的事情,因为你和另一半之间没有任何血缘关系,如果没有婚姻的联结便是纯粹的陌生人。如果不好好处理两性关系,便会招致两性危机,如婚姻不幸、家庭战争、灵肉分离、亲子危机等。这也是劳伦斯关注的核心。

劳伦斯一生都在探索两性问题,到他45岁去世,留下的作品并不算多,共有10部长篇小说、一些短篇小说和诗歌。在他创作的早期,《儿子与情人》这部作品十分重要,这是他以父母婚姻和自身成长为蓝本创作的小说,最真实而直接地呈现了两性婚姻与情爱问题。中期创作的《虹》和《恋爱中的女人》走向成熟,其中《虹》被认为是"史诗性的作品",通过对一家三代人婚恋的描写,对两性关系进行了史诗般的展现。它的姊妹篇是《恋爱中的女人》,其中的主人公有着一致的名字——厄秀拉。但是,这两部作品之间存在着明显的裂隙,前者是前期探索的结束,后者却是新的探索的开始。后来,劳伦斯对两性问题的关注一度停滞,他想寻求新的出路。那段时间,他和新婚妻子去了非洲,想要回归原始的生存状态来拯救文明的弊端,将希望寄托在一些有能力的氏族部落首领的身上,写了一系列崇尚氏族部落首领的作品,比如《羽蛇》《亚伦的手杖》等。但回归原始显然是不可能实现的幻想,他在生命的后期又重新将目光转回两性关系,写下了最后一部重要作品《查泰莱夫人的情人》。

通过作品的梳理,可以看出劳伦斯一生都在探索两性问题。他的第一部作品《白孔雀》略显粗糙,故事情节非常简单,但也直指两性的危机。英国最初是一个农业国,人们生活在大自然的怀抱之中。《白孔雀》的故事就发生在英国的乡下,男主人公乔治是一个农民,女主人公莱蒂是一个生活在乡村但经常去城里的姑娘,她在乡村生活时和乔治产生了一段感情。莱蒂为什么会喜欢乔治?书中写到了一个小细节:有一天乔治正在地里干活,莱蒂跑过去找他玩,乔治干活干得大汗淋漓,莱蒂给乔治递上手绢,对乔治说非常想摸一摸他晒成古铜色的健康的手臂。劳伦斯认为两性之间的吸引最初源于健康的、性的、身体上的吸引,两人自然地相爱,没有社会阶层的考虑。但最后,莱蒂没有嫁给乔治,而是嫁给了另一个有钱的、城里来的小伙子——文明社会认为的"成功者"。因为失去爱人,乔治变得颓废,开始酗酒;那么莱蒂幸福吗? 她婚后成天举办宴会,过上了一种无聊的生活。这部作品书写得并不是太成功,但已经透露出作者对现代两性危机的一些思考。为何这对青年人出于本能相爱却不能在一起,最后都陷入了婚姻的悲剧? 劳伦斯认为这和现代人的价值观有关。今天,我们经常能听到许多明星"嫁入豪门"的故事,不少人认为女孩子找对象要找"成功的男士"——这种价值观念在当下十分普遍。但正是莱蒂找一个"成功的男士"的行为才造成了自己和乔治婚姻的不幸。作品中的"白孔雀"比喻的就是现代女性,这一设计透露出劳伦斯的"厌女症"——他对现代女性,尤其是知识女性持批判态度。劳伦斯认为莱蒂深受现代价值观毒害,虽然她本能地喜欢着健康的农民乔治,但又看不起他,最后执意嫁给了她并不爱的富家子弟,是悲剧的缔造者。她就像那只白孔雀,虽然漂亮却苍白没有血色。作品借守林人安纳贝尔之口对她进行了批判。安纳贝尔是劳伦斯作品中经常出现的理想化的"自然人",一个去过都市的人,但因厌恶都市文明又回到乡村。劳伦斯自己也怀疑这样的人是否能在现代社会生存下去,因此最后给安纳贝尔安排了意外死亡的结局。

1913 年,劳伦斯写出了著名的《儿子与情人》。这是他以自己的家庭为蓝本来写的,前半部分写莫瑞尔夫妇从相恋到婚姻破裂、成为陌路人;后半部分写莫瑞尔夫人与小儿子保罗,以及保罗与两个女性之间的关系,表现男女两性的灵肉冲突。对此,当时的人会有疑问:为何一个矿工会和一个受过教育的女性结合?两人的相恋其实是一种完全自然的互相吸引,莫瑞尔先生和夫人是在一个乡村舞会上相识的,这种舞会实际是英国乡下的一种社交活动,任何人都可以参与。书中写道:"格特鲁德·科珀德(莫瑞尔夫人闺名)看着这位年轻的矿工翩翩起舞,步态轻盈,富有魅力,绯红的脸膛犹如绽开的鲜花,一头黑发蓬散着,无论和哪个舞伴跳舞时,他都笑得那么爽朗。她油然产生了敬慕之情。有生以来,她还没有遇到过这样一个人。"①这些描写表明莫瑞尔先生原是一个和土地相联系的健康的人,乡村中的农民往往都是体魄非常健康的。我们再看一下莫瑞尔夫人的生活环境:"在她看来,世界上的男人都像她的父亲。乔治·科珀德英俊潇洒,冷漠严峻。他研读神学,只和一个人有情感的交流,这个人便是使徒保罗。他抨击国事,讥嘲时尚,摒弃一切的感官享乐。总之,和这个矿工相比之下,真有着天壤之别。"很显然,现代知识家庭的理性让她和感性生活保持着距离:"格特鲁德本人对跳舞也看不入眼,压根儿就没想在这方面有所造诣,甚至连最普通的双人舞也没学过。她是个清教徒,和她父亲一样,志趣高雅,冷峻桀骜。"但显然,生命之火无可阻挡,一看到眼前这个健康的人,她立刻被吸引了:"她眼前这个小伙子浑身发出柔和的光泽,犹如生命之火在燃烧,那么炽热,那么富有诱惑。这一切,都使她习以为常的那种靠思想和精神加以支撑的生活,显得黯然失色了。"可见,莫瑞尔夫妇的相识源于一种两性之间原始健康的吸引,完全是"自由恋爱"。

但是,结婚之后价值观的分歧对婚姻生活的影响逐渐显现。莫瑞尔夫人作为一名小中产者,认为丈夫将来应该出人头地,但莫瑞尔先生并没有按夫人想象的方向发展,而是当了一个矿工,整天生活在工地,因为工作压力太大有时还会酗酒。莫瑞尔夫人苦口婆心地劝丈夫上进,但丈夫对这种唠叨越来越反感,最后甚至将怀孕的妻子赶出家门。被赶出家门的莫瑞尔夫人,在凄凉之中感觉

---

① 劳伦斯.儿子与情人[M].陈良廷,刘文澜,译.北京:人民文学出版社,1987.相关引文均出于此。

到自己嫁错了人。从表面上看，莫瑞尔先生不仅酗酒而且家暴，是婚姻危机的始作俑者，孩子们也害怕他，更愿意和母亲待在一起。但若干年后，劳伦斯曾认真思考过父母的悲剧，重新审视文明社会中处于底层的男性危机。他说："有钱阶级和工业促进者造下的一大孽，就是让工人沦落到丑陋的境地，丑陋，卑贱，没人样儿。"①这句话应该怎么理解？在大学搬迁校区时，我曾亲眼看到校园里的农民工，七八个人一起住在临时搭建的大棚里，环境恶劣、生存艰辛，他们大多是二三十岁的青壮年男性，本应该享受和谐的家庭生活，却被迫远离妻子与孩子，和一群男人住在简陋的工地大棚里。农民在最初变为现代社会中的工人后，处境是极为不堪的。此外，他们还被城市人鄙视，因为干的活又脏又累，经常灰头土脸的，在公交车上大家会离他们很远，他们失去了尊严。莫瑞尔先生正是一个从农民转化成产业工人的典型，作为一个最苦最累的底层煤矿工，他的酗酒似乎是可以理解的；回到家里，妻子对他不仅没有嘘寒问暖的关心，还不断对他提出"上进"的要求，希望他成为所谓的"成功人士"，作为底层的男性他在家庭中也得不到温暖和幸福。

莫瑞尔夫人与丈夫的价值观完全不同，这从"威廉的头发事件"中就可以看出。威廉是莫瑞尔夫妇的大儿子，因为对丈夫失望，女人将所有的期待都放在了孩子身上，威廉也果然像妈妈期待的那样温文尔雅，一路高升。一次，威廉的头发被父亲剪了，这一事件使夫妻俩反目成仇，两人间的矛盾不可调和。

> 莫瑞尔坐在扶手椅里，背靠壁炉架，<u>一副提心吊胆的样子</u>。孩子正站在父亲的两腿之间，呆呆怔怔地望着母亲。他就像一只刚剪过毛的羊羔，圆圆的头颅，模样很怪。炉前地毯上铺着一张报纸，上面尽是卷曲的短发，在红红的炉火照耀下，犹如一片片散落的金盏花瓣。
>
> 莫瑞尔太太怔怔地站着。这是她的头一个孩子。她脸色变得苍白，半晌说不出话来。
>
> "你瞧瞧，怎么样？"莫瑞尔惴惴不安地笑着说。
>
> 她捏紧双拳，并举起拳头一步步朝他走去。莫瑞尔吓得直往

---

① 劳伦斯.花季托斯卡尼:劳伦斯散文随笔集[M].黑马,译.北京:中国广播电视出版社,1999:22.

后缩。

"我真想把你杀了!"她说。她举着双拳,气得说不出话来。

"你又不想把他打扮成丫头。"莫瑞尔吓得说话的声音都有点发抖。他耷拉着脑袋,避开她的目光。他不敢再强作笑脸了。

母亲把目光转向孩子头上被剪得参差不齐的短发,然后捧住孩子的头,抚弄着他的头发。

"啊——我的儿子!"她的声音发抖,嘴唇微微颤动,脸色十分阴沉。她一把抱起孩子,把脸贴在他的肩上,便失声痛哭起来。她是个从不轻易掉泪的女人,可这件事实在太令人伤心了。她声泪俱下,痛哭流涕。

…………

莫瑞尔这一笨拙的行为犹如一把尖刀,刺伤了她对他的爱情。在这之前,每当她苦口婆心劝说他回心转意时,她还为他感到忧愁,好像他只不过是步入了迷途。而如今,她再也不为他感到烦恼了。他已成为一个和她的生活毫不相干的人。

为什么给孩子剪个头发会造成这样大的冲突?劳伦斯的作品其实有淡化情节、强化心理描写的现代化倾向,所以不能像阅读传统小说一样理解他的作品。我们尝试用一些简单的例子来帮助理解。农村的孩子头发都会剪得短短的,甚至剃光,这样干起活来更方便省事些;但是对于讲究的城市家庭来说,孩子头发是必须要有型的。所以表层看这是一个头发的问题,实则却代表了价值观的冲突,莫瑞尔先生认为一个小男孩不需要留像"金盏花瓣"一样弯曲的、长长的头发,但莫瑞尔夫人认为这种发型代表了孩子进入文明社会的体面,所以形成了冲突。

在冲突中,莫瑞尔作为一个会家暴的男人,本质上却对妻子相当畏惧,书中多次提及他"提心吊胆""惴惴不安""吓得说话的声音都有点发抖"。这涉及现代知识女性的"强势"问题,男性借助生理的优势看似在家庭中占优势位置,但是在心理上,他却并不拥有权威。现代知识女性在处理两性关系时有着自己的评判标准。举一个发生在身边的例子,我的母亲是一名小学老师,我的婆婆则是一个普通的家庭妇女,因为家里孩子多,连学也没有上成。在我父母的关系和我公婆的关系中,可以明显地感觉到差异。我母亲在家庭中占有明显的主导权,这并不是说我母亲身强体壮,她外出甚至都需要我父亲帮她提着挎包,而是说她在精神上十分独立,作为知识女性,她有自己评判是非的价值标准,是家庭里的精神主脑,因为她觉得自己的决定都有知识上的依据。但对我婆婆这样一个从农村走来、没有受过教育的女性来说,她遇到事情的时候一般会听从丈夫的想法。这里的强弱显然是相对的,我婆婆吵起架来丝毫不弱,但是很显然,她"吵闹"的威力完全抵不上我母亲的"沉默"。知识女性在处理两性关系中存在的问题便在于她们运用头脑判断的东西太多了。莫瑞尔夫人认为自己让丈夫上进是为他好,当然这是按照现代社会流行的价值标准来判断的。但是两性关系能否讲道理呢?《红与黑》中提及于连和德瑞纳夫人以及玛特尔小姐时,司汤达曾表示,于连和德瑞纳夫人是头脑之爱,和玛特尔小姐是心灵之爱。这里非常类似,莫瑞尔夫人对莫瑞尔先生也是头脑之爱;如果从心灵之爱来说,莫瑞尔夫人应该放弃自己的判断,从爱的视角出发来关心丈夫。但是,她却在自己头脑的指引下距离丈夫越来越远。莫瑞尔夫人不轻易掉眼泪,但头发事件太让她伤心,她决定彻底放弃丈夫。二人从此分道扬镳,虽然没有离婚,但两性的关系已经走到冰点,从此莫瑞尔夫人将所有的感情都倾注到了孩子们的身上。

对于现代文明中的女性,劳伦斯在某种程度上持有批判态度,比如说早期的莱蒂,这里的莫瑞尔夫人,以及《恋爱中的女人》的古迪兰、赫曼尼等。可见,在莫瑞尔夫妇的"战争"中,男人和女人都出现了问题,这种问题一方面和现代社会的工作压力有关,另一方面和文明社会的主导价值有关。

剩余有关文明世界的两性问题留在后面说,现在集中谈谈《儿子与情人》后半部分关于灵肉分裂的问题。这个问题也是个现代问题。在《儿子与情人》中,劳伦斯通过保罗与第一个女朋友米丽安的关系,表达了对现代社会的精神恋爱的看法。米丽安是他青梅竹马的恋人,受宗教与现代教育影响,对肉欲极为排斥,代表的是"灵"的极限:

> 米丽安和她母亲一样是极其敏感的,她容不得半点粗俗。她的兄弟们举止粗野,但谈吐不粗俗。男人们都在外头讨论农场的事情,或许是因为每个农场都不断有生育的事情,她对这种事尤其敏感,她是那么纯洁,只要一提起有关交配的点滴事情,她都会感到恶心。保罗

以她定的调子行事,他们之间的密切交往是以最纯洁的方式发展着的,即使像母马怀驹子这样的话也不能提及。

　　米丽安为什么会认为与性相关的都是粗俗的事呢?这应该与现代教育有关。受过教育的人谈"性"和底层没有受过教育的人谈"性"是不一样的。弗洛伊德认为"文明是以压抑人的人性为代价发展的",教育也是如此。米丽安是一个清教徒,她是一个完全"精神"上的人——这里涉及对宗教问题的批判,宗教更是排斥欲望的。后来两个人没有办法在一起,一方面是受到母亲的影响,更主要的是因为米丽安代表着"灵",而男女关系除了"灵"之外,必须有身体上的"性"。与此相反,保罗和工厂女工克莱拉交往停留在纯粹性的欲望满足中。克莱拉有丈夫,但和丈夫关系不好,经常打架,她就和保罗做了情人。保罗在她身上发泄着不可抑制的情欲,"一股热情总是势不可挡,一下子把理智啊,灵魂啊,气质啊,统统冲走","他变成了一个没有头脑,只有强大本能的人"。保罗在与克莱拉交往时感受到了米丽安身上没有的东西,米丽安是用头脑爱人的,而不是身体。然而他在与克莱拉交往时虽感受到了身体之爱,但他又觉得缺了些什么,因为他在和克莱拉谈话的时候,克莱拉不懂他在说什么。保罗在米丽安21岁生日时和她分手,他说:"我和你谈恋爱不像是和一个女人谈恋爱,而是在和一个修女谈恋爱,是纯精神的爱。人们结婚,他们必须作为有感情的人而生活在一起,他们可以平等相待而不受拘束——而不是两个灵魂。"这是他和米丽安分手的原因。保罗和克莱拉最后也分手了,因为他们没有达到精神交流的层次,就像后来他对母亲说的那样:"在我只把她看作女人的时候,我是爱她的;可是一到她说话和发议论的时候,我就往往不去听她的了。"克莱拉也隐约感受到,保罗要的根本不是她,而是那"专供享乐的玩意儿"。由此可见,他们在肉欲方面达到了满足,但精神上还是有缺失的。在两性问题上,劳伦斯认为这两种倾向都不可取。《儿子和情人》中米丽安和克莱拉就是灵与肉的两极代表,她们的生命都不完整;莫瑞尔夫妇出于肉的吸引而结合,却因为灵的分离而陷入生活的危机;克莱拉和前夫仅靠肉欲满足很难维持婚姻关系。所以劳伦斯并不是只关注肉欲关系,他认为灵肉和谐非常重要,不能只用头脑爱别人,而只在身体上交往不在头脑上沟通也是不和谐的。

　　问题是,究竟是什么造成了人灵肉分裂的缺陷呢?劳伦斯曾指出:"只有文明社会才会普遍存在灵肉分裂现象，要么恐惧肉的欢乐，要么毫无情感地交媾。"许多人认为劳伦斯是情色作家，是鼓吹纵欲的，但实际上他却说过："如果我要写一本男女之间性关系的书，那并不是因为我想要所有的男人和女人开始无选择地交情人、干风流韵事。"他追求的是灵与肉的和谐。劳伦斯的性爱观是建立在生命和谐基础上的，是严肃的，显然不是为了性享乐，他反对仅仅把两性关系建立在肉欲满足的低层次之上，但同样反对以知识或精神的需求来贬低源自生命本能的肉体的欢乐。所以他在《儿子与情人》中塑造了保罗和米丽安、克莱拉的双重缺憾关系，这实际上是极端的两极，是现代社会将人的灵与肉分开了。《查泰莱夫人的情人》中，劳伦斯写康妮和第一个情人很快分手，也是对纯粹工具式的性爱关系的反对。劳伦斯关注的是灵与肉的两面，提倡的是一种较为健康的两性关系。

第二节　世界一片废墟

"生命赖以生存的基础正在坍塌，世界一片废墟，对他来说，似乎只有与一个女人完美结合是永恒的。他表示这是一种崇高的婚姻，除此之外，别的什么都没价值。"

——劳伦斯《恋爱中的女人》

在劳伦斯早期探索两性关系的历程中，《虹》达到了巅峰，一般文学史会选择它作为劳伦斯的代表作。这部作品描写了一家三代人的婚恋关系，完整呈现出两性关系发展的路径。第一代人汤姆是生存在土地上的农民，但在他生存的环境中已经隐隐约约有火车的声音，工业文明已经开始侵袭乡村。莉迪亚是波兰裔的女人，流浪到此地。起初，汤姆和莉迪亚无论在精神还是肉体上都是陌生与不和谐的，但是他们生活在一片"伊甸园"之中，这是劳伦斯心中理想的田园世界，还没怎么受到现代文明的侵袭，两人还能在土地上平静地生存与磨合。生活在大自然环境中，他们之间的不和谐慢慢缓和，虽然在交往中有着陌生和隔阂，但二人的磨合是相对平静的"暗流涌动"，激烈的冲突在大自然中被消解，这是老一辈的婚姻关系。最后，汤姆在一场大洪水中死去，这是劳伦斯无奈的安排,是社会进入现代、伊甸园消失后的必然。很显然,建立在陌生基础上的传统两性关系并不为劳伦斯所肯定,经过磨合达到暂时的和解也并不是理想状态,特别是劳伦斯悲哀地看到了其生活背景"伊甸园"终有消失的一天。

第二代关注的是莉迪亚、汤姆的女儿安娜与安娜的丈夫威尔之间的关系。这一代人是进入了现代文明社会的男女,开始是因为性的吸引走到了一起,他们之间的关系很像莫瑞尔夫妇,但安娜比莫瑞尔夫人更为强势,她是一个很有个性、有见解的现代女性。这里的威尔不再是一个矿工,而是个精神至上的现代人,后期他将所有的精力都投注到雕刻基督像中,表现出纯精神的追求。两个人在精神上都十分强悍,虽然经历过肉体上的短暂和谐,但现代人的独立使他们之间产生了激烈的精神冲突,安娜挑衅威尔,威尔后来选择沉默,不理睬她,安娜就把所有的精力投入生儿育女中,共生育了8个子女。书中有一个细节:安娜在一次怀孕后,为了挑衅威尔,挺着肚子在威尔面前翩翩起舞。这个细节将现代两性之间尖锐的危机冲突推向了顶峰。第二代的男女显然都具有自己的思想与个性,但是他们之间互相独立,并没有融入两性和谐的关系中去。

第三代的女主人公厄秀拉是安娜的大女儿,她在两性和谐之路上痛苦地探索着。厄秀拉和男友斯克里班斯基分手的原因在于两人在看待政治问题的态度上非常不一致,这个从生命出发的女性反对一切虚假的、苍白的社会言论。厄秀拉与莉迪亚不一样,她有自己的思想和见解,但和母亲安娜相比她没有那么强悍,这是一种进步。虽然她与三观不合的斯克里班斯基的恋爱也以失败告终,但劳伦斯没有放弃希望。这三代人的发展是一种螺旋式上升的过程,厄秀拉虽然没有找到理想中的爱人,但她是一个有知识且没有很强的控制欲,能够去爱别人的女性。劳伦斯在她身上倾注了无限深情。

这是一部史诗性的作品,写了三代人的探索,可以说是对以往所有作品的总结。通过阅读《虹》,人们可以深深体会到劳伦斯完整的婚恋观念。他并不是单纯反对精神恋爱或追求身体享乐,他渴望的是一种灵与肉、自然与社会、情感与精神相互融合的婚姻,是那种既能保持独立自我,又能彼此血肉相连的两性关系。为此,劳伦斯曾提出"两条血河"与"星际平衡"的观点。当然,作品的最后,厄秀拉没有找到这样一位理想的伴侣,但是她看到了天际一抹弯弯的彩虹,彩虹代表了一种希望、理想的新生。劳伦斯认为两性关系要向着这样的目标前行才能够幸福美满,当然这是一种理想化的追求。

　　不过，还没等彩虹出现，第一次世界大战就爆发了。劳伦斯失去了对人类社会的最后一丝希望，他以绝望的姿态接受现实，却更加迫切地将两性问题推向了前台。1920 年写成的《恋爱中的女人》突出展现了劳伦斯对于一个时代的绝望。这部被称作《彩虹》姊妹篇的作品没有了前者鲜亮和光明的色彩。经历了战争，劳伦斯表示在欧洲已经看不到有什么彩虹了，他说："这部作品确实包含了战争在人们心灵上造成的后果——它纯粹是破坏性的，而不像《彩虹》，因为《彩虹》包含着破坏后所达到的尽善尽美。这种情况即使对我这个作者来说也感到非常奇妙、吃惊。"①战争带来的巨大浩劫以及劳伦斯本人在战争中遭受的巨大创伤，使他敏锐地察觉到笼罩在周围的死亡阴影，他比以往更加痛恨现代文明造就的死寂世界以及堕落僵死的人类生活。他说："战争使我非常沮丧，关于战争的议论使我恶心。我从没有像现在这样几乎到了痛恨人类的地步。"②"现实生活中的可鄙、混乱、污秽的感觉简直使人有口难言。"③劳伦斯表示工业文明的堕落和人类自身的腐败已经到了无法挽回的境地，世界要想获得新生必须经历死亡的洗礼。《恋爱中的女人》就是在这样对人类命运的深刻认识中写成的。在小说中，劳伦斯描绘了一幅幅腐朽堕落的场景，充斥着死亡的意象：那条翻腾起泡沫，培育百合花、鬼火和蛇的邪恶的河；那闪着磷光的白色花朵；水上聚会时死在河中的青年男女以及杰拉德所葬身的皑皑白雪，无处不飘荡着死神的影子。带有先知意味的男主人公伯基认为当前的现实世界就是一条死亡的黑色河流："我们发现自己处在倒退的过程中，我们成了毁灭性创造的一部分。"④人类无法避免自己死亡的命运。无法否认，这是一部充斥着死亡阴影的作品。小说写完之后，劳伦斯自己都感到恐怖，惊呼"这太像世界末日了"，它"纯粹是毁灭性的"，以至于他自己都不敢再读第二遍。

　　不过，和许多现代派作家的悲观绝望不同，劳伦斯热烈地拥抱这种死亡，他

---

　　① 劳伦斯，莫尔. 劳伦斯书信选［M］. 刘宪之，乔长森，译. 哈尔滨：北方文艺出版社，1999：343.

　　② 劳伦斯，莫尔. 劳伦斯书信选［M］. 刘宪之，乔长森，译. 哈尔滨：北方文艺出版社，1999：162－163.

　　③ 劳伦斯，莫尔. 劳伦斯书信选［M］. 刘宪之，乔长森，译. 哈尔滨：北方文艺出版社，1999：277.

　　④ 劳伦斯. 恋爱中的女人［M］. 李政，译. 北京：中国社会科学出版社，2004. 相关引文均出于此。

反对当时流行的唯美派那种消极逃避和及时享乐的思想。在他看来,恰是死亡使得人类为金钱、名利的奔波显得可笑,从而需要寻找新的出路,能够真正回归生命。陷入无边无际黑暗的死的王国放射出来的光线一下子就穿透了人类庸庸碌碌、毫无生命体征的忙碌表象,让人感觉到"人们在地面上是这么的有能耐,他们是各种各样的神仙",可是"死亡的王国却最终让人类遭到蔑视","在死亡面前,他们变成了卑贱、愚蠢的小东西"。只有正视死亡,才能让清醒的人们认识到"这样一味地枯燥地生活,没有任何内在意义,毫无真正的意思","这种肮脏的日常公事和呆板的虚无给人带来的耻辱再也让人无法忍受了",人类为了金钱和占有而进行的破坏活动是多么的可笑。因此,死是美丽、崇高而完美的事情,是生的发展,"在那儿一个人可以洗刷掉曾沾染上的谎言、耻辱和污垢,死是一场完美的沐浴和清凉剂,使人变得不可知、毫无争议、毫不谦卑。归根结底,人只有获得了完美的死的诺言后才变得富有",可见"这种死亡,虽然是残忍的,却是人间最值得高兴的事,是可以期望获得的"。在死寂的现代荒原上寻找生命的涅槃,这才是审视劳伦斯文学的起点。

现代社会扼杀生命,充斥着死亡的气息。在这样的背景下,人类必须自我拯救。劳伦斯顺着以往的探索,将拯救的方向更多指向两性关系的新探索,所以他借作品中男主人公伯基之口说出:"生命赖以生存的基础正在坍塌,世界一片废墟,对他来说,似乎只有与一个女人完美结合是永恒的。他表示这是一种崇高的婚姻,除此之外,别的什么都没价值。"为什么废墟上的两性关系显得格外重要? 一方面,人生三分之二的时间都会和自己的另一半生活在一起,需要学会两性相处。另外一个原因是什么呢? 在解答这个问题时可以对比一下张爱玲的《倾城之恋》。这两本书探索的都是现代文明危机中的两性问题,《倾城之恋》中的"倾城"并非倾国倾城的倾城,而是指战争中城的倒塌,即文明的坍塌。在香港没有沦陷之前,男主人公范柳原和女主人公白流苏之间的关系停留于"高级的调情"。白流苏离婚寄居在娘家,生活很不顺意,受到家里叔嫂的挤对,她的目标是把自己再嫁出去;范柳原是一个有钱的花花公子,他和白流苏之间的情感并不真挚,不愿意陷入婚姻的城堡之中。红尘中的男女在恋爱之中互相试探,都没有安全感。范柳原很有钱,很多人是为了他的钱去找他,所以他只想和白流苏停留在情人的关系中,从而包养她。两人之间不断钩心斗角,一个想结婚,一个只是想维持一种情人关系,白流苏作为弱者,最后还是无可奈何做了范柳原的情妇。突然，战争来了，战争成为红尘男女生存的底色，城市一夜之间变成废墟，就在文明坍塌的时刻，这一对男女卸下了各自的伪装，互相吐露真情，张爱玲认为是战争成全了这一对男女。

> 这里是什么都完了。剩下点断堵颓垣，失去记忆力的文明人在黄昏中跌跌跄跄摸来摸去，像是找着点什么，其实是什么都完了。
>
> 流苏拥被坐着，听着那悲凉的风。她确实知道浅水湾附近，灰砖砌的那一面墙，一定还屹然站在那里。风停了下来，像三条灰色的龙，蟠在墙头，月光中闪着银鳞。她仿佛做梦似的，又来到墙根下，迎面来了柳原，她终于遇见了柳原。……在这动荡的世界里，钱财、地产、天长地久的一切，全不可靠了。靠得住的只有她腔子里的这口气，还有睡在她身边的这个人。她突然爬到柳原身边，隔着他的棉被，拥抱着他。他从被窝里伸出手来握住她的手。他们把彼此看得透明透亮。仅仅是一刹那的彻底的谅解，然而这一刹那够他们在一起和谐地活个十年八年。①

《恋爱中的女人》与此十分相似，在文明最危急的时刻，男女关系反而变得异常重要，其他的一切都靠不住了，靠得住的是"胸口的那口气"和"身边的这个人"。伯基表达的也是同样的意思。经历过战争，劳伦斯再一次深刻地感受到两性关系的重要，却发现现代社会中的两性关系已经千疮百孔。当然，这部作品还是重在谈"问题"，后来直到《查泰莱夫人的情人》，劳伦斯才着重谈两性应怎样重建生命的伊甸园。

与工业社会相应的是现代人物化了的价值观，人们盲目追求权力、金钱、财富、知识，唯独忽视生命本身，劳伦斯看出了这种追求的虚妄和苍白。死亡的阴影已经笼罩着这一切庸庸碌碌、漫无目的的追求，第一次世界大战之后，劳伦斯更是捕捉到了机械工业与现代文明所带来的死亡与恐怖的气息。他在《恋爱中的女人》中续写了现代问题男女，特别是一些文明社会里所谓的成功男女。

在《恋爱中的女人》中，劳伦斯继续谈及了现代知识女性的问题，特别是主

---

① 张爱玲.倾城之恋[M].北京:北京十月文艺出版社,2006:218-219.

人公伯基的前女友赫曼尼。按照现代社会的标准,她是非常成功的女性。她出身高贵,接受过高等教育,聪明过人,且极有思想,自我意识强烈,"她热衷于改革",心思全用在了社会事业上,"有一股男子汉的气魄","无论是思想界、社会活动界乃至艺术界,她总是和最出类拔萃的人在一起,和他们关系融洽、亲密无间"。然而,劳伦斯认为这些现代女性表面看似风光无限,实则心灵空虚、缺乏激情的本质。她们"总有一道隐秘的伤口",经常感受到"一种空虚、一种缺陷,对生活缺乏信心",因为"没有一具真正的躯体,一具黑暗、富有肉感的生命之躯"。当然,劳伦斯并不是认为女性不能有思想、有知识,他是说女人不能缺乏有生命的"身体",不能没有一颗爱人的心。赫曼尼像男性一样谈论社会问题,也作为一个知识分子来谈论两性问题,但一切不是建立在生命的基础上,而是建立在知识的基础上的。在谈论两性问题时,伯基会不时地指出她的问题,两个人出现了很大的矛盾。伯基最终向赫曼尼提出了分手,而她无法接受伯基的背叛,举起桌上的镇纸石差点把他砸死。显然,她对待恋人持有占有的欲望,因此将内心的愤怒外化为暴力。这样的暴力行为经常在现代两性关系中出现。厄秀拉的妹妹古迪兰也是如此。从外在看,她是一位艺术家,是典型的时尚女性,穿着时髦出入于艺术家圈子,但内在却不会爱人。

作品还集中呈现了现代成功男士的问题。古迪兰的爱人杰拉德便是其中的代表,他是一个新兴煤矿主,煤矿界的强人,是现代价值观的典型代表,用现代文明的视角来看,他绝对是个"成功人士"。从父亲手中继承煤矿后,他率先用机器替换了工人,提高了效益,一跃成为业界大亨,是机械主义胜利的表现。父亲去世的那晚,他和老一辈的联系彻底断裂,精神崩溃,走了十几里山路向爱人古迪兰去谋求情感上的依靠,表现了他内心的脆弱。他身上集中了现代成功男性的危机,虽然表面风光,却缺少了人之为人的东西。

作为新一代煤矿主的代表,杰拉德绝对是个"成功人士",继承父亲的煤矿不久,杰拉德就抛弃了老一辈矿场主的经营方式,使之转变为一个高速、高效运转的工业机器,他也因此被誉为"煤炭巨子"。杰拉德身上集中体现了现代工业资本家在追求物质财富上的贪婪和欲望,他表示自己存在的目的就是要"物质世界为他的目的服务","要在和自然环境的搏斗中实现自己","从地下挖出煤来,获利",征服世界。在杰拉德身上,我们看到的只有机器的侵略性,但悲哀的是他自己也变成了工具,而不是一具血肉之躯。小时候他就在一次事故中杀死了亲弟弟,这个看似偶然的小事件却深刻暗示其"有一种藏在潜意识里一种原始的杀人欲望"。此后,在火车旁驯马的场景,以及与古迪兰的两性关系中,读者都可以体会到他极强的控制欲和占有欲。然而表面的强悍并不能掩饰其内在的空虚与生命的脆弱,在父亲去世的那个晚上,他走了十几里山路去爱人古迪兰处寻找情感上的慰藉。但可惜的是,苍白的古迪兰也无法给他提供爱的温暖,在提出分手时差点被杰拉德掐死(同样暴力的两性场景),他最终由于生命的枯竭死于雪中,那冷漠寒冷的皑皑白雪就是他生命本质的象征。著名劳伦斯评论家利维斯曾经说过:"从杰拉德身上,我们看到,生活成了机械主义胜利的牺牲品——这种机械主义就是对思想和意志的侵略性占有。杰拉德既体现了这种机械主义的胜利,同时又体现了这种机械主义将人类生活蓄意地降低到了仅仅是工具的地步。"

继杰拉德之后,《查泰莱夫人的情人》中的克利福德一出场就显示了现代生命的残缺,他从战场回来之后就瘫痪了。瘫痪象征着一种"无爱",现代人失去了爱的能力。劳伦斯表示虽然这个情节是无意中写成的,但后来却发现他的瘫痪本身就是一种潜在的象征,即"象征着今日大多数他那种人和他那个阶级的人在情感和激情深处的瘫痪":"他是个纯粹的无性之人,与他的同胞男女全然断了联系,只剩下了习惯。他身上热情全无,壁炉全凉了,心已非人心。他纯粹是我们文明的产物,但也是人类死亡的象征。"[①]人性的丧失与生命的缺乏使得个体成为残缺不健康的人,克利福德正是这样一个丧失了正常人性的冷漠机器。尽管他从事小说创作,但其中空洞无物;即使他享有了一定的社会地位和知名度,不断获得金钱和财富,但无法抵挡从他身上发出的冷漠和死亡气息。这种气息不但让自己空虚,还波及周围的人,康尼正是在这种缺乏生命关怀的环境中日渐衰落和枯萎下来的。

现代男女在文明的废墟上艰难地生活着,这是失去彩虹后的至暗的时期。

---

① 劳伦斯.花季托斯卡尼:劳伦斯散文随笔集[M].黑马,译.北京:中国广播电视出版社,1999:330-331.

第三节　献给生命的一则童话

"我们的时代说到底是一个悲剧的时代,所以我们才不愿悲剧性地对待它。大灾大难已经发生,我们身处废墟之中。我们开始建造新的小小生息之地,培育新的小小希望。"

——劳伦斯《查泰莱夫人的情人》

《查泰莱夫人的情人》①这部小说自问世以来很长一段时间被人们视为"色情小说",列为禁书,它的出版者企鹅公司还因此遭到起诉,直到法庭宣布该书"无罪"后,小说才在英国广泛出版。事实上,这部小说有非常严肃的社会批判和文化批判主题,是献给生命的一则童话。这本小说写作的时代背景是20世纪初,彼时西方进入垄断资本主义时期,工业取代农业、文明取代自然、金钱压抑人性。作者认为,"这是一个铁与煤的世界,铁的残忍,煤的烟雾,无穷无尽的贪欲,驱动着整个世界的运转",这样的民族没有将来,"他们活的直觉能力已经麻木不仁,剩下的只有机械的怪叫和怪诞的意志力","他们过于意识到金钱和社会政治方面,而在自然的直觉方面,他们已经完全死亡了"。作者对金钱社会和资本主义文明极为不满,并通过塑造查泰莱先生——克利福德这一看似有理性、有教养,实则冷酷、专断、虚伪、人格不健全的资本家形象集中表现出来。

在克利福德与康妮的一次林中谈话中,克利福德表明,他认为社会上的个人是微不足道的,"职能决定了个人",在他眼里没有人性,每一个人都是运转的社会机器的一个螺丝钉而已,甚至连春天的花儿万紫千红,都是议会制定的法案使然。在两性问题上,克利福德认为"重要的是日复一日的共同生活,而不是那一两次的苟合",他甚至不在意康妮去找一个情人,生下别人的孩子,完全将性作为一种工具。对于健康自然的人性,他是完全不在意的。

与克利福德相比,麦勒斯是一个有生气、有活力的"自然之子",有着看似

---

① 劳伦斯.查泰莱夫人的情人[M].赵苏苏,译.北京:人民文学出版社,2004.相关引文均出于此。

"下等人"，却充满阳刚的男性魅力。书中的一个细节很引人注目，康妮对姐姐希尔达说，她从没叫过麦勒斯的名字。名字是社会身份的象征，康妮从不叫他的名字，说明在康妮和作者的眼里，他完完全全是一个自然人，他代表着劳伦斯所肯定的健康、美好的人性。他厌恶城市文明中死气沉沉的一切，甘愿回到林间当了一位守林人。在一次与康妮结合之后，他深情地表示："管它有没有工业制度，这就是我的一次生命。"显然，他十分重视这种两性之间源自生命的和谐性爱关系。在他眼里，"性"不单单是男女关系，而是生命与生命的交融。两人交往的起点便是源于一次生命的认同。在克利福德失去性爱能力之后，康妮的年轻生命眼看着慢慢枯萎，当她到麦勒斯的小屋去看到小鸡破壳而出时，柔弱却无畏的生命诞生的场景让她感动得流下了眼泪。麦勒斯本来对高傲的现代贵妇人怀有警惕之心，但康妮对生命的珍爱与无助让他产生了怜惜，两人这一瞬间在生命的本质认知上实现了互通，第一次性关系便这样自然而然地发生了。可见，人是生命的产物，不是造爱的工具。二人通过性的结合，回归了生命的本体。

当文化、社会压抑和限制人的生命之时，性最早发出了抗议的声音。性通向生命的最深层、最本源，带着桀骜不驯的叛逆色彩，具有对机械社会与虚假文明的穿透力。劳伦斯深刻认识到了性的这种生命能量："性是什么，我们并不知道。但它一定是某种火，因为它总传导一种热情与光芒。""有生命的地方就有它。"①可见，性不仅仅是一种生理行为，更是一种生命理想和追求，伯基和厄秀拉、麦勒斯和康妮之间和谐而美好的性爱关系正寄托了恢复人和世界鲜活生命的美好愿望。许多人认为劳伦斯鼓吹的是一种简单的肉体放纵，但在书中却有这样一段描写：康妮跟随姐姐到威尼斯度假，她对那里纸醉金迷的纵欲生活很是不满，"她很讨厌利多岛上汇聚成群的那些几乎是赤裸裸的肉体"。在麦勒斯之前，康妮的第一个情人是文明圈层的人，他们是纯粹的工具化的性欲关系，源自各自自私的需求，没有达到任何的拯救目的，最终分道扬镳。因此，我们可以看出，作者厌恶一味放纵的、被金钱支配的肉体关系，他所肯定、欣赏的必须是源自生命的纯洁、健康的性爱，这种性爱应该是"无畏无耻"且具有创造性的。

---

① 劳伦斯.花季托斯卡尼：劳伦斯散文随笔集[M].黑马，译.北京：中国广播电视出版社，1999:87.

对于生命的关注让劳伦斯坚决地站在理智、知识、金钱的对立面,相信人的直觉、本能、肉体内在的巨大能量。他早在1913年致友人的一封信中就已经表达了自己的生命立场,提出了著名的"血性"概念,他说:

> 我的伟大宗教就是相信血和肉比智力更聪明。我们的头脑所想的可能有错,但我们的血所感觉的、所相信的、所说的永远是真实的。智力仅是一点点,是束缚人的缰绳。我所关心的是感知。我全部的需要就是直接回答我的血液,而不需要思想、道德等的无聊干预。我设想,一个人的躯体就像是一种火焰,就像蜡烛的火焰那样永远站立着、燃烧着,而智力仅仅是照射在周围各种东西上的光。我所关心的不是周围的各种东西——那是真正的思想,而是关心永远燃烧着的神秘的火焰;天晓得神秘的火焰到底来自何处,但它的确存在着,不论它的周围有什么东西,它都能照亮。我们这些人爱动脑筋到了可笑的地步,结果却永远不知道我们自身是什么东西——我们所考虑的仅仅是我们照亮的物件。火焰一直在那儿燃烧着,产生了光,但它本身却被忽视了,我们不应该去追逐周围那些易消失的、半被照亮了的东西,而应该看看我们自身,然后说道:"我的上帝呀,我原来是这样!"①

劳伦斯为两性关系的探索提供了最终的方向——血性。在他那里,性、美和生命三者牢不可分地联系在了一起。"性与美是同一的,就如同火焰与火一样。如果你恨性,你就是恨美。如果你爱活生生的美,那么你就会对性报以尊重。当然你尽可以喜欢陈旧、死气沉沉的美并仇视性。但是,只要你爱活生生的美,你必然敬重性。"②在他看来,性是充满了活生生生命个体的本能活动,因此恢复两性关系的最终目的不仅仅是满足个人的欲望,而必须承载着生命的内涵。性因为它充盈的活力和神秘的激情而发出熠熠夺目的光芒,这种光芒恰好穿透了工业文明造成的灰暗和空虚的现实世界图式。劳伦斯曾借康妮之口表

---

① 劳伦斯.劳伦斯书信选[M].刘宪之,乔长森,译.黑龙江:北方文艺出版社,1999:343.
② 劳伦斯.花季托斯卡尼:劳伦斯散文随笔集[M].黑马,译.北京:中国广播电视出版社,1999:85.

示："人类的身体在古希腊人那里闪出一点可爱的火花，但然后柏拉图和亚里士多德扼杀了它，耶稣把它毁掉。"他对现代工具理性是持否定态度的，那种源自古希腊、流淌到 20 世纪工业时代的原欲性文化对于两位主人公的"拯救"作用是显而易见的。康妮原来是一个闭塞、压抑的"男爵夫人"，和麦勒斯结合后，她重新焕发生机，找回了自我，敢于勇敢地争取个人的幸福。与之类似，麦勒斯原本是一个因为曾经受过妻子的伤害而厌憎、惧怕女人，决心过独身生活的人，自从认识了康妮，他重新找回了生活的希望。

小说中倾注了劳伦斯全部激情的还是那一幅幅和谐生动、充盈着生命暗流的性爱画面。这些性爱场面的描写往往与催动生命萌发的太阳、月亮、大地、海洋、波涛及风雨花鸟等自然力量交相呼应，传达了性的生命体验。两性交往中微妙的性感觉、男女之间细微的心灵碰撞以及性行为中奇异的生命体验是他关注的核心。有时性爱能在自然的环境中达到和谐，有时却在两性战争中告一段落，伊甸园中的男女在不断磨合中打破了文明的禁锢，最终实现了心灵与肉体的完美融合。康妮在暴风雨之夜裸奔，麦勒斯用鲜花精心装饰爱人的身体——这些对生命膜拜的仪式都将关于两性融合的探索推向了巅峰。

显然，两性关系并非一开始就那么和谐。在《查泰莱夫人的情人》中，康妮刚与麦勒斯交往时也无法打破外在的层层束缚，害怕自己"像个奴隶，像个未开化的女人"，甚至心中泛起一种"冷酷的激情"，想将男人踩在脚下，最终却放弃了这种"冷酷而显赫的妇人权威"，而"愿意沉入新的生命之池中"。而麦勒斯也不止一次地提到自己"疑心很重"，他受过现代女性的伤害，面对社会地位比他高的康妮，他始终有所忌惮，反复表达过"我不能只是夫人您的操手"。由此我们可以看出，康妮和麦勒斯虽然最后达到了两性精神和肉体之间的和谐，但这种和谐是二人的退让换来的：康妮放弃了她那"冷酷而显赫的妇人权威"，麦勒斯则放弃了他那惯有的疑心。在达成两性和谐的过程中，双方必定要有一定的妥协。当然，理想的性爱能释放美好的人性，能让人找回真正的自我。如果双方都将生命与爱作为出发点，这样的妥协是不难做到的。

不过，劳伦斯期待通过"血性"来针砭时弊与拯救生命显然带有乌托邦的色彩，如果放在一地鸡毛的现实生活中，很可能会成为男女主人公日后关系出现裂痕的根源。在和康妮讨论未来时，麦勒斯对康妮说："我讨厌金钱的厚颜无耻，讨厌阶级的厚颜无耻。所以在现实世界里，我拿什么去给一个女人？"这段话不仅表达了他对现实的憎恶,也表达了他受现实的阴影压迫而不能摆脱的无奈。现实社会的阴影始终笼罩着康妮和麦勒斯,虽然只体现在细微处,但确实构成了文本中的"另一种话语"。探索两性和谐之路是艰难的,我们在《恋爱中的女人》中伯基与厄秀拉的身上没有看到最终的希望,即使在《查泰莱夫人的情人》中,麦勒斯与康妮也没有在他们林间的小屋中继续生活下去。但是,劳伦斯对充满自然精神的生命家园的追求永远不会停歇,也从未放弃过对理想生活和健全人性的追求,他将自己所有的人生痛苦与渴望都留在了作品里,创造出了人类宝贵的精神财富。

　　劳伦斯的探索对现代人有很大的启发,他指出了文明世界中戕害生命的种种问题,如果我们对这些问题视而不见,就会像康妮和麦勒斯遇到彼此之前一样枯萎。"我们的时代说到底是一个悲剧的时代,所以我们才不愿悲剧性地对待它。大灾大难已经发生,我们身处废墟之中。我们开始建造新的小小生息之地,培育新的小小希望。"劳伦斯提倡回归生命的本体,找到真正"人"的部分。他的"血性"指的不仅是一种生理行为,更是一种生命理想,是对异化生存状态的抗议,倡导人们既不要把性当作禁忌,也不要把它单纯地看成肉体的享乐。这个理想可能脱离时代、脱离社会,它确实不是一个万能的药,却是劳伦斯为拯救千疮百孔的现代社会做出的巨大尝试。脱离了社会现实的纯粹的性与爱究竟能走多远?这的确是个问题。然而在文明的废墟上,只要生命不死,一切就有希望。在劳伦斯的作品中,到处都是对生命的热望,与工业世界充满烟灰和火车呼啸声的丑恶场景形成了鲜明的对比:那摇曳在山间的小野花,那破壳而出的小生命,那健康结实的古铜色的胳膊,那轻盈自信的翩翩舞蹈,那在暴雨之夜裸奔的女性……处处是蓓蕾!处处是生命的突跃!研究者黑马将劳伦斯的作品看作是"生命的童话",恐怕没有比这再贴切的形容了。可以说,虽然从表层看来劳伦斯是一位书写性爱的作家,但其本质源于对机械文明的批判与对生命的珍重。

第四章 "迷惘的一代"：繁华下的迷雾

美国"迷惘的一代"（The Lost Generation）有两个领军人物：一个是菲茨杰拉德（Francis Scott Key Fitzgerald, 1896—1940），一个是海明威（Ernest Miller Hemingway, 1899—1961）。其实，"迷惘的一代"不单单指这两个人，还包括20世纪初期的一大批作家，甚至早年的福克纳和畅销书《漫长的告别》的作者钱德勒也在其中。再往后推，日本作家村上春树十分崇尚这一时期的作家作品，他自己虽然身处当代社会，但似乎将这种迷茫书写延续了下去。所以，不能说这个流派就是美国特定时间段独有的流派，而是20世纪以来甚至21世纪文学都有的。这种"迷惘"或"迷失"，是时代的产物，是失去上帝后生活在荒原上的人们特有的情绪表达。作为起点，菲茨杰拉德是当之无愧的"迷惘的一代"的代言人，他在迷惘中生，在迷惘中死，至死也未能走出迷惘的情绪；与之相对，早期的海明威也是个地道的迷惘者，但他在不懈的探索中似乎找寻到了一条冲出迷惘绝境的路。前不久，在美国某个杂志评选出的影响美国历史的重要书籍中，菲茨杰拉德《了不起的盖茨比》位列第一名。至于海明威更不用说了，他的《老人与海》早已驰名中外，他也于1954年获得诺贝尔文学奖。

第一节 你们都是迷惘的一代

> "你们都是迷惘的一代。"
> ——斯泰因

稍微比较一下菲茨杰拉德与海明威，就会发现两个人的风格相差十分之大。菲茨杰拉德的作品呈现出非常忧郁的抒情，情感很沉郁，句子很长，带有一种诗意的伤感，他是一位带有淡淡哀伤的抒情性作家。那么海明威呢？他被称为文坛上的硬汉，作品非常简洁，具有电报似的风格，传达出来的力量感很强；

情感表达层面,很少会看到他有抒情浪漫式的表达,更多呈现出硬汉式不服输的劲头。但奇怪的是,这两个人却是同属一个时代的作家,是好朋友,都被视为"迷惘的一代"的领军人物。"迷惘"将他们紧紧联系在了一起。

这种迷惘感从何而来呢?这两位作家,同处一个迷惘的时期,风格差别却如此之大,对待迷惘的态度似乎又截然不同,这里面就有一个非常值得探索的逻辑线索。从菲茨杰拉德到海明威,这一代人经历了怎样的人生悲剧?从迷惘走向坚强的过程中又经历了怎样的心路历程?这些问题都值得我们细细琢磨。我们明白了这些问题,也许就能从中汲取一些力量,从而打破笼罩在现代人四周挥之不去的迷雾,捕捉到一些"活着"的勇气。

"迷惘"这个词和整个20世纪的荒原氛围非常贴合。20世纪是一个人类价值观、世界观、人生观均遭受颠覆的时代。这个时代经历了战争,又经历了科技飞速发展,物质极大丰富,经历了传统的价值理性的普遍被质疑。这些痕迹在海明威和菲茨杰拉德的创作中得到了充分的展现。就是这一代人,他们第一次面对世界天翻地覆的变化,产生了失去家园后如临荒漠的感受。

从菲茨杰拉德到海明威,最后这些作家找到了一条出路。这里到底有一个怎样的变化过程?也就是说,这一代青年从菲茨杰拉德的迷惘到海明威式的硬汉,其实存在一条探索的路径。通过对这两个重量级作家的考察,包括对他们重量级作品的巡礼,我们尝试将这条从迷惘走向坚强之路梳理出来。最终的目的,也是想给一代青年以榜样的力量。因为我们同样生活在这样迷惘的环境当中,生长在这样一片荒原上。而在这样的氛围当中,我们怎样能够穿透繁华的迷雾,成长为真正坚强的人?这的确是很有价值、值得探索的问题。

我们先来看看"迷惘的一代"——这样一个专属名词在文学史上的定位。这个称谓是老一辈女作家斯泰因给予他们的,表现出当时老一辈作家对青年一辈的看法。那时海明威还很年轻,在法国流亡期间经常出入这位老作家的俱乐部。据说"迷惘的一代"的描述最初来自一位车行老板。车行有位在"一战"中当过兵的小伙子在修理斯泰因小姐的旧车时因技术不熟练,且态度也不够认真,被车行老板狠狠地批评了一通。车行老板对小伙子说:"你们都是迷惘的一代。"斯泰因对战后年轻人的生存状态无限感慨,曾对海明威沿用此话,表示:"你们就是这样的人。你们全是这样的人,你们所有在战争中当过兵的人。你们都是迷惘的一代……你们不尊重一切,你们醉生梦死……别和我争辩,你们就是迷惘的一代，与车行老板说得一模一样。"①后来，海明威将这句话写在了他的第一部小说《太阳照常升起》的扉页上，可见他自己也承认自己就是"迷惘的一代"。

为什么"迷惘的一代"会首先会出现在美国呢？这和美国当时的社会背景密切相关，"一战"的获利与华尔街的繁荣缺一不可地加速了迷惘重雾的出现。"迷惘的一代"繁盛时期是从第一次世界大战之后到1929年美国经济大萧条这段时间。可以说，这段时间实际上是美国历史上大繁荣的时期。我们都知道，第一次世界大战并没有在经济上对美国产生巨大的破坏，美国因本土远离欧洲的战场，反倒因为战争发了一笔横财，一跃成为世界第二大强国。从经济上来看，这是美国经济高速发展的时期，物质极大丰富，社会也以火箭般的速度发展。但是青年们却再也找不到曾经拥有"美国梦"的那个年代。"美国梦"是美国文学非常独特的主题。我们都知道美国仅有几百年的历史，但就在二三百年间，它一跃成为世界强国，经济高度发达。美国这块土地，曾经被认为是自由之地，在这块土地上个人依靠自己的努力就可以建立人间天堂，过上幸福的生活。简单说，这就是当时"美国梦"的内涵。各国的移民和淘金者，为了摆脱贫穷或政治和宗教的迫害，都满怀希望来到这片土地。但是随着社会的发展，特别是进入20世纪之后，人们开始对"美国梦"有了新的认识，并对纯粹的物质幸福进行了反思。特别是经历了现代社会的剧烈动荡之后，人们对很多东西产生了怀疑。"迷惘的一代"正产生于这个时代，它集中反映了20世纪20年代美国青年的整体精神面貌。

我们首先看看战争对这代人的影响。"迷惘的一代"的创作都有第一次世界大战的影子：有的直接展示战争，比如海明威《永别了，武器》；有的明确提及战争，比如《太阳照常升起》，那群去西班牙寻欢作乐的年轻人都是从战场上回来的；有的虽然没有直接写战争，然而战争却隐藏在作品的字里行间，比如《了不起的盖茨比》中盖茨比从战场回来发了财却失去了爱情。这是一代人的心灵创伤。战争为什么会对人类产生这么大的影响呢？因为战争说到底是一场浩劫，一场文明的浩劫。人类文明发展到近现代，特别是到18世纪的启蒙运动时期，人类的自信程度达到了前所未有的高度，认为可以依靠理性建立人间天国。

---

① 海明威.流动的盛宴[M].汤永宽,译.上海：上海译文出版社,2009:31.

但是随着文明的发展,我们发现启蒙理想不但没有实现,还发生了战争。战争将人性的弱点、社会层面的各种黑暗,特别是生存中最邪恶、绝望、残酷的那些东西暴露出来了。可见,战争对人类文明史的影响非常之大。战争使传统真善美的价值观受到了冲击,让文明受到了质疑。这是当时普遍的社会背景。

美国和其他参战国不一样的是,它精神上虽然受到了重创,但是在物质层面却得以高速发展,华尔街的股市指标一路向上。美国一号公路上面矗立着这一时期的一座城堡,这座城堡的奢华程度放在今天也是一流的——闪亮的水晶灯、真皮沙发、高档家具,极尽奢华,足以见证美国当时的繁华。不过,物质的极度丰富并不能拯救青年人精神上的普遍创伤。也就是说,随着经济的发展,人们在物质上得到了满足,但是反而加剧了精神层面的迷惘。

这时期的青年人都生活在这样一个夹缝当中,"迷惘的一代"的作品主要描写这一代青年复杂的心理世界与迷惘的情绪,充满了宿命、逃避、悲剧、放纵、毁灭的倾向。顺承前面谈及的荒原,所呈现的就是心灵的荒原,迷失了方向。价值观已经被战争颠覆,人们不再相信传统的价值体系。曾经人们相信世界是按照理性的价值原则运行的,相信坚守真善美,世界就会回报真善美。但战争颠覆了一切,同时,经济又刺激着每一个人的神经。所以处在这个阶段的青年们,开始迷惘,在浮华的表面苦苦挣扎,却找不到方向。其中,最典型的代表,便是菲茨杰拉德。

第二节　这是一个充满嘲讽的时代

"一切神祇通通死光,一切仗都已经打完,对人的一切信念完全动摇。""这是一个奇迹的时代,一个艺术的时代,一个挥金如土的时代,也是一个充满嘲讽的时代。"

"夜色这般温柔,却看不到一丝光亮。"

——菲茨杰拉德

菲茨杰拉德,被称作爵士时代的歌手,因为在美国"迷惘的一代"创作的时期,刚好是美国爵士乐流行的时期,全民寻欢作乐。为什么会寻欢作乐?一方面，是因为战争结束之后，美国发了一笔战争财，此时的美国经济高度发达，刺激着人们的消费。另一方面，又是因为精神上的幻灭，战争摧毁了人们一切的信念，所以，这个阶段的人不知道该干些什么。当一个人不知道该干些什么，或者说没有目标的时候，只能靠吃喝玩乐、寻欢作乐，来填补内心的空虚。菲茨杰拉德恰好处在这样一个时代，并拥有了一段传奇人生。

菲茨杰拉德的出身一般，可以说是穷小子一个。但在读书时，他爱上了当时交际圈里一个出身很好的姑娘。她叫泽尔达·赛亚，长得非常漂亮，她的父亲是一个大法官。菲茨杰拉德当时和她是同学，在追求她。但是，姑娘拒绝了他的第一次求婚。为什么呢？理由很简单。她说：我并不是不爱你，只是我要嫁给有钱人。这类事情在金钱社会中经常发生，这就是特定时期、特定语境下一些女性给自己的择偶标准的具体体现。在这样的情况下，作为穷小子的菲茨杰拉德第一次求婚就失败了。

菲茨杰拉德与泽尔达

后来他把这段经历写成了他早期的代表作，名叫《人间天堂》（1920）：主人公阿莫瑞曾经追求他的大学同学——一个漂亮的姑娘，却被姑娘拒绝。拒绝的理由就是：我不是不喜欢你，只是因为你太穷了，我要嫁给有钱人。在这段失败的求婚之后，菲茨杰拉德开始努力写作，第一部《人间天堂》成功了，他一跃成为职业作家，也赚了一大笔钱。这时候他再次向泽尔达求婚，姑娘就同意了。两人的婚后生活极尽奢华，泽尔达非常喜欢举行宴会，他们的宅邸也是歌舞升平。

但是,这样的生活显然需要大量的金钱作为支撑,所以菲茨杰拉德更加拼命地写作。他的很多作品,比如一些给好莱坞写的剧本,他自己也承认实际上是比较粗糙的。

而且他一边熬夜写作,一边沉迷于声色犬马,这严重地损害了他的健康。他1896年出生,到1940年死亡,仅仅活了44岁,死亡的原因据说是酗酒过度。有人说,菲茨杰拉德的一生都在迷惘之中,在迷惘中生,在迷惘中死,到死都没有走出迷惘。我觉得这个评价是非常确切的。他自己也是承认的。

菲茨杰拉德对自己的时代有两段非常精彩的评判。比如说他认为自己生存的时代,"一切神祇通通死光,一切仗都已经打完,对人的一切信念完全动摇"①。这一句话完整概述了20世纪战争出现,科技高速发展,金钱社会中存在的问题显现后,人的信仰和价值观所发生的天翻地覆的变化。一切信念完全动摇,于是陷入迷惘,不知道走什么样的路才是正确的。另一方面,当时美国突出的问题是:经济高度发展,人们被金钱左右。所以他又接着说了另一句话:"这是一个奇迹的时代,一个艺术的时代,一个挥金如土的时代,也是一个充满嘲讽的时代。"②他对金钱社会的认识也是非常精准的。不过,虽然菲茨杰拉德对自己身处的环境有这样精准的认识,但可惜的是他没有找到出路。

这种迷惘在其第一部作品《人间天堂》中就已体现出来。主人公在追求心目中的女神失败之后,并没有认识到这个女孩其实并不值得追求,(罗莎琳)只不过是个拜金女而已。在失望和失落之余,他得出了这样一个可怕的结论:与其单纯而贫穷,不如腐化而有钱,这样更爽快一些。这是作者对生存状态的直接而坦诚的感受。到了中期,他写下那部著名的《了不起的盖茨比》(1932),我们也知道盖茨比虽然非常了不起,但最后还是在这样一个价值观崩塌、金钱至上的社会中毁灭了。菲茨杰拉德在晚年写过一部作品叫《夜色温柔》(1942),它的主要内容是:迪克医生为了拯救他的病人——一名叫米尔克的患有精神性疾病的女性,他自愿和她结婚,全身心关心、呵护着女病人,但是最后还是被女人抛弃了。故事本身很简单,但字里行间弥漫着浓郁的迷茫感。小说的名字来

---

① 朱虹.美国文学简史[M].北京:人民文学出版社,1986:213.

② 菲茨杰拉德.了不起的盖茨比[M].巫宁坤,译.上海:上海译文出版社,2011.本节相关引文均出于此。

自浪漫主义诗人济慈的一首诗,诗中有这样一句话:"夜色这般温柔/却看不到一丝光亮。"光亮其实代表了一种希望,但是很显然菲茨杰拉德到晚年都没有看到这种光亮,找不到走出迷惘的希望之路。

《了不起的盖茨比》在 21 世纪被拍成电影(2000 年和 2013 年各有一部)。尽管文学名著改编的电影成功的不是太多,但是这部作品相对来说非常成功,很多看过电影的人印象深刻。有些评论家说 2013 年版的《了不起的盖茨比》被拍成了时装秀,我想很多人从艳羡的角度来感受男女主人公奢华的生活,这与菲茨杰拉德想要表达的那种迷惘与失去还是不太一样的。

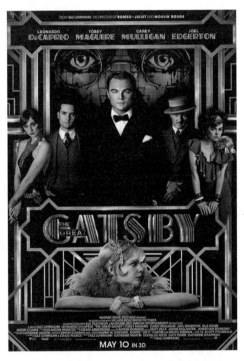

2013 年版《了不起的盖茨比》电影海报

作品涉及三个阶层的故事:以汤姆与他的妻子黛西为代表的上层社会,以旁观者尼克与贝克为代表的中产阶级,以灰谷地区威尔逊夫妇为代表的下层社会。故事首先从尼克这样一个中产阶级青年视角展开。他本来是立志成为一个作家的,但是在美国当时那个急功近利的浮华环境下,他放弃了作家梦,来到了纽约,在证券交易所担任一个职员。他租住在美国曼哈顿的富人别墅区,紧邻盖茨比的豪宅。但是他一开始从来没有见过这个赫赫有名的人物。某一天,他忽然收到了这个大人物的请帖,应邀去参加他别墅的派对。这些晚宴极尽奢华,也是作品和电影着力刻画的地方。在这场宴会上,他第一次见到了盖茨比。后来,他才明白,原来盖茨比接近他和举办豪华宴会都是为了吸引黛西——盖茨比曾经热恋的情人,希望能与她重温旧梦。盖茨比出身西部贫穷农民家庭,为了能配上上层社会的小姐,"一战"后他努力打拼,却发现黛西早已嫁给了有钱人汤姆——一个世袭的贵族。为了能够挽回爱情,盖茨比就在黛西家河对岸盖了那栋豪华的别墅,举办宴会,接近所有和黛西有关的人,目的很简单,就是吸引黛西,希望她某一天能够过来。

实际上黛西的婚姻并不幸福。她的丈夫汤姆纵情声色。他婚外有一个秘密情妇,就是底层修车工威尔逊先生的妻子。威尔逊先生和威尔逊太太处于社会的底层,在灰谷地区过着低贱贫穷的生活。威尔逊太太受当时环境的影响,觉得"人又不可能活一辈子",及时享乐最重要,就成了汤姆的情妇。

通过尼克(恰好是黛西的表弟)的帮助,分别五年的黛西和盖茨比终于再次重逢。这段场景非常感人。黛西说"我们多年不见了",他马上机械地回答:"到十一月整整五年。"显然,对分别的时间盖茨比记得非常清楚,原来他一直执着于这份已经失去的爱,身家百万心中还执着于旧梦重温的幻想,令人感动。

然而,随着盖茨比的不光彩的身份(出身底层,靠不正当生意发家)逐渐显露,黛西最终还是退缩了,选择和汤姆继续生活。在情感的纠结与混乱中,黛西一不小心撞死了丈夫的情人威尔逊太太。盖茨比主动选择替她顶包,她却在最关键的时候决定听从丈夫的建议外出避难。愚笨的威尔逊先生受汤姆挑唆,误以为和妻子偷情并压死她的凶手是盖茨比,在盛怒之下开枪将等待黛西前来会面的盖茨比打死。在盖茨比的葬礼上,平时宴会上的所谓朋友,没有一个人前来。最后,只有他的亲生父亲来了,并给尼克展示了少年时期的盖茨比如同美国总统富兰克林般严格的作息时间表,上面清晰地写着几点起床、几点运动、几点学习读书的计划,见证着盖茨比那不甘平庸、努力拼搏的人生。尼克在看到人世间的这一幕悲剧后,最终对在纽约混出人样失去了兴趣,自愿回到西部农村。这就是作品的主要情节。

起床·····················6：00

练习哑铃和翻墙·······6：15～6：30

研读电学等···········7：15～8：30

工作·····················8：30～16：30

棒球和运动···········16：30～17：00

练习演说及姿态·······17：00～18：00

研读必要的新发明·····19：05～21：00

盖茨比少年时期的作息时间表

那么，《了不起的盖茨比》的主题究竟是什么呢？拂去表面的繁华，剩下的就是幻灭。因为幻灭才会迷茫，那么究竟是什么幻灭了呢？简单说来就是"美国梦"的幻灭。主人公盖茨比出身低微，为了能够娶上心爱的姑娘，战争后他通过贩卖私酒发了横财，一夜暴富，这时候他再重新追求曾经的女神黛西，却发现一切都回不去了。我们从盖茨比身上可以看到，这是一个非常有追求的青年。但是在美国20世纪20年代的现实环境中，他的追求却是以悲剧收场的。

作品的名字叫《了不起的盖茨比》（The Great Gatsby）。首先，盖茨比的了不起，在于他能从一个穷小子成为有钱人，这里面有他努力奋斗的过程，也有他不甘平庸的信念。这就是以前"美国梦"中所宣传的，一个普通人可以在美国这块土地上依靠自己的努力建立伊甸园，获得幸福。这是从物质层面的考虑。然而，他更了不起的地方在于他精神上的追求，像盖茨比这样的成功人士，实际上再重新找一个女郎非常简单，但他对黛西的爱情从头至尾非常执着。他整个奋斗史，似乎都是为了黛西。和当时浮华的现实形成了鲜明的对比，作者精心描绘繁华褪尽遥望对岸绿灯的孤独身影，正体现了盖茨比对"理想"与"爱"的执着，这种执着在物质成功的烘托下更显可贵。然而，一切均以悲剧告终。

首先，在他死后的葬礼上，没有很多朋友过来看他。他活着时可是相当成功的人啊，结交的是各路名流。他家的晚宴用夸张的话来说几乎将大半个纽约都搬过来了，大家喝着他的酒，吃着他的东西，享受着他所创造的这种财富。但是当他死掉的时候，没有人来哀悼他。那个黑市头头怕有牵扯避而不见，所谓的音乐家打电话过来只是为了索要遗留在盖茨比家的球鞋，黛西甚至连一束花都没有送来……人和人之间的关系，只剩金钱关系了。人们过着醉生梦死的生活,人情淡漠,最珍贵的情谊不存在了。

在金钱物质上有这么大的反差,在爱情层面也是如此。虽然盖茨比对爱情执着追求,但是他喜欢的女孩黛西,最后还是选择了金钱。盖茨比曾经写信让她等他,但是她最终嫁给了有钱人汤姆;最后的关头她还是选择保全自己,牺牲盖茨比,服从了汤姆的安排。尽管她和丈夫之间过着貌合神离的婚姻生活,却无法摆脱这样的生活,宁愿做一个没有情感的"漂亮的小傻瓜"。实际上,盖茨比爱上的并不是他想象中的那个女孩,甚至他自己也清楚,说她的声音里面有金钱的声音。这个追求过程让人对爱情产生了怀疑。不过黛西是不是拜金女,是不是苍白、虚荣、金钱至上的女人?这是值得商榷的。可以说,她也是"迷惘的一代",是时代的牺牲品,是包裹在"物欲"环境里却找不到出路的现代女性,所以宁愿做个没有思想的"漂亮傻瓜"。爱情是文学中永恒而高贵的主题,历代文学都会歌颂它。但是20世纪盖茨比执着追求的爱情却是非常苍白的,有黛西的原因,但更多的是这个不确定的时代所带来的不确定感,很多价值层面的美好都遭遇了前所未有的幻灭。这就奠定了整部作品的一种氛围——迷惘。这里的黛西是迷惘的,汤姆是迷惘的,甚至连威尔逊太太梅朵也是。唯有盖茨比一个人还在执着追求往昔的美好,但等待他的只会是悲剧。

总之,无论是物质上的个人奋斗,还是爱情上的执着追求,盖茨比都以悲剧结束。这是一个双重幻灭的过程。和主题的迷惘和幻灭相对应,《了不起的盖茨比》呈现了菲茨杰拉德作品特有的那种诗意伤感氛围。他非常擅长写长句子,缠绵的、诗意的、伤感的、失落的。《了不起的盖茨比》还有一个名字名叫"绿灯梦缈",这是中国式的翻译。作品反复写到了一个细节:盖茨比将房子建在黛西家的对岸,每天晚上都会隔着河水深情凝视远在她家门口的那盏缥缈的绿灯,那实际上代表了他对爱情的一种执着,代表了他对爱的希望。但一切不过是缥缈的梦而已。绿灯所代表的那种美好,只是他的一个梦而已。电影拍摄这一场景,是从水上迷雾之中迎面射来的一束梦幻般的绿光,构成了那种不明朗的幻灭氛围。此外,盖茨比和黛西,他们喜爱白色,穿着白西装,别墅是白色的。这白色也是一种意象。有人认为白色既代表着纯洁高贵,比如说黛西作为这样一个女孩很高贵,他们的梦也很纯洁;又显得空虚和缥缈,实现不了。还有评论家常常提及的灰谷地区广告牌上医生的眼睛,都是一些含义深远的意象。这些意象对主题也是一种补充,加重了迷惘、幻灭、逃无可逃的氛围。

作为"迷惘的一代"的代表作家,菲茨杰拉德对自己的处境是非常清醒的。这是一个信仰破灭、价值观被颠覆、一切梦碎的时代。人们都在纸醉金迷、声色犬马的生活中抵挡虚无,然而换来的可能是更大的虚无。这是还有传统记忆的一代人,这让他们和"二战"后"一无所有却拥有一切"的"垮掉的一代"形成了最大的区别。因为菲茨杰拉德知道什么是爱、梦与理想,他对这一切都非常清醒,他清醒地知道这样的爱情不是他想要的,这样的梦也不是他想要的,再如何挣扎都是一个悲剧的、凄凉的结局。因为找不到路,他在《人间天堂》中愤然地说:"与其单纯而贫穷,不如腐化而有钱,这样更爽快一点。"他在《夜色温柔》中说:"夜色这般温柔,却看不见一丝光亮。"包括盖茨比,当他遇到这样一个拜金女的时候,他最后没有办法真正坚守传统的爱情观、价值观,他整个人处于这种迷茫当中,因为周围都是这样的氛围,以前坚守的"真善美"又开始被怀疑。他这时候的情绪是失落、幻灭的,就像在一个深渊之中。他知道这是深渊,不停地往下掉,但是他没办法抓住一根藤蔓将自己拽上去。所以盖茨比给人这样一种双重性的感受:一方面清醒地忏悔,自己感觉到这样的一个生存状态是有问题的;另一方面又找不到出路,开始不停地堕落,不得不过这样的生活,最后年纪轻轻就去世了。菲茨杰拉德笔下的人物都具有双重性:一边在清醒地忏悔,一边又止不住地向下坠落;既沉溺其中,又冷眼旁观,体会到灯火阑珊、酒醒人散的惆怅;对这一切都看得很清楚,但又走不出来。作者以凄婉的语调抒写了战后"迷惘的一代"对于"美国梦"幻灭的悲哀,造就了作品整体的抒情氛围。

如何穿越繁华下的迷雾?菲茨杰拉德这里并没有给出答案。其实,并非所有文学都能指明出路,甚至有些"出路"也是曲折蜿蜒的。菲茨杰拉德可以将迷惘的状态描写得非常好。作为一个普通的人,菲茨杰拉德生活在迷惘的氛围中,他痛苦迷失却找不到出路。但是还会有一些作家,就是更伟大的一些人,他们能穿透这种迷惘,然后在探索中超越出来,找到真正的出路。能将一个时代准确描述出来已经很伟大了,如果还能够超越时代的局限,给自己或者是给大家指出一条出路,那这个人就更伟大了。那个时代还真出现了这样一位伟大作家。那么这个人是谁呢?他就是继菲茨杰拉德之后的海明威。

第三节　一个人可以被毁灭但不能给打败

"一个人可以被毁灭，但不能给打败。"

——海明威

海明威是和菲茨杰拉德同时代的美国作家。关于海明威的生平，几乎人人皆知，他被称为文坛硬汉，这不但和他作品的风格有关，还和他的经历密切相关。和欧洲的一些作家相比，美国的作家经常以经历丰富而自豪，比如马克·吐温、杰克·伦敦等，这可能和这个民族的性格有关系。海明威的一生充满了传奇色彩。他当过报社记者，参加过世界大战，去过古巴、非洲、中国等地。关于他还有很多奇闻逸事。他这一生中除了丰富的经历之外，还有为人所津津乐道的硬汉性格与形象。有一个不知是真是假的逸事，海明威曾经跟随他的部队到达著名画家毕加索的居所，因为很崇拜这个大艺术家，海明威前去登门拜访。当时毕加索已经是一个非常有名的画家了，来拜访的名流很多，所以他的管家非常傲慢，就对海明威说："别人来拜访主人都会给他带些礼物，请问阁下给他带什么礼物了呢？"海明威听后二话没说，爬上卡车后面，搬下了一箱手榴弹。通过这个故事，我们可以察觉海明威与菲茨杰拉德，或与他同时代的"迷惘"作家相比，非常不一样。他的性格坚韧而刚强，其作品也给读者这样的感受，特别是其晚年代表作《老人与海》。在这样一部家喻户晓的著作中，有一句经典的话："一个人可以被毁灭，但不能给打败。"①这句话曾经多么强力地支撑着一代人渡过难关。海明威也以这部作品获得诺贝尔文学奖，奠定了他在文坛的地位。

这些都是一些关于海明威人所共知的事情。但是很多人可能不知道，海明威和菲茨杰拉德不但是同一时代的人，而且曾是非常要好的朋友。菲茨杰拉德和海明威的合影很多。菲茨杰拉德出名较早，他非常赏识海明威，也给海明威进入文坛提供了很多的帮助。但是海明威似乎一直对菲茨杰拉德不太满意，这

---

① 海明威.老人与海［M］.吴劳，译.上海：上海译文出版社,2009.相关引文均出于此。

种不满意究竟是现实生活中的性格差异还是文学精神的异路？恐怕只有两位当事人才清楚了。据说海明威那篇有名的中篇小说《乞力马扎罗山上的雪》的男主人公就是以菲茨杰拉德为原型。很有意思的是，这对好朋友性格迥异，特别是作品的风格、句式用法、主题表达，似乎完全不在一个频率上。

海明威（左）与菲茨杰拉德

我们都知道，菲茨杰拉德是美国 20 世纪 20 年代"迷惘的一代"的典型代表，他的作品迷茫情绪浓烈，灯火阑珊却找不到出路，在迷惘中生，在迷惘中死，至死也没有走出迷惘的困境。但是，我们在他的同时代人兼好朋友海明威身上，看到了打不垮的硬汉形象。这的确是非常有意思的事情。难道海明威生来就强大？事实并不是这样的。读过海明威早期作品的读者就可以清晰地感受到他的作品里弥漫着的迷惘浓雾，这是抹不去的时代印记。

海明威最早的长篇小说叫《太阳照常升起》，就是在这本书的扉页上写着老作家斯泰因送给他们这一代人的寄语——你们都是"迷惘的一代"。作品以男主人公巴恩斯为中心，塑造了一批战后迷惘的青年人。作品是怎样描写这种迷惘的呢？作品没有直接描写战争，故事开始时战争就已经结束了，但是战争的创伤还在。年轻的巴恩斯在战争中失去了性功能，虽然他结识了一个女孩，两人非常相爱，但是因为这个没办法走到一起。痛苦之余，他和一群年轻人到处游荡，去非洲、去西班牙，挥霍并杀死自己的青春。性的能力实际上是一种爱的能力，巴恩斯在战争中失去爱的能力，这是一个很典型的象征或隐喻，暗指外在环境对人性与生命的戕害。为什么这个人不能爱，真的是因为他生理上的原因吗？和许多现代作品一样，它有很深层的内涵，有战争的创伤，有对既往美好事物的怀疑，爱也是其中的一部分。所以这种爱的能力的丧失，实际上是信仰丧失、价值观断裂的某种表现。在酒吧里,这群年轻人过着纸醉金迷的生活;在西班牙,他们看拳击、看斗牛,以各种方式刺激着自己的神经。和《了不起的盖茨比》一样,表层是灯红酒绿,背后却是深沉的悲哀。相爱的人不能在一起,年轻人也看不到希望。他们沉浸在一些现代娱乐活动当中,却消除不了深深的幻灭感。这是很典型的"迷惘的一代"的代表作。

海明威后来还创作了我们熟知的一部反战作品——《永别了,武器》(1929),这是许多文学史会都会当作其代表作进行单节详解的作品。它写了一个名叫亨利的青年,走上战场后被人类之间的屠杀所震撼,开始玩世不恭地逃避命运。后来亨利遇到了名叫凯瑟琳的护士,两人相爱,逃离战场,逃至瑞士的一个小镇,但凯瑟琳还是在难产中去世了。死亡是这部作品挥不去的迷惘的氛围,人类似乎即使逃离了战争也逃不了最终死亡、灭亡的命运。这部作品迷惘的主题首先表现为价值与信仰的破灭:

> 神圣的、光荣的和牺牲等等这些字眼,以及徒劳无益的豪言壮语常常使我困惑。我们听到过这些字眼,有时站在雨中,在耳朵几乎听不到的地方,以致传来的只是那些大声叫喊出来的字眼,我们也曾在张贴布告的人漫不经心地一张叠一张地张贴的公告上读到过这些字眼。如今经过一段很长的时间,我没有见到过任何神圣的东西,光荣的东西并不光荣,牺牲像芝加哥屠宰场的牲畜围场,要是肉无法处理只有把它埋葬了了事。有很多字眼教你听得受不了,最后只有一些地名还有点尊严。有些数字也是这样,有些日期以及有关的地名是你所能诉说的一切,也是用来表示任何意义的一切。像光荣、荣誉、英雄或圣徒之类的抽象的字眼,跟村庄的名字、道路的号码、河流的名字、团队的番号以及日期等等具体的字眼相比使人感到厌恶。①

曾经的光荣与神圣,参战前用来鼓舞士气的豪言壮语,在赤裸裸的死亡面前显得如此苍白,令人厌恶。政客宣传词句连同一些所谓的价值理念都随着战争的残酷行进而消亡。主人公的迷茫情绪,鲜明地定格于一幅幅象征性画面之

---

① 海明威.永别了,武器[M].林疑今,译.上海:上海译文出版社,2009:200.

中。一次亨利在野营期间用篝火煮水的过程中,发现一截爬满了蚂蚁的木头,他把这截木头放到了篝火上。书中写道:

> 有一次,在野营中我把一根木头放到篝火上,木头里全是蚂蚁。木头开始燃烧时,蚂蚁都蜂拥出来,起初向那着火的木头中央爬,接着回转身来向木梢跑。当木梢聚集了足够的蚂蚁时,它们便跌进火中。有些蚂蚁从火中挣脱出来,烧焦了身子,扁扁的,向着它们自己也不知道是什么地方逃去。但多数却涌向火焰,接着又跑回到木梢,拥挤在没有着火的冷木梢上,最后跌进火中。<u>我记得当时我想这就是世界末日</u>,是做一位救世主的大好机会,只消把木头从火中拿出来扔出去,木头上的蚂蚁就能掉落在地上。但是我什么也没有做,只是把一只马口铁茶杯的水泼在木头上,这样我就能用倒空的杯子盛威士忌,然后兑进苏打水。我想那倒在燃烧的木头上的那杯水只能把蚂蚁煮熟。①

可以想象这是一幅多么可怕的场景。木头开始燃烧时,因为灼烧的热量蚂蚁蜂拥而出,起初向着火的木头中央爬,感觉到有火后,又转回头来向木梢爬,当木梢聚集了足够的蚂蚁的时候,它便跌进火中,下场非常悲惨。亨利感觉到自己就像这些蚂蚁,哪里都没有出路,往前爬也是死,往后爬也是死,所以他惊呼这就是世界末日了。谁都做不了救世主,每个人只能按部就班做一些自己不得不做的事情,而这些事往往可能带来更大的危机,就像亨利为了喝威士忌而倒在木头上的那杯水。"着了火的木头上的蚂蚁",海明威不动声色地描绘的这个场景极其恐怖,那是对人类在失去信仰、失去价值支撑之后走投无路的绝境最真切生动的描绘。作为 20 世纪 20 年代的美国青年,战争让掌声与鲜花显得极为可疑,他们失去了对世界曾经的信任。从迷惘这一点看,他和菲茨杰拉德没有差别。可以说,海明威的迷惘与荒原情绪,自始至终贯穿他所有的作品,不只是早期,也包括中后期的作品,这也让他与美国传统文学硬汉形象拉开了距离。

但是,我们读读海明威中后期作品,特别是他写的一些中短篇小说,就会发

---

① 海明威.永别了,武器[M].林疑今,译.上海:上海译文出版社,2009:351-352.

现二者的差别。与菲茨杰拉德哀婉的抒情歌手形象迥异,海明威以其塑造的硬汉形象著称,比如说打不败的拳击手、不怕死的杀手,还有西班牙斗牛士这种类型的形象,特别是其晚年代表作《老人与海》,塑造了一个不屈不挠,虽已风烛残年,但还在与命运搏斗的一个老人形象。从迷惘走到硬汉,这中间肯定是有一个转变的过程,有着非常艰难的心路历程。但是,他走出来了,最终超越了菲茨杰拉德。菲茨杰拉德是典型的迷惘者,他明明认识到目前的社会是充满问题的,纸醉金迷的生存状态是不对的,但是他走不出去,因为他没有支撑,没有方向,所以只能一边忏悔一边堕落,明知身在深渊却无能为力,清醒地走向自己的死亡。现在的问题是:同为"迷惘的一代",海明威为什么最终选择了坚强?他怎么能够做到坚强?这背后又有怎样的逻辑线索?他的短篇小说《弗朗西斯·麦康伯短促的幸福生活》隐约透露了一丝答案。

　　《弗朗西斯·麦康伯短促的幸福生活》①的故事实际上是非常简单的,写了一个叫作麦康伯的富商到非洲的两次狩猎的旅程。麦康伯可以说是有钱人,他在美国的现代生活中过得如鱼得水。他到非洲去狩猎,这和当时很多有钱的美国人一样,是一种非常时髦的娱乐活动。故事围绕这个有钱的麦康伯的两次非洲狩猎活动展开。麦康伯到非洲去狩猎,带着他的妻子——一个长得非常漂亮的名叫玛格丽特的小演员。他还雇了一个自愿到非洲生活的白人猎手威尔逊和一批土著,开始了他娱乐式的狩猎活动。故事就这样发生了。

　　在第一次狩猎活动猎杀狮子的过程中,麦康伯表现得非常懦弱。因为第二天决定去打狮子,他睡在帐篷里,听到远处有狮子的低吼,他害怕得一宿都没有睡好。所以第二天,当他开枪打那只狮子的时候,由于睡眠问题(可能更多是因为胆怯),子弹打偏了,没有打到狮子的要害部位,受伤的狮子逃进了附近的草丛中。按照狩猎者的规矩,这时候是一定要想办法把狮子打死的,为什么呢?首先,受伤的狮子是非常危险的,它很可能再次伤人,并且因为受伤会更为凶悍。其次,将受伤的猎物撂下不管,让它慢慢流血而死对于狩猎者来说也是非常不人道的。在这种情况下,麦康伯需要再次进入丛林打死这只狮子。大家都明白,这次肯定会更加危险,因为狮子已经受伤了。但是,作为一个猎手,他应

――――――――――――

　　① 海明威.短篇小说全集:上册[M].陈良廷,等译.上海:上海译文出版社,2004.相关引文均出于此。

该勇敢地进入丛林，将这只狮子打死。就在这一关键的时刻，麦康伯表现出的一系列行为，让围观者看清了他的本质。最初，他多次提出要把狮子撂在那里。为什么呢？当然是害怕。这是只受了伤的狮子，再次靠近它是非常危险的。后来，他感觉自己有钱，已经雇了一群土著，所以麦康伯提出让他们去把狮子撵出来。正是这两个行为，让我们感受到了他人格上的胆怯与卑劣。作为旁观者，白人猎手威尔逊从他的角度对当时的麦康伯进行了评价："他原来不但是个该死的胆小鬼，而且是个该死的下流坏。"威尔逊指明麦康伯不但胆小，而且人格上很卑劣。在这样的情况下，大家都保持着沉默。海明威的作品以冰山风格著称，他的文字所显露的只是内涵的一小部分，就像浮在海上的冰山，露出八分之一，剩下八分之七需要读者自己细细体会。这里的沉默暗示着麦康伯受到众人的鄙视。最后，他硬着头皮端枪去搜寻狮子，却在狮子发出声响时"像一只兔子似的发疯一般慌慌张张逃到了空地上"，最后是威尔逊将这只狮子打死，解决了这件事情。狮子事件发生之后，一开始麦康伯表现得无所谓，他可能想着反正狮子被打死了，谁打死还不一样吗？玩玩而已，何必那么认真？他让众人抬着狮子和兴高采烈的自己，好像是亲自打死了这只狮子一样。

但是很明显，事态起了变化。与他兴高采烈、大声讲话相对应的是众人的沉默。特别是当天晚上发生了一件重要的事情，就是他的妻子玛格丽特不见了，半夜才回来。那么，他妻子去哪里了？这个意思表达得也很隐晦。读者通过分析，最终推测她应该是跑到了勇者威尔逊的帐篷里去过夜了。这件事情给了麦康伯很大的打击，妻子的不忠对于丈夫是非常难以容忍的事情，是对男性尊严的终极挑战。他斥责妻子："你答应我不再干这种事情的。"这里又有值得挖掘的地方。玛格丽特是个演员，虽然不很出名，但也是风月场上的美女。书中这样写道："玛戈长得太漂亮了，麦康伯舍不得同她离婚；麦康伯太有钱了，玛戈也不愿意离开他。"两人的关系体现了许多现代婚姻组合的基础——"男财女貌"。他们都觉得相互合适。但是狩猎活动后，妻子公然出轨的行为，大大刺激了麦康伯的神经。

这是第一次的狩猎行为。很快，故事开始写他们准备第二天去打野牛，这就开始了第二次的狩猎行动。在第一次狩猎活动系列事件之后，麦康伯突然发生了转变，好像成了另一个人。他不但克服了一直伴随他的恐惧，一直表现得非常勇敢，还主动向三头野牛发起了攻击，直到死亡前的一刻也没有退缩。用白人猎手威尔逊的话来说："他昨天还是一个小男孩,怕得不得了,但是今天他已经成长为一个勇敢男子汉。"究竟是什么让麦康伯有这样大的变化？这是这部作品最为关键的转折点。猎杀狮子的过程中他是胆怯的,他害怕的究竟是什么呢？第二次狩猎为什么又会勇敢起来,不但不害怕,而且兴致勃勃主动要求冲锋在前去打野牛？一个人怎样能从胆小鬼变成男子汉？这是这部作品需要关注的核心。其实,《弗朗西斯·麦康伯短促的幸福生活》说的就是胆小的麦康伯变得勇敢的故事。

我们知道,麦康伯原来是生活在美国都市之中的现代人,书中他懂很多现代的游戏,比如驯马、骑摩托车、打棒球,他什么都懂,"知道他那个圈子里的人干的大多数事情"。作为一名惜墨如金的作家,海明威花费了大量笔墨描写麦康伯在现代生活中的如鱼得水。他有钱,又有漂亮的老婆。按照金钱社会的价值评判来说,他是一个成功人士,是一个生活在现代社会成功商人的典型代表。但是恰恰是这样一个成功人士,到了非洲以后却成了胆小鬼和下流坯。为什么？因为他在他的某些(既胆小又卑鄙)行为中失去了作为一个人的尊严。第一,胆小。那么他为什么胆小呢？当然是因为他有钱,活得又很好,所以很害怕死亡失去这一切。在他看来,去非洲打猎不过是一种娱乐活动。所以,他提出要把狮子撂下的建议。第二,卑鄙。他觉得自己出钱雇了人,所以提议这些人把狮子赶出来,完全忽视别人的安危。这一系列的行为让他变成了小丑,特别是到了非洲这样金钱、地位失去效力的地方,人家都明显看不起他。显然,麦康伯在享受现代生活的同时也被现代生活紧紧束缚着,他害怕失去奢华的一切,这些恐惧让他失去了人格尊严,宁愿做个胆小鬼与下流坯。

但是,在第二次猎杀活动中他是如何克服这些恐惧的呢？这在作品中也是有迹可循的。首先,他自己感到了羞愧。麦康伯是不是对第一次狩猎行为的表现丝毫不在意呢？我们可以看出他其实是非常羞愧的,大声谈笑只是为了掩饰这种羞愧,夜深人静时更是睡不着,这样也顺理成章地交代了他发现妻子的行踪。此外,妻子鄙视他并公然出轨,是一条很明显的导火索,是最直接的刺激。他妻子出轨之后,他第一次明确表示了愤怒,说你不应该这样做。他的妻子当时的回复是,什么都别说了,赶紧睡觉吧,困死了。这种回复暗含着她对他不屑。这种不屑,源自一个女人对一个男人最原始的鄙视。他妻子的行为也有她的道理,做出这么胆小卑劣的行为,还像个男人吗？女性崇拜的肯定是真正的男子汉。妻子出轨这件事情对作为男人的麦康伯来说肯定是最大的侮辱。所以，他这时候真正感受到了作为人的尊严受到了践踏，开始反省自身。

最终促使麦康伯转变最为关键的原因，还是麦康伯思想上质的变化。他说："我现在真的不怕它们了。说到头来，它们能把你怎么样呢？"这句话和海明威悟出的生存哲学产生了一致的共鸣，也是硬汉精神的最终来源，那就是无论命运多么残酷，困难多么巨大，死神多么可怕，人类都不应该失去作为人的尊严，不失勇气和决心，表现出临危和压力下的优雅风度。的确，"人最狠就是能要你的命"，但是"说实话，我一点也不在乎。人只能死一回，咱们都欠上帝一条命。不管怎么样，反正今年死了的明年就不会再死"。对生命本质的清醒认识最终让麦康伯摆脱了一切外在束缚，成长为一个真正的男子汉。

20世纪是一个悲剧的时代。人们认识到生命是有限而短促的，虽然可贵，却迟早会失去。既然生命迟早要失去，那么还有什么可怕的？为什么不在有限的人生当中，活得勇敢且有尊严一点呢？著名哲学家海德格尔曾经表示："对本真的死的领会使得人由非本真的存在通向本真的存在。对死的必然性的领会使人从沉沦与异化状态中醒悟过来，积极自我谋划、自我设计，以便实现最能体现自己的独特的存在的各种可能性。"①在看清生命的真相与生存本质之后，麦康伯挣脱了现代生活对他的束缚。虽然现在他很有钱，拥有很多东西，但是失去了尊严，这样的人生又有何意义？特别是来到非洲后，甚至连他的妻子与雇佣的土著都瞧不起他。这种心理天翻地覆的变化过程中，肯定是疾风暴雨的。但是海明威写得简洁明了。第二天，麦康伯醒来决定去猎杀野牛的时候他已经不怕了，"他以前从来没有过的、抑止不住的和莫名其妙的快活"，"他这一辈子头一回完全没有恐惧的感觉"，"他不但不害怕，反而明显地感到兴致勃勃"。他认识到了生命的真谛。当然，最后他死在了自己妻子的枪下，有评论者说这是因为妻子玛格丽特看出了麦康伯的成长，怕失去对他的控制，所以提前开枪把他杀死。这已经是题外话了。通过这个小故事，海明威已经清晰传达了他对生命真相的透彻认知。就像尼采所言："对待生命，不妨大胆一点，因为你好歹要失去它。"正是认识至此，这个胆小的麦康伯，我想也是曾经的海明威，摆脱了重重束缚，最后走出了他的"迷惘"，成长为真正的硬汉。

---

① 参见刘放桐主编.新编现代西方哲学[M].北京：人民出版社，2000：348-349.

1952年,被盛传"江郎才尽"的海明威发表了那部著名的《老人与海》。故事简洁明了,大概一万字。这部作品可以说是他一生探索最好的总结。主人公是一位风烛残年的孤独老人,他出海80多天没有打到一条鱼,最终决定去远海碰碰运气,好不容易才打到了一条马林鱼。他和这条鱼整整搏斗了三天三夜。海明威不惜笔墨描写了这个老人的苍老、匮乏、孤独和他所面对的茫茫大海。但是他克服了一系列的困难,打到了这条马林鱼。在归途中,这条马林鱼流出的血腥气引来了一群鲨鱼。他又开始跟这群鲨鱼搏斗。等到上岸时,这条马林鱼的肉,已经被鲨鱼撕扯一光,只剩下了一副骨架。其实这是一个非常悲剧性的结局,不是死亡,而是一无所有,如同每个人都会经历的人生。但是,作品最后写到了老人的梦,他在睡梦中梦到了狮子。这个结局想要表达什么意思呢?他想说表面上老人的确一无所有,但是精神上没有被打倒,从而引出作品最核心的那句话:"人不是为失败而生的,一个人可以被毁灭,但不能给打败。"生活虽然是以悲剧而结束,但是精神上要战胜它,人活得要像一个人,要有人的尊严。即使风烛残年,即使孤独无助,也要活得勇敢而有尊严。这是海明威走出迷惘的思考逻辑。

海明威生活的现代正发生着翻天覆地的变化,经历过硝烟弥漫的战争之后,整个西方世界变得满目疮痍,以往的道德和价值观念受到了极大的挑战,人们存在着普遍的异化感和幻灭感,精神世界一片危机。战后美国经济虽然发展很快,但是在寻欢作乐、纸醉金迷的生活中,人们并不能寻找到真正的信仰和出路,以空虚对待空虚,以绝望面对绝望,生活变成一片荒原。在一个既没有终极救赎又匆忙和浅薄的时代,怎样活才像一个人?怎样活才有人的尊严?这不是件容易的事情。人,无论逃避还是不逃避,就是像麦康伯说的那样,我们都欠上帝一条命,既然迟早都要失去,那为什么我们还要被重重束缚?在这个层面,海明威克服并拨开了笼罩在20世纪青年身上的迷惘之雾,给他们指出了一种坚强的,或者说是有尊严的、值得过的生活。从菲茨杰拉德到海明威,其间呈现了一代青年探索的心路历程,领悟这一心路逻辑,或许会帮助人们从迷惘幻灭的绝境中走出来。在一片荒原上,怎样坚强而又有尊严地活着,这很重要。

清醒却不沉沦,反抗绝望,超越悲剧,恰好是硬汉哲学的现代价值所在,也是海明威不同于菲茨杰拉德的伟大之处。无可否认,海明威的作品和所有的现代作品一样,弥漫着浓烈的现代悲剧意识,他的悲剧氛围来自对生命真相的清醒认识，即使在他描写强者的中后期小说中，这些悲剧气息也很浓郁，这让他与传统的美国硬汉作家有着本质的差别。虽然从文本的风格来看，我们将海明威定位为一个硬汉，但是他的作品和我们以往读过的杰克·伦敦、马克·吐温笔下的硬汉非常不同。

杰克·伦敦这个作家非常有意思，他也是以写硬汉著称的。比如他的《海狼》，写了一个非常厉害的超人船长，那真是一个肌肉发达、性格刚毅的强者；他的自传性代表作《马丁·伊登》，主人公是一个人能干三个人活的强健之人。甚至他早期一些大家非常喜欢的带有原始色彩的作品，比如说《热爱生命》《野性的呼唤》，都在写真正有生命力的强者。《热爱生命》的主人公是个淘金者，他在一个原始森林里与一条生病的母狼相遇，这条母狼又瘦又老还瘸了一条腿，它们之间存在着生存的竞争，狼想把这个人吃掉，为了活下去；那么这个人呢，当然也想活下去。所以当听见火车汽笛声时（这意味着即将走出原始森林），狼向人发起了进攻。关键时刻，疲惫的淘金者死死咬住了狼的脖子，最后竟然把狼咬死了，新鲜的狼血渗入了他的喉咙。经过这场惨烈的较量，强大的人最后活了下来。这是物竞天择、强者生存思想最集中的体现。

杰克·伦敦

杰克·伦敦基本上写的是这样一些真正有力量、体魄强健的硬汉形象，但是海明威笔下的硬汉非常不一样。我们可以看到，《老人与海》中的桑地亚哥，风烛残年、孤独苍老，作品用了很大的篇幅描写这个老人老得多么可怕与虚弱，他的皱纹，他枯树皮般的手掌，他与自然斗争时候的那种无力感。再比如，他写麦康伯，这个时髦而成功的商人，开始是多么胆怯而卑劣。他还有很多中短篇小说,写的拳击手不是正在盛年的拳击手,而是英雄末路,根本没办法在力量上战胜对手却还是要坚持上拳击场,被打倒在地的那个拳击手。他还写斗牛士,这些斗牛士也不在他们职业生涯最灿烂辉煌的时期,而是有着上场就遭遇被观众扔石头、扔鸡蛋的悲惨境遇。他笔下的所谓硬汉,往往是些失败的英雄,带有很浓烈的20世纪文学的悲剧色彩。海明威恰恰要在绝境边缘告诉人们,作为一个人,作为一个有尊严的人,是需要超越这种悲剧的,要活得像一个人。他提出了一个很有意思的词,叫"重压下的优雅",即面对命运重压(困难、痛苦、挫折、恐惧、死亡)保持人的尊严、勇气和优雅风度。这是身处绝境中的人的价值和精神,肯定了个体存在的价值与生命的尊严。每一个现代人站在现代荒原之上,没有目标、失去救赎,面对命运的不公与重压,是彻底被命运打倒,还是应该保持人的尊严、勇气和优雅的风度? 难道我们真的活得像卡夫卡笔下的大甲虫,不能掌控自己的命运? 如何面对生活的挫折和磨难? 希望海明威的小说能给我们带来力量。

第五章　福克纳：逝去的南方

威廉·福克纳(William Faulkner,1897—1962)的文学世界有一个关键词,那便是"南方"。南方究竟意味着什么呢? 从中国的南北差异来看,南方代表着温婉诗意,特别是江南,有着丰厚的古典意蕴;北方则代表着豪迈粗犷,那里有中原文化的博大雄浑。很多文学作品中潜藏着作家的地域情结,莫言笔下的高密与福克纳作品中的杰弗生镇便是如此,作者将他们的故乡呈现给了全世界,虽然讲述的都是故乡的事情,却呈现了时代洪流途经此地留下的真实印记。这种情结不分国家种族,承载的内涵各不相同,对于生活在 20 世纪的现代人来说,却具有普泛性的深沉意义。福克纳的南方也承担起了这样的重任。早年初入文坛的福克纳也曾赶过时髦,他出版过诗集,写过流行的象征主义诗歌,也曾像海明威们一样涉猎过迷惘的作品,其第一部小说《士兵的报酬》,便是一部表达迷惘的作品。他还为好莱坞写过剧本,但是都不太成功,直到他将关注的目光再次投向自己的故乡,才发现了一个取之不竭的宝库,开掘出一片独特的南方世界。

第一节　徘徊在传统与现代之间

"福克纳的更复杂的地方其实表现在他处理'颓败的南方'的一种悖论式的态度。这种悖论的态度就是徘徊在传统与现代之间。"

——吴晓东《从卡夫卡到昆德拉:20 世纪的小说和小说家》

美国的南方究竟有何特别之处? 从历史来看,它经历过南北战争。在美国南方,一旦提及战争,人们不会认为你说的是两次世界大战,而是让他们刻骨铭心的南北战争。历史书告诉我们在这次战争中,北方的胜利代表了社会的进步。当时的美国总统林肯打破了蓄奴制,解放了那些如《汤姆叔叔的小屋》中过着悲惨生活的黑奴。所以,南北战争最终以南方失利、北方全胜而告终,是历史的巨大进步。对于南北战争,我们基本停留在这样的认知层面,但事实永远复杂得多,而恰恰是文学能够将社会进程的复杂与其间人类遭遇的苦痛揭示出来。

美国作家玛格丽特·米切尔曾经写过一部非常有名的南方作品——《飘》(*Gone with the wind*),后来还被拍成了电影,由著名影星费雯丽主演,成为好莱坞电影史上公认的经典之一。从这部作品中,我们可以看到一些美国南方真实的印记:女主人公斯嘉丽生活与成长的"十二橡树园"是南方人美好的田园记忆,斯嘉丽追求的南方青年阿希里是个典型的南方绅士,他后来的妻子梅兰妮则是标准的南方淑女。即使后来南北战争爆发,北方因素不可阻挡地渗进了南方的生活,经历时代的风云变幻与人世的无数创伤,"十二橡树园"依旧是女主人公心灵深处的永恒家园。

在美国历史上,北方现代工业经济对南方传统种植园经济的取代是历史的必然。所谓种植园经济,采用的是以蓄奴制为基础的手工劳动模式,主要依靠黑奴来耕种田地,实则是一种乡村经济,是进入大规模机器生产之前的传统经济形态。这种生产方式肯定是落后的,注定要被现代化经济所取代。但在取代过程中却出现了很多问题,留下了很多遗憾,那些逝去的家园与传统的美好成了记忆中永远的乌托邦。一百多年的美国南方社会的变迁,不是由先进的经济模式取代落后的经济模式这么简单,现代转型中带来了传统与现代之争。这些南方作家身处其中,能够鲜明地感受到传统与现代夹缝之间的两难。传统的必将逝去,现代的必将到来,但是在逝去与到来之间那种无可避免的深深的痛只有南方人自己才能体会:他们没有办法突然变得现代,无法适应现代快节奏的生活与功利化的价值观;但是传统又分崩离析,故乡已成了回忆。这时候,我们便可以深刻理解《飘》的真正悲剧性内涵了。

福克纳便生活在这样一个世界中。其实不单单是福克纳,围绕着福克纳形成了南方作家群,出现了美国南方"文艺复兴",全面揭示了美国南方在现代经济的冲击下,必将走向衰落的命运。总之,在南方文学的背后有着沉痛的南方背景。南方文学涉及种族差异、现实纷争、伦理道德、生态意识等诸多现代问题,讲述着历史学家不可能讲述的真实故事,呈现各种痛苦主题。在南方传统缓缓落幕的舞台上,有着那么多的不甘、挣扎、伤痛与值得留存的风景,最终成为文学家取之不竭的素材宝库。要理解福克纳,一定要了解这个大背景。当然,这种传统与现代夹缝中的两难,不仅仅是美国南方人的痛苦,扩展开来也是我们每一个从传统走向现代的个体必然经历的生存阵痛。福克纳将他的南方呈现给了全世界。

总体而言,美国南方文学具有以下一些特征。

首先,从内容与主题上看,它主要写"颓败的南方",揭示传统与现代的冲突。如前所述,美国南方相对于北方是保守落后的,它跟不上北方轰轰烈烈的现代化大潮,并且又在南北战争中彻底失利,成了颓败的南方。在这样的背景之下,南方文学中描写了许多不合时宜的畸形人物,以及发生在他们身上怪异的事。这些时代夹缝中的小人物既不容于现代,又无法舍弃传统,在现代化的浪潮中被裹挟得遍体鳞伤。

其次,从艺术风格来看,南方文学总是笼罩着浓郁的悲剧氛围,且带有怪诞的色彩。存在主义大师加缪曾经称赞福克纳是他们那个时代"唯一真正的悲剧作家",福克纳那篇有着美丽名字的短篇小说《献给爱米丽的一朵玫瑰花》,实则写的却是一件非常惊悚的杀人案。怪诞风格之下是深深的错位感和浓得化不开的人生悲剧,而文学作品最打动人心的往往就是这些深刻的悲剧内涵。虽然现代是一个充满嘲讽的喜剧时代,但是以福克纳为代表的整个南方文学却萦绕着毋庸置疑的悲剧氛围。这些生活在南方的人,他们曾经有过家族辉煌、岁月静好,被滚滚向前的历史车轮所碾压,目之所及皆是战后的衰落、颓败。这种历史感、自豪感与犯罪感、失败感、痛苦感交织成的复杂情绪,成了美国南方文学的底色。

最后,从写作手法来看,南方文学吸收了许多现代技巧来表现生存困境,包括象征、隐喻、意识流等,以传达他们无法为外人说道的心灵伤痛。福克纳是继海明威之后,美国重要的小说家之一。据说"二战"之前,美国文坛就是由这两位作家撑起来的。不过他们之间互相不喜欢,而且都看不惯对方的写作风格,甚至相互攻击。海明威的硬汉风格让其电报体小说内容非常简洁,福克纳的描写却相当缠绵,带着南方特有的闷热与潮湿气息,那种比常春藤还要纠结的语言浓得化不开。《喧哗与骚动》的意识流表达便是如此,一些语句用几十个形容词来渲染它的主谓宾,有的甚至只保留了主语,剩下的全是修饰语。此外,标点符号缺失也是福克纳意识流小说常见的现象,一些段落甚至头尾相连无从分割。这种书写方式与南方文学主题非常契合,呈现出看不见前景的南方人特有的迷惘与浓郁的绝望。

1949 年,福克纳获得诺贝尔文学奖。此奖用来奖励他在文学上的两大贡献:一是美国南方伟大的史诗作家;二是 20 世纪小说中伟大的实验者。前者指的是他的文学主题,后者指的是他擅长的艺术手法。有很多读者抱怨他的《喧哗与骚动》太难阅读,开始就被一个白痴人物的意识流给吓住了,以至于望而却步。然而,只要坚持阅读下去,就会被其中的细节深深打动,被其精妙的叙事技巧深深折服,进而感叹他真是一个会写小说的天才。

其实,福克纳的一生中并没有什么惊心动魄的故事,他和美国其他的年轻人没有什么两样。他接受了中小学教育,"一战"期间加入了空军训练,后来复员回家,上过大学,但是第二年就退学了,做过销售员、邮局职员这样一些工作。在婚姻方面,他和少年时期就相识的女友结婚,虽然相伴一生但似乎也不太幸福,有过一段婚外恋,以女方和别人结婚而告终。他的写作生涯一开始也不太成功。如果说福克纳生平中有什么独特的地方,那就是他出生在美国南方密西西比州的一个没落庄园主家庭,祖辈的辉煌在他生命中投下了斑驳的影子。

福克纳的曾祖父,一生过得轰轰烈烈。他既是种植园主,又在南北战争期间英勇作战而被提拔为上校。他不仅在战场上表现得非常英勇,战后还经营企业、铁路、银行,并出版小说、诗歌,成为当地非常有影响、有威望的人物。在福克纳的作品中,有一系列像其曾祖那样富有魄力、意志坚定、白手起家的家族领袖。福克纳的祖父也很有成就,作为律师与议员的他,开设银行成为很有名望的银行家,并且扩建了其父修建的一些铁路,造福一方,深受当地人的崇敬。和许多南方大家族一样,福克纳沐浴着祖辈的荣光,但是家族到了福克纳父亲这一代就显得非常平庸了,福克纳的父亲学识短浅、碌碌无为,家道开始衰落。这是许多南方大家族的必然命运。福克纳在一段时间内,显然也无法接受现实的这种落寞,所以他沿用了祖父的名字——"威廉",想拼命恢复祖上的荣誉。尽管身材矮小,他还是想方设法参了军;没有上过战场,却吹嘘虚构的英雄事迹;

成绩平平,还是以退伍军人的身份进入了密西西比大学学习;想要像曾祖父那样当个作家,多次为好莱坞的电影公司写作脚本:从这些人生经历的细枝末节处,可以看到一位不断奋进、渴望成功的南方青年形象。当然,上述每件事情福克纳做得都并不成功,所以在他的人生中还有很长一段放浪形骸的迷惘期:酗酒赌博,出入妓院与酒吧,靠父母与朋友的救济生活。

几经辗转,福克纳终于在他的文学之路上发现了故乡的宝藏,并开始以自己的家乡为核心来建构其无可取代的南方王国。1955 年福克纳访问日本时曾说:"从《沙多里斯》开始,我发现我那邮票般大小的故土很值得写,而且不论我多长寿也不可能把它写完……我喜欢把我创造的世界看作是宇宙的某种基石,尽管它很小,但如果它被抽去,宇宙本身就会坍塌。"①福克纳一生笔耕不辍,共写有 19 部长篇小说与 120 多部短篇小说,他的伟大是由其作品一部部堆砌起来的,且每一部作品都构思精妙、思想深刻、语言优美、文字精练。他像是一位生来就会写小说的天才——《喧哗与骚动》《我弥留之际》《圣殿》《八月之光》《去吧,摩西》《押沙龙,押沙龙!》部部都是经典,形成了一座新的文学高峰,对后世无数作家都形成了重大影响,马尔克斯、莫里森、略萨、沃伦都曾表示受到过福克纳的影响,他也让我们想起了中国文坛擅长写苏州橡树街的苏童。

福克纳用小说建造了一个王国。其中 15 部长篇与绝大多数短篇的故事发生在南方一个以其家乡为原型的约克纳帕塔法县,形成了"约克纳帕塔法世系"。约克纳帕塔法是一个面积不大的县,首府是杰弗生镇。美国很多城市并不太大,约莫一个镇的规模。我曾在美国加州大学戴维斯分校访学,这座大学所在的戴维斯市实际上就是个城镇,人口不多,建筑最多是两层楼房,和通常所谈论的城市有很大差别。很多研究福克纳的学者,将其小说当作小镇文学来研究,是因为南方城市规模较小,再加上经济落后,只能算作镇了。后来,福克纳在他的小说《押沙龙,押沙龙!》中画过一张地图,将小说中的人物以及各色事件发生的地点全部绘制在这张地图里,让这个虚构的王国给人以具象的感受。

---

① 肖明翰. 威廉·福克纳:骚动的灵魂[M]. 成都:四川人民出版社,1999:51.

福克纳测绘的约克纳帕塔法县图

　　的确,提起威廉·福克纳,我们就会想到他的约克纳帕塔法世系,他是这个王国当之无愧的国王。对于一个小说家来说,这是一种怎样的成就? 这个小说王国涉及的土地有6216平方千米,据说白人有6298人,黑人有9319人,时间跨度从1800年起直到第二次世界大战以后。更重要的是,小说内容丰富,有风云的传奇、现实的生活、利益的纷争、自然的颂歌、人性的悲鸣……此外,福克纳的作品不是孤立的,它们相互关联、交互补充,形成了有逻辑、有结构的体系,共同呈现出一个世纪以来南方社会的历史命运、社会变迁以及各阶层人物的沉浮,是一部多卷体的美国南方社会变迁的史诗。

　　吴晓东说:"福克纳笔下生成了双重图景,一方面是日渐远去的让人既怀恋又质疑的战前(南北战争)南方理想,另一方面却是同样富有魅力的具有全新幻景的现代意识。这是两种彼此冲突对峙的观念视野,福克纳的全部作品,都生成于两种视野的夹缝中。其作品中的两个方面即旧秩序的破坏和新世界的创造,是他的成就的两大有力支柱,代表着相生相克的两种力量。哪两种力量呢?

即才能与传统,现在与过去,忘却与记忆。福克纳最好的作品中产生的戏剧效果就来自于对这两者的融合。"①的确,想要全面理解福克纳,还必须关注这种既记忆又必须忘却的复杂情绪,回到现代与传统夹缝中的南方世界。"福克纳的更复杂的地方其实表现在他处理'颓败的南方'的一种悖论式的态度。这种悖论的态度就是徘徊在传统与现代之间。"②福克纳所有的作品都建构在时代的夹缝之中,悖谬的痛苦与矛盾的纠结让他显现出常春藤般的缠绵。

这种既厌倦又眷恋的复杂情感,只有通过文学才能表达出来。许多中国作家的地域小说也是如此。比如苏州是苏童的故乡,他曾经用整个年轻的生命去书写它。这位去过北京求学的作家在回眸之际,感受到了故乡的狭小、阴暗与沉闷,对"香樟树街"既爱又恨的矛盾构成了其作品永恒的魅力,曾经深深打动过同样生活在南方小镇的我。福克纳也是如此,他徘徊在传统与现代之间,既无法保留传统的美好,又无法适应现代的进程,既回不到过去,又跟不上时代的节奏,浓郁的矛盾、痛苦、夹缝感油然而生,形成其作品的独特张力,并精准传达出了现代个体在时代转折时期无法言说的两难困苦。

第二节　献给过去的一朵玫瑰花

　　"我同情她,并借此致意,就像你会对任何一个人做手势、打招呼一样:对男人,你会举起一杯酒;对女人,你则会递上一朵玫瑰花。"

——福克纳

《献给爱米丽的一朵玫瑰花》是福克纳最优秀的短篇小说之一。它是一部典型的美国南方小说,具有南方小说特有的怪诞与悲情。有读者表示:《献给爱米丽的一朵玫瑰花》写得精致完美,犹如大理石上的雕刻图案,含有值得永久纪念的神圣意味。读完作品宛如瞥见了在深秋的落叶时节,作者福克纳手持鲜

---

① 吴晓东.从卡夫卡到昆德拉:20 世纪的小说和小说家[M].北京:生活·读书·新知三联书店,2003:148.

② 吴晓东.从卡夫卡到昆德拉:20 世纪的小说和小说家[M].北京:生活·读书·新知三联书店,2003:147-148.

花,摘下礼帽,正站在爱米丽的墓碑前凭吊。当然,这部小说中既没有提及玫瑰花,也没有谁献花给爱米丽小姐;相反,我们看到的是一件恐怖的陈年凶杀案,而作案者正是那位容貌丑陋、性格孤傲、行为乖张的爱米丽老太太。

下面我们将从这部作品,进入福克纳的南方世界。

"爱米丽·格里尔生小姐过世了,全镇的人都去送葬:男子们是出于敬慕之情,因为一个纪念碑倒下了。妇女们呢,则大多数出于好奇心,想看看她屋子的内部。除了一个花匠兼厨师的老仆人之外,至少已有十年光景谁也没进去看看这幢房子了。"①作品别具匠心,采用的是倒叙手法,开篇就写到了爱米丽的过世。这位女性的死亡在南方小镇引发了关注,因为"一个纪念碑倒下了"。显然,福克纳开宗明义地对爱米丽进行了盖棺定论,她是南方传统的化身。"爱米丽小姐在世时,始终是一个传统的化身,是义务的象征,也是人们关注的对象。"不过,这个世界显然已经成为久远的过去,因为已经有十年光景没人进过这栋房子了,主人过着与世隔绝的生活,因此引起了众人的好奇。

"那是一幢过去漆成白色的四方形大木屋,坐落在当年一条最考究的街道上,还装点着有十九世纪七十年代风格的圆形屋顶、尖塔和涡形花纹的阳台,带有浓厚的轻盈气息。可是汽车间和轧棉机之类的东西侵犯了这一带庄严的名字,把它们涂抹得一干二净。只有爱米丽小姐的屋子岿然独存,四周簇拥着棉花车和汽油泵。房子虽已破败,却还是桀骜不驯,装模作样,真是丑中之丑。"福克纳的环境描写不多却有着极大的信息量。首先,爱米丽居住的房子是一座相当考究的老宅,遗留着大家族特有的华贵与雅致——装点着古典风格的圆形屋顶、尖塔和涡形花纹的阳台,坐落在一条当年最考究的街道上。只不过时间洗涤着一切,房子经历过岁月的沧桑显得陈旧而破败。北方现代经济的元素已然侵入,棉花车和汽油泵——大工业的符号与标志包裹在房屋的四周,占领着南方这个曾经美丽的世界,仅剩的宅子虽然岿然独存,却因为衰落与不合时宜,成为"丑中之丑"。此段最后,福克纳才将南北战争的背景引入:"现在爱米丽小姐已经加入了那些名字庄严的代表人物的行列,他们沉睡在雪松环绕的墓园之中,那里尽是一排排在南北战争时期杰弗生战役中阵亡的南方和北方的无名军

① 福克纳,陶洁.献给爱米丽的一朵玫瑰花:福克纳短篇小说集[M].南京:译林出版社,2001:41-51.以下有关《献给爱米丽的一朵玫瑰花》引文均出于此,不再另注。

人墓。"对美国南方世界影响深远的南北战争已经结束,剩下的只是在战争中阵亡的南北方无名军人墓。然而战争虽然结束,但战争打开了南方世界封闭的大门,现代经济模式与价值观对南方世界的深远影响却刚刚开始,传统的南方再也回不来了。

爱米丽小姐便生活在这一新旧更替的时代,这个还保留着南方美丽名字的女士一出场便超出了读者的阅读期待,令人大跌眼镜。我们看到的不是一个人如其名的古典优雅的南方小姐,而是一位长相怪异、不涉世事的固执老太婆。南北战争后,杰弗生镇建立了新政府,于是决定向爱米丽收取其父曾经被豁免的税收(足见其家族的显赫)。新政府首先给她寄去了一张纳税通知单,但杳无音讯;接下来,镇长亲自写信表示要登门拜访,但也被拒绝了;最后,他们只好组成了一个代表团,直接来到了门前。这次拜访让我们得以对战后爱米丽小姐的生活有最直接的了解。

"一股尘封的气味扑鼻而来,空气阴湿而又沉闷,这屋子长久没有人住了。黑人领他们到客厅里,里面摆设的笨重家具全都包着皮套子。黑人打开了一扇百叶窗,这时,便更可看出皮套子已经坼裂;等他们坐了下来,大腿两边就有一阵灰尘冉冉上升,尘粒在那一缕阳光中缓缓旋转。壁炉前已经失去金色光泽的画架上面放着爱米丽父亲的炭笔画像。"尘封的气味扑鼻而来,皮套子已经坼裂,灰尘冉冉上升,画架失去了金色的光泽——通过这些细致的描绘,我们看到的是一个被尘封的世界,一切显得陈旧、衰败、毫无生气。这时候,小说的主人公出现了:"一个小模小样、腰圆体胖的女人,穿了一身黑服,一条细细的金表链拖到腰部,落到腰带里去了,一根乌木拐杖支撑着她的身体,拐杖头的镶金已经失去光泽。她的身材矮小,也许正因为这个缘故,在别的女人身上显得是丰满的东西,而她却给人以肥大的感觉。她看上去像长久泡在死水中的一具死尸,肿胀发白。"这个出场的确出人意料。与一切传统类似,南方也严格地孕育着淑女文化。女性要恪守贤良淑德的道德规范,高贵且优雅,有一种超越凡尘的精神气度。然而现实中的爱米丽小姐年老色衰、陈腐怪异,作者甚至用上了"长久泡在死水中的一具死尸"这样令人作呕的形容。并且,当新政府代表团提出交税的要求时,她竟然以沙多里斯上校赦免其家族税收为理由坚决地加以回绝。而沙多里斯则是曾经南方政府统治时期的长官,并且已经去世将近十年了。

然而,尽管陈腐怪异,我们透过字里行间还是可以感受到逝去的南方在爱米丽小姐身上留下的优雅。她有着大家闺秀的基本技能,给镇长的回信写在"古色古香的信笺上","书法流利,字迹细小",并且曾经"开授瓷器彩绘课"。大家族的女子大多具有较高的文化修养,传统贵族女性不用出去工作,大多时间用来自修,往往琴棋书画无所不通。然而,爱米丽写信所用的墨水已经不再新鲜,且瓷器彩绘课也于八或十年前停开了。现今的爱米丽小姐似乎和其拥有的美丽名字相去甚远,并且似乎也与象征爱情的玫瑰花没有任何的联系。

然而,爱米丽小姐的确恋爱过,也曾经美丽过。"那是她父亲死后两年,也就是在她的心上人——我们都相信一定会和她结婚的那个人——抛弃她不久的时候。"这句话的信息量也很大,既提到了爱米丽小姐曾经有过心上人,也提及了她被抛弃。然而,福克纳接下来没有直接描写这段过往的爱情,却将笔锋一转,写到了政府派人去爱米丽家周围除臭的事件,为凶杀案后尸体发臭的问题埋下了伏笔。和纳税事件类似,小镇居民只能背后抱怨大宅内发出的难闻气味,却不敢直接上门交涉,最后只能趁着夜晚去住宅周围抛撒石灰以消除异味。爱米丽的时代虽然已经过去,但她所代表的南方威严依旧在这个南方小镇具有威慑力。不过,这位南方女性是否生来就像一座纪念碑,坚硬固执又不通人情呢?福克纳接下来给我们描绘了爱米丽年轻时期的剪影:"长久以来,我们把这家人一直看作一幅画中的人物:身段苗条、穿着白衣的爱米丽小姐立在身后,她父亲叉开双脚的侧影在前面,背对着爱米丽,手执一根马鞭,一扇向后开的前门恰好嵌住了他们俩的身影。"年轻时期爱米丽美丽端庄的形象已跃然纸上,这是个身段苗条、穿着白衣的南方淑女。在她的剪影背后,还有一个专横跋扈的父亲。正因父亲的严苛,爱米丽小姐年近三十却尚未婚配,不是说她没有追求者,文中提及她的父亲"赶走了所有青年男子",并且她自己也"对什么年轻男子都看不上眼"。南方传统的枷锁紧紧地扣在她身上,渗透进血液深处,直至父亲去世。

从表层看,父亲是南方大家族的权威家长形象。但在某种程度上,他便是南方世界的化身,恪守传统的伦理观念与道德法则,按照淑女的规范约束着女儿。在传统世界中,女性对于婚恋没有支配权,从父母之命、媒妁之言这个层面来看,美国南方与中国古代没什么不同。如果女孩子随意与男性交往、自由追求爱情,那显然不符合淑女规范,甚至会被看作是放荡的行为。然而,南北战争爆发了,南方世界的天塌了下来,旧世界遭遇时代洪流的巨大冲击,新的价值体系逐渐取代了传统的价值观念。父亲的死亡暗示着南方传统世界的坍塌。爱米丽小姐一开始是无法接受这一现实的，甚至拒绝别人安葬父亲，"她告诉她们，她的父亲并未死"。因为她从小生活在这样的教育与驯化之中，已经习惯了传统的这些规范。然而历史的车轮滚滚向前，"她最终垮了下来"，人们也很快埋葬了她的父亲。一个时代就这样过去了。

爱米丽在父亲死后病了很长一段时间，人们再见到她时发现她的头发已经剪短。这里的"病"与"剪短头发"都是一种仪式，意味着和过去告别，显然这种告别是艰难且痛苦的，从表层看便是大病一场。迎来新生的爱米丽小姐也迎来了她人生中第一次也是唯一一次恋爱。恋爱对象是一个叫作荷默·伯隆的北方人，一个建筑公司的小头目，因为修建铁路来到了这个小镇。文中写道："荷默·伯隆，个子高大，皮肤黝黑，精明强干，声音洪亮，双眼比脸色浅淡。一群群孩子跟在他身后听他用不堪入耳的话责骂黑人，而黑人则随着铁镐的上下起落有节奏地哼着劳动号子。没有多少时候，全镇的人他都认识了。随便什么时候人们要是在广场上的什么地方听见呵呵大笑的声音，荷默·伯隆肯定是在人群中心。"显然，这是一个深受现代价值观影响的性格爽朗、不拘小节的北方人形象，与爱米丽小姐完全生活在两个曾经截然不同的世界里。在摆脱父亲束缚之后，爱米丽小姐还是以极大的热情投入了这场恋爱。"每逢礼拜天下午他们乘着漂亮的轻便马车驰过，爱米丽小姐昂着头，荷默歪戴着帽子，嘴里叼着雪茄烟，戴着黄手套的手握着缰绳和马鞭。"南北战争后的小镇虽然已经纳入了现代化的进程（这从铁路等现代设施的修建可以看得出来），但是南方传统的遗风还在，并对南方有着深层的影响。小镇的妇女认为爱米丽与荷默招摇过市的行为是"全镇的羞辱，也是青年的坏榜样"。爱米丽小姐更是有失贵人举止，是"堕落与疯癫"的表现，甚至动员其远方亲戚前来劝说。显然，爱米丽在这场恋爱中表现出了前所未有的勇气，书中描写了一个细节，那就是：她总是把头抬得高高的。

恋爱肯定是为了结婚。然而，爱米丽小姐的婚姻似乎不那么顺利。这章剩余的篇幅都在讲述爱米丽去药店买砒霜的事件，再次为她毒死情人埋下了重要的伏笔。热恋期却要买毒药，肯定是恋爱出了问题。书中写道："荷默自己说他喜欢和男人来往，大家知道他和年轻人在麋鹿俱乐部一道喝酒，他本人说过，他是无意于成家的人。"这是个无意于婚姻只想玩乐的"现代"年轻人。随着现代经济的发展,传统的价值世界分崩离析,包括婚姻在内的义务与责任意识也越来越淡漠。我们可以从福克纳着墨不多的关于荷默言谈举止的描述中感受到他的随心所欲与玩世不恭。随着小镇铁路的竣工,荷默就要离开了。然而,爱米丽小姐却在认真准备着自己的人生大事。"我们还听说爱米丽小姐去过首饰店,订购了一套银质男人盥洗用具,每件上面刻着'荷·伯'。两天之后又了解到她买了全套男人服装,包括睡衣在内,因此我们说:'他们已经结婚了。'我们着实高兴。"接下来,一位邻居看见荷默在黄昏时分进入了爱米丽小姐的宅子,后来这位年轻人就再也没有出现过,这段恋爱也就看似无疾而终了。当然,看完整个故事后的我们是清楚的,荷默就在这个分别的夜晚被爱米丽毒死了,再也没能走出她家的大门。

这是爱米丽小姐生命中的第二次伤痛。她最后一次尝试走入现代生活,却遇到了这样一个将爱情当作游戏的北方人,最终以失败而告终,再次退缩回了属于自己的世界。人们再次见到她时,她已经变成了陈腐怪异的模样。至此之后,她也很少与外在世界接触,除了因为谋生开过一段时间彩绘课。只是随着时间的推移,已经没有女孩子愿意学这些古董的玩意了。杰弗生镇迎来了新的社会面貌,而爱米丽小姐的世界逐渐尘封在岁月之中。"日复一日,月复一月,年复一年,我们眼看着那黑人的头发变白了,背也驼了,还照旧提着购货篮进进出出。每年十二月我们都寄给她一张纳税通知单,但一个星期后又由邮局退还了,无人收信。不过我们在楼底下的一个窗口——她显然是把楼上封闭起来了——见到她的身影,像神龛中的一个偶像的雕塑躯干,我们说不上她是不是在看着我们。她就这样度过了一代又一代——高贵、宁静,无法逃避,无法接近,怪僻乖张。"时间再也没能在其身上留下任何痕迹,她恪守传统,直到最后走向死亡的终点。

从"爱米丽·格里尔生小姐过世了,全镇的人都去送葬"开始,到"她就这样与世长辞了"结束,福克纳完成了对一位南方女性一生的叙述。但是,故事并没有结束,而是进入了高潮。随着爱米丽的过世,老宅顶楼的房间终于得以打开,尘封许久的秘密也大白于天下。"门猛地被打开,震得屋里灰尘弥漫。这间布置得像新房的屋子,仿佛到处都笼罩着墓室一般的淡淡的阴惨惨的氛围:败了色的玫瑰色窗帘,玫瑰色的灯罩,梳妆台,一排精细的水晶制品和白银做底的男人盥洗用具,但白银已毫无光泽,连刻制的姓名字母图案都已无法辨认了。杂物中有一条硬领和领带,仿佛刚从身上取下来似的,把它们拿起来时,在台面上堆积的尘埃中留下淡淡的月牙痕。椅子上放着一套衣服,折叠得好好的;椅子底下有两只寂寞无声的鞋和一双扔了不要的袜子。"原来这里曾经是爱米丽小姐精心布置的婚房,有玫瑰色窗帘、玫瑰色的灯罩、梳妆台,有一排精细的水晶制品和白银做底的男人盥洗用具,而如今一切都败了色,白银做成的盥洗用具已毫无光泽,连刻制的姓名字母图案都已无法辨认。曾经玫瑰色的新房如今似墓室一般阴惨惨,一具肉体已经腐烂的男人尸体躺在床上,旁边的枕头上还留有爱米丽小姐去世前一直保有的铁灰色的头发。故事发展至此,我们终于明白了之前爱米丽小姐家中发出的离奇臭味以及她去购买砒霜时的绝望。在这间曾经装扮得像新房一样的房间内,爱米丽毒死了她那位即将远行的爱人,用惨烈的方式留住了自己的爱情。

对于女人来说,生命中最重要的事情莫过于一段刻骨铭心的爱情。爱米丽小姐曾经在父亲统治的时期备受束缚,无法主动地去追求爱情甚至接受爱情;好不容易等到父亲过世她能够做自己,却遇到了像荷默这样视爱情为游戏的恋爱对象,道德传统在现代世界里分崩离析。现代生活的变动不居让一切坚固的东西都烟消云散了,遇到一个爱人、相守偕老已经成了奢求,永恒成了幻影。随着铁路工程的竣工,荷默和爱米丽小姐的爱情也即将成为过去。然而,爱米丽却以南方人特有的固执执着地维护着爱情玫瑰色的容颜。她采用了非常决绝的方式,不顾一切地挽留爱人。当然,这种挽留的方式是很可怕的——杀死对方,与爱人的尸体同床共枕近40年,这是一种多么恐怖扭曲的行为!

然而,对于这一恐怖行为,福克纳一方面承认它很糟,令人害怕;另一方面却表达了深深的同情:"她想留住曾经拥有过的东西。这就很糟——不顾一切地去留住任何东西。但是我同情爱米丽。我不知道自己是否会喜欢她,我也许会害怕她。不只是她,而是任何一个遭受过痛苦、受到过伤害的人,因为她的生活很可能就是被一个自私的父亲所破坏掉的。"毫无疑问,爱米丽是一个遭受过痛苦、受到过伤害的女性。她过去深受南方社会的传统束缚,被一个固执自私的父亲剥夺了幸福。但是,新的生活又被一个不珍惜爱、无意于婚姻的北方人破坏了。无论是在传统规范的束缚下,还是在现代生活的阴影下,她都找不到她的幸福。过去被破坏了,现实又不安宁,既回不到过去,又看不到未来,她在传统与现代的夹缝中饱受错位的痛苦与伤害。

对于文章的标题,福克纳表示这是一个比喻,他说:"我同情她,并借此致意,就像你会对任何一个人做手势、打招呼一样:对男人,你会举起一杯酒;对女人,你则会递上一朵玫瑰花。"①玫瑰花象征着爱情,象征着美好,象征着已经逝去的纯真的年代。这并不是要赞同爱米丽小姐恐怖的杀人行为,而是要唤醒人们的感官,去感受事件背后的复杂性与悲剧性。这朵献给爱米丽的玫瑰是福克纳献给所有南方女性的同情,他对她们所遭受的痛苦与伤害感同身受,希望她们能够穿越岁月的裂痕,得到永恒的爱情与幸福。

吴晓东表示,福克纳的小说有一种悲剧品质,夹杂着"悲天悯人"的精神。②美国南方文学有着一种浓郁得化不开的痛苦,其间悲剧性的毁灭是福克纳作品最打动人心的地方。在时代的夹缝中,每一位现代人都面对着生存的两难。爱米丽小姐的一生是不适应现代化进程的一生,她最终蜷缩进了封闭的世界中,呈现出腐臭怪异的面容。那么,顺应变动不居的现代洪流是否就能获得幸福呢? 在《喧哗与骚动》中,福克纳又塑造了一个堕落的南方女性形象。这个为现代洪流所裹挟前行的女性凯蒂,遭遇了更为悲惨的命运。在从传统走向现代的过程中,大多数的人被时代的浪潮所吞没。

第三节 一则迷路的现代人的神话

"我认为人类不仅会延续,还会胜利。他是永生的,不是因为只有他在万物生灵中拥有不倦的声音,而在于他有灵魂,能够同情、牺牲和忍受的灵魂。诗人和作家的职责就是歌颂这些。通过提升人类的心灵,提醒他们牢记勇敢、荣誉、希望、尊严和同情这些昔日的光荣,来帮助人类生存下去,这是作家的荣幸。诗人的声音不仅是人类的简单记录,而且还是能够帮助人类持续和获胜的支柱之一。"

——福克纳"诺贝尔文学奖获奖词"

---

① LANZEN H L, SHEILA F. Short Story Criticism[M]. Detroit: Gale Research Company, 1988: 152-153.

② 吴晓东. 从卡夫卡到昆德拉: 20 世纪的小说和小说家[M]. 北京: 生活·读书·新知三联书店, 2003: 151.

　　福克纳最喜爱的小说《喧哗与骚动》写的也是"一个美丽而悲惨的姑娘的故事"①。如果说《献给爱米丽的一朵玫瑰花》塑造了一位传统的南方女性，她曾经尝试走出南方世界，却最终失败了，不得不回到她封闭的大宅，在与世隔绝中过完剩余的岁月；那么《喧哗与骚动》中的凯蒂倒是真正走出了南方世界，她经历了时代变迁中的喧哗与骚动，最后去了北方。但是，在她身上并没有发生什么幸福快乐的事情，她在自由恋爱中被抛弃，又在功利婚姻中被利用，最后不得不辗转到北方世界打拼，而其真正的身份是最底层的妓女。可以说，爱米丽与凯蒂——前者是坚守传统的悲剧，后者是走向现代的悲剧。

　　凯蒂出生于杰弗生镇没落的望族康普生家族。祖上显赫一时，曾经出过州长与将军，广有良田、奴隶成群，但是现今仅剩下一座破败的大宅，康普生夫妇以及他们的四个子女（昆丁、凯蒂、杰生、班吉）生活其中。康普生夫妇沉浸在昔日的荣光中，无法正视现实，整天怨声载道。康普生先生虽然是个律师，但懒于经营业务，整日醉酒发表愤世嫉俗的空论，并把悲观情绪传给了长子昆丁。康普生太太更是无病呻吟，总是以南方大家闺秀自封，抱怨自己命运不济，对于孩子们疏于照顾。这部作品虽然运用了包括意识流在内的很多现代技巧，但细节描写真实动人。其中表现康普生太太的自私冷漠的描写，仅在班吉身上就有好几处细节可以体现。比如当她意识到班吉是个白痴后，马上将他的名字由家族名"毛莱"改为普通的名字"班吉"，不想让她的娘家蒙羞。在她眼里，贵族身份比亲情更重要。她不仅不爱班吉，也不允许别人爱班吉。看到凯蒂抱着他，康普生太太表示："你不能再抱他了。这样会影响你的脊背的。咱们这种人家的女子一向是为自己挺直的体态感到骄傲的。你想让自己的模样变得跟洗衣婆一样吗？"班吉的生日她完全忘了，却还责怪女仆迪尔西买的生日蛋糕有失身份："你是要用这种店里买的蹩脚货毒死他吗？这就是你存心要干的事。我连一分钟的太平日子都没法过。"班吉被火烫得哇哇大叫，康普生太太不仅不关心，反而责怪迪尔西没看好他，"使她不得安生"。一位沉溺在南方贵族遗梦之中且毫无爱心的母亲形象跃然纸上。凯蒂就是在这样畸形的家庭环境下成长起来的，并最终被裹挟进更为畸形的外在社会洪流里，成为现代社会的牺牲品。

　　童年的凯蒂其实善良而又美好，这可以从小说第一章"班吉的部分"看出。

---

　　① 杨仁敬，杨凌雁.美国文学简史［M］.上海：上海外语教育出版社，2008：244－245.

弟弟班吉出生就是个白痴,这部分便以他的意识流为核心将回忆与现实交错,呈现出凯蒂童年阶段的形象。"白痴叙事"——这是世界现代小说史上空前绝后的选择,可以充分体现福克纳精湛的写作技巧。这个"伟大的白痴"班吉的意识流,不仅具有"具体性"与"原初性、当下性和现时性",更重要的是它揭示了"世界的现实图景"与"人类意识流程的真实图景"①。正因为原初与真实,我们才得以复原凯蒂童年的生存环境与性格特征。班吉实则是"一面道德镜子",真实地反映出周围人或丑恶或美好的本性。他的出生被认为是一种惩罚——遭受亲生母亲的嫌弃,并被哥哥杰生怂恿做了阉割手术。这个毫无生存能力的受难者无法从母亲那里得到关爱,因此倍加依赖姐姐凯蒂。在班吉混沌的意识中,凯蒂温暖而美好,真心关爱他,以至于听到凯蒂的声音、感受到她的存在,他就兴奋得哼哼唧唧。班吉特别迷恋凯蒂身上"树的香味",这一方面是对凯蒂纯真年代的记录,另一方面也暗示着她后来的失贞与堕落。从第一次使用香水到失贞嫁人,班吉对姐姐的变化有着清晰的记忆,树的香味慢慢消失了。显然,凯蒂并不是一个本性放荡的女性,而是冷漠家庭的牺牲品。

第二章"昆丁的部分"通过家族唯一的希望——哈佛大学的高才生大哥昆丁的所思所忆,交代了凯蒂的恋爱与被抛弃的悲惨命运。因为生活在一个冰冷缺爱的家庭,凯蒂选择了冲出家门自由恋爱。然而,现代生活孕育了像荷默·伯隆一类的浪荡子,她失去贞洁却最终被抛弃。父母为了不给家族蒙羞,将她匆忙地嫁给了一位银行家。这场为了利益而交换的婚姻很快便解体了,凯蒂被逐出家门而不得不到北方的世界去闯荡。深究凯蒂的悲剧,没有父母引导、极度缺乏爱,以及现实世界的混乱无情才是凯蒂走向堕落的真正原因。

第三章"杰生的部分"则呈现了凯蒂闯荡世界的悲惨。作者虽然没有详写她在北方混乱环境下的卖笑营生,但对于女性来说这已经是最大的屈辱了。为了讨生活,她不得不把私生女小昆丁寄放在父母家中,遭受唯利是图并且心存怨恨的大弟弟杰生的残忍对待。作为母亲,她对孩子有万般不舍,但只能是定期将赡养费寄回家中以弥补缺憾。因为思念女儿,她恳求杰生能够让她探望女儿。杰生趁机狮子大开口索要钱财,并以凯蒂为家族蒙羞为由拒绝她和女儿相

① 吴晓东.从卡夫卡到昆德拉:20世纪的小说和小说家[M].北京:生活·读书·新知三联书店,2003:154–162.

认，只允许她远远地看看女儿。杰生故意在经过凯蒂时将乘载小昆丁的马车赶得飞快，为了能够多看看女儿，凯蒂只好跌跌撞撞地追赶着飞奔的马车。这一场景将一个为生活所迫的母亲描绘得催人泪下。

悲剧不仅在战后一代南方女性身上发生，甚至延续至她们的后代。小昆丁延续着凯蒂的悲惨，童年没有母亲的陪伴，长期受到舅舅杰生的虐待，如野草般长大，长大后重蹈母亲的覆辙，与陌生男子私奔，逃走前还不忘偷走杰生克扣的钱财。福克纳曾经表示，这部小说的核心主题是"失落的天真"。凯蒂与小昆丁遭遇的不幸是南方的不幸，她们的堕落显示出南方道德沦丧，更是西方文明的幻灭。虽然作品核心是凯蒂的故事，但是福克纳别具匠心地运用了多角度叙述与复合式意识流等艺术手法，展示现代转型期南方社会与整个文明世界的喧哗与骚动，给"混乱的世界一个全景式的展现"。

在《喧哗与骚动》中，福克纳通过三个兄弟——班吉、昆丁与杰生各自视角讲了一遍凯蒂的故事，随后又以女仆迪尔西的全知全能视角，讲述了剩下的故事。小说出版15年之后，福克纳为马尔科姆·考利编的《袖珍本福克纳文集》写了一个附录，又对康普生家的故事做了一些补充。因此，福克纳常常对人说，他把这个故事写了五遍。当然，这五个部分并不是重复与雷同，即使有相重叠之处，也是匠心所在。"这五个部分像五片颜色、大小不同的玻璃，杂沓地放在一起，从而构成了一幅由单色与复色拼成的绚烂的图案。"①尽管福克纳开玩笑说他因为没有把故事讲清楚，所以将故事写了一遍又一遍。但很显然，通过多视角的叙述，福克纳不仅为读者完整拼贴了凯蒂人生不同阶段的故事，更是将南方衰落进程中各式人物心态加以千姿百态地呈现。小说将故事分化为由人物的意识流程有机组成的若干部分，通过不同性格、不同遭际、不同品质的人物在不同时间段内的意识流动来叙述同一个故事（凯蒂的故事）。更精彩的是，小说实现了人物性格与意识流书写的完美契合：班吉部分的意识流具有白痴的原初性特征；昆丁在自杀前陷入精神崩溃状态；而杰生也是一个经常犯头疼病的病态偏执狂。故事情节在意识流动中呈碎片状展现，却又让人物和故事真实完整。显然，福克纳描写的重心不只在凯蒂堕落的故事本身，而是该事件在不同

---

① 李文俊.关于《喧哗与骚动》[M]//福克纳.喧哗与骚动：福克纳作品集.李文俊，译.杭州：浙江文艺出版社，1992：473.

人的内心产生的影响及其导致的心灵变化。

昆丁,这个家族的长子,哈佛大学的高才生,代表着家族未来的希望。的确,福克纳笔下的昆丁也在努力扮演着一个承担者的角色,他企图超越现实、超越父亲,努力捍卫家族与南方的荣耀。然而,内在的匮乏与软弱的本质让他无法重现祖上的雄风,反而在现实面前屡屡受挫,最终以自杀的方式终结生命。妹妹凯蒂的失贞成了他生命中最大的痛,妹妹的堕落意味着他引以为傲的南方世界的崩塌。为了捍卫尊严,他想用乱伦的臆想来"永远监护她,让她在永恒的烈火中保持白璧无瑕",但这至多不过是"意念犯罪";他甚至与引诱凯蒂失贞的达尔顿决斗,结果还未决斗自己却先"像女孩子那样晕了过去"。他步履维艰,绝望地追索早已远离的家族荣耀,坚守纯洁无瑕的道德和温情脉脉的家族关系。殊不知,他所竭力追求的往昔已经过去,成为他的监牢,将其死死困于其中,无法看见未来。因此,他是个活在过去的人,在现实生活里注定是失败者。

萨特在评价福克纳小说的时间主题时,用了一个精彩的比喻。他说:"福克纳看到的世界可以用一个坐在敞篷车里往后看的人所看到的来比拟。每一刹那都有形状不定的阴影在他左右出现,它们似闪烁、颤动的光点,当车子开过一段距离之后才变成树木、行人、车辆。在这一过程中,过去成为一种凌驾于现实之上的现实:它轮廓分明、固定不变;现在则是无可名状的、躲闪不定的,它很难与这个过去抗衡;现在满是窟窿,通过这些窟窿,过去的事物侵入现在,它们像法官或者目光一样固定、不动、沉默。"①昆丁显然便是那个坐在敞篷车里的人,看到的都是南方过去的辉煌,无法接受现实,更没有未来,妄图与时间抗衡。作为南方失败的亲历者,父亲似乎洞察了时间的秘密。他曾将祖上的表传给昆丁,表示:"我把表给你,不是要让你记住时间,而是让你偶尔可以忘掉时间,不把心力全部用在征服时间上面。因为时间反正是征服不了的……甚至根本没有人跟时间较量过。这个战场不过向人显示了他自己的愚蠢与失望,而胜利,也仅仅是哲人与傻子的一种幻想而已。"在父亲看来,时间毁灭一切,往日的荣耀已经随着时间被埋葬,不要妄想对抗时间。这种悲观与虚无情绪直接影响了儿子。昆丁认为把表砸碎了,就可以阻止毁灭一切、涤荡一切的时间,只不过他终止的只是时间的计量物,真正的时间并没有因为他的愤怒或恳求而停止。随

---

① 萨特.萨特文学论文集[M].施康强,译.合肥:安徽文艺出版社,1998:24.

着南方大厦在时间长河中坍塌，昆丁的精神支柱也被摧毁了，他失去了活下去的力量，走向了生命的终点。

如果说昆丁是没有未来的，那么杰生倒是积极拥抱现代生活的人，试图彻底和约束自己的南方世界分割，显示出唯利是图和冷酷无情的工商势力对南方的侵蚀和瓦解。他像他母亲康普生太太那样谁都不爱，毫无亲情与道德，自私自利，而且损人不利己，报复心强。杰生的"邪恶"当然也与其不幸、缺爱的童年相关。小时候，昆丁和凯蒂都不跟他玩，父亲不理会他，母亲也只是口头偏爱他；家里在给昆丁上哈佛大学、给凯蒂办婚礼之后就没钱送他上大学了；由于凯蒂婚前失贞，凯蒂的丈夫承诺给他的银行职位也不了了之。衰败的家族给他带来了无尽的伤害，造就了他的偏执与邪恶，再加上现代资本文明的影响，他成为空虚、自私、冷酷、没有道德感的实利主义者，也是社会转型期的牺牲品。可以说，杰生的邪恶渗透进了字里行间，他对班吉的阉割、对凯蒂的无情、对小昆丁的克扣随处可见，甚至连家里的小仆人勒斯特也不放过。有一次，他因为头疼病发作无法去观看一场歌剧表演，而迪尔西的孙子勒斯特非常想看，但是杰生不仅没有将票给他，还当着他的面慢慢将票放进火堆里烧掉了。福克纳曾表示，从他的想象里产生出来的形象里，他是最邪恶的一个。这是一个对全世界都充满仇恨的人。最后，杰生也受到了狠狠的报复。小昆丁将他从母亲身上敛来的钱财全部偷走逃跑，杰生的头疼病发作得也越发厉害，显得可怜又可憎。

福克纳通过一个南方家族的故事，写出了整个人类的退化与失败，它是"一则迷路的现代人的神话"。福克纳运用神话模式，除了增添一层反讽色彩外，也使他的故事从描写南方一个家庭的日常琐事中突破出来，成为"一则探讨人类命运问题的寓言"。

人类在从传统走向现代的阵痛中，如何获得拯救？福克纳在女仆迪尔西身上找到了答案。迪尔西的原型据说是福克纳家里的女佣卡罗琳·巴尔大妈。后来巴尔大妈以百岁高龄病逝，福克纳在她墓前发表演说，并在她墓碑上刻了铭文。小说中的迪尔西灵魂富有，拥有爱的能力，忠心耿耿地照顾着康普生家族的孩子们。她自始至终呵护着班吉，三十三年如一日照顾着他的吃喝拉撒，还时常喝令她的儿子与外孙照顾好班吉。在班吉生日当天，她自己掏钱买蛋糕为其庆生；班吉烧伤了，她赶紧给他上药包扎。尽管是个仆人，她却敢于反对杰生的恶行，直斥他的冷酷无情，是一个正直无私、仁慈高尚且有着坚定道德原则的人。她富有博爱精神,顽强地支撑着日益败落的康普生家庭。在福克纳笔下,迪尔西无疑是美国南方历史的见证人,最终目睹了康普生家族的解体。她说:"我看见了初,也看到了终。"透过这个底层女仆,福克纳歌颂着人类的坚韧、勤劳、善良、慈悲与博爱的精神。如果说苦难,可能没有比这个阶层的人承受的苦难再多了。可是,他们没有怨声载道,没有麻痹堕落,始终与自然紧密关联,辛勤劳作,秉承爱与慈悲精神,心怀希望地活着。

福克纳绝对不是一个畅销书作家。在成名之前,他的小说除了《圣殿》之外几乎无人问津。的确,初读《喧哗与骚动》,读者便会被"白痴的叙述"所吓坏,福克纳完全模仿白痴的语言和思维来进行叙事,故事情节支离破碎,语言表达不知所云,以至于许多读者还没弄明白怎么回事就放弃了阅读。对于这部作品,人们有千万种疑问。比如:为什么福克纳要把故事打碎,又把碎片搅乱?为什么这部小说打开的第一扇窗户是一个白痴的意识流?故事的焦点是班吉的被阉割、昆丁的自杀、杰生的仇恨,还是凯蒂的不幸?萨特代我们提出了这些疑问,同时也帮我们找到了答案。他说:"如果认为这些反常做法不过是无谓地卖弄技巧,那就错了。一种小说技巧总与小说家的哲学观点相关联。批评家的任务是在评价小说家的技巧前首先找出他的哲学观念。"①萨特认为福克纳的哲学是一种时间哲学,并且这种时间哲学深深根植于已经逝去的美国南方世界。的确,福克纳在《喧哗与骚动》中实现了主题与艺术的完美融合,不仅匠心独具,将多角度叙事、复合式意识流、神话模式环环相扣,而且细节描摹真实感人、动人心魄,全景呈现了美国南方从传统走向现代过程中的各类黑色悲剧,对整个人类文明的危机与前景表达了深深的担忧。他以悲悯之心关爱每一个受难的孩子,对他们的苦难感同身受,呼唤爱与信念的回归。在诺贝尔获奖致辞中他说:"我拒绝接受世界末日的观点。不是简单地说人类能够持续就说人类是永恒的。当命运的最后钟声敲响,当傍晚的最后一抹红色从平静无浪的礁石退却,甚至不再有其他声音,人类的无尽的不倦声音还在争鸣,我不认输。我认为人类不仅会延续,还会胜利。他是永生的,不是因为只有他在万物生灵中拥有不倦的声音,而在于他有灵魂,能够同情、牺牲和忍受的灵魂。诗人和作家的职责就是歌颂这些。通过提升人类的心灵,提醒他们牢记勇敢、荣誉、希望、尊严

---

① 萨特.萨特文学论文集[M].施康强,译.合肥:安徽文艺出版社,1998:22.

和同情这些昔日的光荣,来帮助人类生存下去,这是作家的荣幸。诗人的声音不仅是人类的简单记录,而且还是能够帮助人类持续和获胜的支柱之一。"①福克纳所提及的"昔日荣光"并非要开历史的倒车,而是警醒人类在走向现代的过程中不要那么匆忙,要记得曾经世界里的人类品质,用以抵挡现代进程中的仇恨、迫害与困顿。过去的虽然已成为过去,但是人们需要拥有灵魂,呵护自己的精神家园,不能让它也随风而逝。我想,正是因为怀着这样执着的信念,福克纳才坚持了写作这项漫长、枯燥而繁重的劳作。

---

① 毛信德.诺贝尔文学奖颁奖词与获奖演说全集[M].杭州:浙江工商大学出版社,2013:216.

第六章　意识流:时间的乌托邦

意识流可以说是 20 世纪上半叶最重要的文学流派,几乎每一位与此相关的作家都极具影响力,伍尔夫的《达洛维夫人》、普鲁斯特的《追忆似水年华》、乔伊斯的《尤利西斯》和福克纳的《喧哗与骚动》都是意识流小说的代表作。当然,他们之间并没有约定,意识流也不是一个文学运动的口号,这些作家也不属于共同的文学团体。那么,为什么这一时期的作家都不约而同地采用了意识流手法呢? 这里面显然有着一个共同的因素,那便是时间。每个现代作家都以其敏锐的触角触及了现代时间,从而以各自的方式对这种不可逆转的、悲剧性的,永远在消解一切、摧毁一切的时间进行某种程度的变形,以表达他们对于现代生活与有限生命的独特感受。

第一节　两种时间观念

　　"这是一条无底的、无岸的河流,它不借可以标出的力量而流向一个不能确定的方向。即使如此,我们也只能称它为一条河流,而这条河流只是流动。"

——柏格森

现代时间不同于传统时间。如果对时间观进行溯源,其实西方传统时间观只有两种。一则是从柏拉图—亚里士多德—牛顿的线索,认为时间具有客观性,即客观时间观。例如亚里士多德曾在其《物理学》中说:"时间是关于前和后的运动的数,并且是连续的。"①这句话指明了时间的物的属性,即其流动性、连续性、计量性。与其相对应的是主观时间观,即奥古斯丁—休谟—康德的这条线。比如神学家奥古斯丁认为时间存在于主观意识之中,需要心灵体验和认

---

① 亚里士多德. 物理学[M]. 张竹明,译. 北京:商务印书馆,1982:219a11－20.

知。他将时间分为三类，"过去事物的现在就是记忆，现在事物的现在就是直接感觉，未来事物的现在就是期望。"①这个观点当然和他的神学观念有关。不过在他那里，时间最后都止于上帝；上帝是永恒的，时间在此失去了意义。

现代时间观也顺延了这两条线索。按照现代生产方式的要求，对于客观时间的度量迫在眉睫，于是钟表出现了。钟表是建立在时间的客观与物理性认知基础上重要的现代发明，它适应了现代经济高速发展的要求。从物质层面来看，现代生活的高节奏让时间变得更加短暂与易逝，诗人波德莱尔对此就有深刻体验，他说："现代性是过渡、短暂、偶然，就是艺术的一半，另一半是永恒和不变。"②当然，真正现代化的进程起源于启蒙时代对人类未来的乐观——一种不断发展与进步的思想，随之而来的全球化现象更强化了这一乐观看法。

然而，和乐观、进步的启蒙时间观不同，文学家与思想家却看到了时间的衰败与恐怖，他们表现出明显的时间焦虑，并采用不同的方法来阻挡时间之矢，用以拯救时间。现代人对时间的体会实在是太深刻了。随着社会的进步、科技的发展，人们逐渐认识到了时间的短暂与易逝。现代时间如同一条射线，一个人出生的那一刻是射线的端点；而时间是不会回头的，它会不停地往前走，想要停下来是不可能的，十八岁很快就过去了，人生再也没有十八岁了，接下来会是二十八岁、三十八岁、四十八岁，时间就这样一去不复返。在传统的世界里，人们常常认为还有来生、彼岸，生命可以周而复始，时间是循环的。然而，随着现代祛魅的进程，彼岸永恒的时间被证明为虚妄。现代人普遍接受了现代时间的射线观。他们对时间敏感，是因为时间如此短促，从出生到死亡只不过是白驹过隙的一瞬间。在这么短促的有限时光中，人们对时间的焦虑逐渐加深。20世纪文学或多或少会涉及时间的体验，意识流小说是其中最典型的代表。伍尔夫、普鲁斯特、乔伊斯和福克纳的意识流小说，都会关注到这流水般短暂易逝的现代时间。他们的目标就是将这个永在逝去的时间变形折回。为什么要将时间进行变形？每个人的原因不尽相同。但是这些作家最主要的目的是抵抗时间的摧毁，挽留时间，留住生命中重要的人和事，将美好的生命体验与生存感悟融

---

① 奥古斯丁.忏悔录[M].周士良，译.北京：商务印书馆，1963.
② 波德莱尔.波德莱尔美学论文选[M].郭宏安，译.北京：人民文学出版社，1987：485.

入其中,真实地呈现他们对于现代生活的看法。

　　意识流小说家所受到的直接影响主要来自柏格森。关于时间,柏格森提出了一种新型的看法。他认为时间不是钟表所能计量的时间,不是说时针走过五个格子就是五分钟。他认为时间不应该是客观与物理性的,时间应该是生命的一种状态,它是一种绵延的状态。什么是绵延? 柏格森认为,每个人的生命都像一条河。"这是一条无底的、无岸的河流,它不借可以标出的力量而流向一个不能确定的方向。即使如此,我们也只能称它为一条河流,而这条河流只是流动。"①我们的生命及意识是不可能一段一段去计算的,而是像河水一样不停地流逝,呈现出绵延的状态:"我们的绵延不仅仅是一个瞬间替换另一个瞬间;……绵延乃是一个过去消融在未来之中,随着前进不断膨胀的连续过程。"②柏格森是一位生命哲学家,他认为个体的生命就是一条时间之河。随着时间的流逝,一切并没有像物质时间那样消失了;在时间的长河中,我们的过去、未来与现在紧密相连,随时可以在记忆中被唤醒。这种哲学思想对后来的意识流作家产生了极大的影响。后来,心理学家威廉·詹姆斯在《心理学原理》中直接提出了意识流的概念,他认为:"意识并不表现为零零碎碎的片段。譬如,像'一连串'或'一系列'等词,都不似原先说的那样适合。意识并不是片段的衔接,而是流动的。"③如何理解这段话呢? 一场一个小时左右的讲座,能够让听众的意识自由穿越过去、现在、未来,不受客观时间的限制。比如讲授者谈及小城生活时,有同样经验的听者的意识就会流动到自己曾经生活过的城市,唤醒那段童年或少年时代的生活,包括曾经的梦想与未来的计划——既到了过去,又展望了未来。所以意识的世界不是凝固的,它会随着主体的需要在时间的长河之中肆意穿梭,这也就是意识流的真正内涵。

　　为什么现代小说要强调意识? 因为意识和时间密切相关,浸润着一个人一生有限却丰富的生命体验。以一日的生活来看,我们的生活其实非常单调。我们还是学生的时候过校园生活,早上很早起床,到食堂吃饭,吃完饭去上课,上完课去图书馆,然后中午又是吃午饭,午休之后又是上课,晚上晚自习后睡觉。

---

① 柏格森.形而上学导言[M].刘放桐,译.北京:商务印书馆,1963:28.
② 柏格森.创造进化论[M].姜志辉,译.北京:商务印书馆,2004:4.
③ 詹姆斯.心理学原理[M].田平,译.北京:中国城市出版社,2003:237.

工作后基本上也是如此简单。所以,如果用物理的时间来描写一天的生活会显得非常枯燥。以40分钟一节的文学课来说,这40分钟里每位同学都需要坐在教室里听老师讲课。从物理时间来看,这40分钟经历了一节课,但是我相信每位同学并不是很简单地在听课,头脑会不时掀起风暴。老师讲到过去的时候,学生们会想到过去;讲到某些事情的时候,会触发一些联想,曾经有过的经验随时可能复现。一节课内,每个头脑里的意识都在不停地流转。

雨果曾经说过:比天空更广阔的是人的心灵。我认为一个人最丰富的应该是他的头脑。虽然似乎每天都过着雷同单调的生活,但我们的脑海中储存着丰富的内容,它会不停地涌现、穿越、回味,打破了过去、未来、现在的时间界限,意识便是这样一种存在。可以说,这种意识表达对20世纪小说的影响非常大。现代意识流小说和传统小说不同,不再以时间的顺序来书写具体发生的一些故事,它要书写20世纪这样一个特殊时段人们的生命体验。伴随着"上帝死亡"、"祛魅"进程与宗教救赎的消失,人类在现代生活中迫切感受到了时间的压迫,许多作家是出于时间的焦虑来涉足意识流创作的。伍尔夫认为现代小说应该描写真实的生活与真实的人物,那就是人们对于时间长河中生活与人物的印象,为此她沉潜于心灵世界,更多表达的是对生命价值的思索。普鲁斯特通过追忆建构起时间的乌托邦,将烟消云散的过往从缥缈的时间之河中打捞上来,让生命中最美好的风景以文学的形式得以永存。福克纳的约克纳帕塔法世系也是庞大的时间王国,承载着一个多世纪南方的沉浮,精准传达出现代人在传统与现代夹缝中无法言说的两难困苦。乔伊斯记录了都柏林普通人布鲁姆普通一日的原生态生活,却是无数现代人一生平庸琐屑生命的写照,是失去伟大精神光坏的20世纪的真正史诗。无论将时间拉长至一个多世纪,还是将时间缩短到不足一日,意识流小说最主要的特点便是打破线性流逝的客观时间,呈现现代人真实的生命体验。

第二节　时间的生命维度

　　"如果作家是个自由人而不是奴隶,如果他能写他想写的而不是写他必须写的,如果他的作品能依据他的切身感受而不是依据老框框,结果就会没有情节,没有喜剧,没有悲剧,没有已成俗套的爱情穿插或是最终结局,也许没有一颗纽扣钉得够得上邦德街裁缝的标准。"

——伍尔夫《现代小说》

　　有一部电影名叫《时时刻刻》,讲述了伍尔夫(Adeline Virginia Woolf, 1882—1941)的故事,呈现出女作家对于生命的独特感知,很能体现伍尔夫的性格特征。伍尔夫属于学院派作家,曾和丈夫共同举办一些知识阶层的沙龙,产生过广泛影响。后来因生命中的创伤与精神层面的疾病,她选择了投河自杀。伍尔夫想通过描写真实流动的意识去打破时间,将过去、现在、未来串联在一起,表达个体对于生命的某种感悟。作为一名女性作家,她还对女性的心灵世界充分加以呈现。总之,她关注的核心不再局限于社会问题(尽管现实阴影作为背景影响重大),而是沉潜于心灵世界,更多是对于生命的思索。这也是她的作品和传统小说非常不一样的地方。

　　伍尔夫不但亲自涉猎了独特的现代小说创作,而且写了一系列理论著述去表达她怎样看写现代小说这样一件事情。她提出了很多关于现代小说的理论,比如她认为现代小说不应该再像传统小说(19世纪批判现实主义、20世纪长河小说等)那样去编造逻辑清晰的故事,而应该描写现代人真实的生活。

　　首先,她针对"什么才是真实的生活"提出了自己的看法。这些观点大多出现在她的理论著作《现代小说》(1919)中。她认为真实的小说不是编造故事——男女之间争吵、和好、又争吵的爱情游戏,或者A与B之间发生了激烈的冲突等,现代小说应该规避写这类胡编乱造的戏剧化的东西。那么现代小说要写什么呢? 要写真正的生活。那么什么是真正的生活呢? 伍尔夫认为真正的生活是"人们对生活真正的印象",小说家应该表现"变幻莫测、错综复杂和难以理解的生活",揭示人物的内心世界,以"人们真正经历的方式来表现生活"。她写道：

> 向内心看看，生活似乎远非"如此"。仔细观察一下一个普通日子里普通人的头脑吧。头脑接受千千万万个印象——细碎的、奇异的、转瞬即逝的，或者是用锋利的钢刀刻下来的。这些印象来自四面八方，宛如一阵阵不断坠落的无数微尘；当它们降落，当它们构成星期一生活或者星期二生活的时候，着重点所在和以前不同了，要紧的关键换了地方。这一来，如果作家是个自由人而不是奴隶，如果他能写他想写的而不是写他必须写的，如果他的作品能依据他的切身感受而不是依据老框框，结果就会没有情节，没有喜剧，没有悲剧，没有已成俗套的爱情穿插或是最终结局，也许没有一颗纽扣钉得够得上邦德街裁缝的标准。（《现代小说》）

的确，作为普通人普通的一天生活，哪来那么多的戏剧化？邂逅一个大人物？遇到什么传奇故事？其实都没有。生活就是那个样子，吃饭、工作、吃饭、睡觉。然而，"头脑接受千千万万个印象"，在每天千万种的头脑风暴中，总有些事情给你留下了特殊的印象，或引起你的回忆，或引发你对未来的畅想。当然，这都要归功于个体真实的生命体验，才能在千万种头脑风暴中捕捉到属于自身的生命印记。就像讲述伍尔夫文学理论的枯燥过程中，我会提及作者生命的过往，偶尔也会引起听众对于自身过往的回忆。因为生存经验千差万别，每个人头脑中所捕捉到的印记也是千差万别。生活看上去是如此的枯燥，然而承载着生命经验的头脑让它变得与众不同。每个人会将无数生活过、体验过的印象储存于头脑之中，并在某一个时机中显现出来。如果作家是一个自由人而不是奴隶，他要写他想写的而不是他必须写的东西，那最终写出来的小说将会"没有情节，没有喜剧，没有悲剧，没有已成俗套的爱情穿插或是最终结局"。现代小说不再符合传统的写作标准，不再有明显的戏剧故事冲突，不再塑造典型环境中的典型人物，有的只是生命的碎片。这些碎片因心灵需要不时地被从时间长河中打捞上来，用以表现生命的本质。伍尔夫谈得很合理。现代小说的使命不再停留于编故事这一层次，而是需要描写现代人真实的生活体验和切实感受到的生活印象，一天24小时头脑能够记录下的东西，这些才是应该被表达的内容。

在1921年发表的论著《一间自己的房间》中，伍尔夫对现代小说的"真实性"进一步进行了说明，并写下了如下这段话：

> "真实"是什么意思？它好像变幻无常，捉摸不定：它忽而存在于尘土飞扬的道路上，忽而存在于街头的一张纸上，忽而存在于阳光下的一朵水仙里。它能使屋里的一群人欣然喜悦，又能使人记住很随便的一句话。一个人在星光下步行回家时感到它的压力，它使静默的世界比说话的世界似乎更真实些——可是它又存在于皮卡底利大街人声嘈杂的公共汽车里。有时它又在离我们太远的形体中，使我们不能把握其性质。可是不论它接触到什么，它都使之固定化、永恒化。真实就是把一天的日子剥去外皮之后剩下来的东西，就是过去的日子和我们的爱憎所剩下来的东西。（《一间自己的房间》）

"真实"是什么意思？现代小说想要描写真实显然不能再回到列夫·托尔斯泰写一个名叫安娜的女人怎么出轨、怎么自杀的故事。真实存在于现代人琐碎的现实生活中，但它又不是每日枯燥生活的照实记录。那现代小说想要表现的究竟是什么呢？伍尔夫充分描写了一天可能有的千万种声响，并再次对"真实"进行了阐释。她说："真实就是把一天的日子剥去外皮之后剩下来的东西，就是过去的日子和我们的爱憎所剩下来的东西。"说简单一点，现代小说的"真实"就是经历过个体情感过滤而留存于头脑里的生活。春天里盛开的一朵桃花，会在个体心灵深处引发风暴，在现代小说家眼里，这朵桃花承载了太多的生命内容，不仅仅是写一朵花开那么简单了。伍尔夫认为如果把这些心灵体验记载下来，才是最真实的，是现代小说应该书写的内容。

伍尔夫早期的代表作《达洛维夫人》以女性为核心，但她没有编造女性的爱情故事或人生传奇，读者看到的只是一个普通女性一天24小时的平凡生活。如果单纯谈故事情节，小说《达洛维夫人》其实很简单。它描写了达洛维夫人——一个年过五旬的中产阶级家庭主妇一天内外出买花并准备晚宴的经历。主要情节如下：达洛维夫人一早出门买花。为什么要买花呢？因为晚上家里要举行宴会。在去买花的路上，她遇到了一些人，有的熟悉，有的陌生。她买完花回家，有个朋友来访，两人聊一聊天，朋友就走了。夜幕降临，晚宴按时举行，宾客们相谈甚欢,达洛维夫人却心潮起伏。这部小说描写的事件就这么琐碎而真实。的确,达洛维夫人作为普通的中产阶级女性,其外在生活平凡、简单:早上起床,为准备晚宴去买花,在买花的过程中遇到的也是一些平常的事情,比如遇到了一个老朋友,看到飞机在空中飞过,围观了一辆爆胎的汽车等等;晚上的宴会也稀松平常,只不过是一些新老朋友的聚会闲聊。这一天从物理时间来看就是这样机械进行的,但是达洛维夫人的内心世界却非常丰富。

《达洛维夫人》①是一部典型的意识流小说,一个人生命中的过去、现在、未来经由意识被揉碎,渗透在女主人公一天不足 24 小时的日常之中。按照现代时间逻辑,从个体出生的那一刻,时间就在不停地流逝。这一日从达洛维夫人早上推开房门开始到晚宴按时举办,仅仅十几个小时。但是作者通过现实与回忆的穿插,将一个普通中产阶级妇女的一生呈现了出来。在这简单而又平凡的一天中,伍尔夫关注了达洛维夫人生活的各个层面,既有她对过去的回忆,也涉及她对未来的计划。从物理时间来说,小说讲述了达洛维夫人外出买花、举办宴会的事情;但从心理时间来说,讲述了一个女人生命的全部。她 18 岁之前在乡村生活得无忧无虑,嫁给达洛维后过着波澜不惊的日子,亲历过"二战"中满目疮痍的伦敦,有着对于生死的感知,以及关于未来的期许。这样一天就丰富且真实了。这种真实不是表层的真实,而是深层的真实。

我也写过一篇类似的小文章,写我一天的生活。那时,我刚刚提交博士毕业论文等待盲审。四月,窗外春光怡人,我的内心却无比空虚,觉得有必要将这段行将结束的生活做一个总结。我从早晨起床开始写起,写到图书馆看书,吃午饭,改论文,看了一部电影,和隔壁的舍友聊天,吃完饭,睡觉。这是我求学生涯里常有的普通生活。然而在 2003 年 4 月毕业前的那一天,我却感慨万千、思如泉涌。比如:早上起来梳头照镜子,有时间流逝、青春不再的怅惘;到图书馆看书,发现了几本图书,想起了它们对我生命产生的重要影响;和几个朋友聊天,涉及生活、爱情、婚姻,以及对未来各个层面的感慨。虽然这是一名女学生一天生活的枯燥记录,却是头脑里真实的风暴。这种风暴将时间从过去、未来拉至当下,将全部的生存体验融入其中,呈现了一段无法取代的生命历程。这

---

① 伍尔夫.达洛卫夫人[M].孙梁,苏美,译.上海:上海译文出版社,2007.相关引文均出于此。

种表达与《达洛维夫人》的写法非常类似。

再具体来谈一下伍尔夫的这部小说。小说一开始就点明了写作背景,这是"'一战'刚结束后六月中旬一个星期三的早晨",除了提及战争,这个早晨显得非常平常。克拉丽莎(达洛维夫人的闺名)为晚上举行的盛大宴会,准备亲自上街买花。一打开大门,她的意识流就开始了——"大门外的清新空气",这似乎也是很正常的事情,但是这清新的空气却让她的意识跳跃到了青春岁月。我们日常生活也会有这样的经验。一种特殊的气息,往往能够复活沉淀在记忆深处的童年或青少年时光。作为大都市的伦敦,空气显然不是那么好,然而这一天早晨的空气却非常清新,让达洛维夫人想到了曾经生活过的乡村,回忆起了自己的少女时代。时间于是很自然地回到了过去。女性回忆的重心一般是情感生活,达洛维夫人回忆起18岁那年在乡村那段自由自在的生活,特别是和一个叫彼得的青年男子的初恋。当时女孩很年轻,还有一段很好的旧日恋情,人到中年的女性很容易回忆起这些尘封的往事。

途中,她遇到了老朋友休并寒暄一番,这也是日常生活中很常见的事情。英国中产阶级的交际圈相对稳定,经常活动的场所也较为固定,所以遇到老朋友也是很正常的事情。这个老朋友休·惠特布雷德是达洛维夫人与她的初恋情人彼得共同的朋友,所以在遇到老朋友之后,达洛维夫人又延续了对往事的回忆。这种延续也很正常。比如,我们高中同学在聚会的时候谈论的也是共同的高中生活、好笑的同学、有趣的老师等等。在遇到她和初恋情人共同的老相识之后,达洛维夫人想到了曾经"自己和彼得对于休的不同评价",可见两人个性(或者说三观)不太相同,这也是导致两人最后决裂的原因。

达洛维夫人在花店买完花,归途中参与围观了一辆爆胎的汽车。这也是日常生活中常见的现象,遇到一些突发事件少不了围观的人群。唯一特殊的是,小说这里刻意描写了围观人群中的一对年轻夫妇,他们在去看精神病专家的路上。这个插曲是由小说主题决定的。战后的日常看上去平淡无奇,却浸润着深沉的死亡体验。年轻却饱受战争创伤的退伍军人赛普蒂默斯,精神出现了问题,妻子陪他出来看病。但就实际的情节描写来看,小说中并没有出现主人公达洛维夫人与赛普蒂默斯夫妇相识的场景,他们只是在同一时刻出现了而已。这是这部小说中两条并行却几乎没有交集的平行线,这点设置与以往具有戏剧性情节的小说完全不同。

达洛维夫人买完花徒步回家，看到一架飞机在空中表演。小说中，飞机在空中表演的细节也有一些隐喻的意味。英国在战争中被飞机轰炸，伦敦成为一片废墟，这场灾难对作者影响非常大，据说她最后自杀与这些精神创伤也有关系。赛普蒂默斯的精神疾病、空中的飞机，这些都是潜在的战争阴影，但是它们都是当时真实存在的事物，作者之所以额外关注日常生活中的这些事物完全源自她对战争的恐惧与战争带来的毁灭性体验。

回到家的达洛维夫人得知布鲁顿夫人邀请自己的丈夫共进午餐，但是没有邀请自己。想起她们之间曾经因为一些问题产生了争执，导致了友谊的破碎，她再次感受到了时间的流逝。正当她胡思乱想时，初恋情人彼得造访。这是作品中唯一带有戏剧色彩的插曲，但实际上也是有可能发生的日常。克拉丽莎再次回忆起了初恋及他们共同的朋友，但是两人之间并没有发生什么"鸳梦重温"般戏剧化的牵扯，看上去只是曾经的朋友一次简单的拜访。彼得告辞后在公园闲逛看到赛普蒂默斯夫妇，以为他们是吵架的小夫妻。赛普蒂默斯上过战场，亲历死亡，内心充满了创伤。妻子带他看病，他可能有些不愿意。在外人看来，这种场景就像是两人在吵架——一个日常细节的书写。然而，作者再次提及这对夫妻的不愉快，显然为后面退伍军人的自杀埋下了伏笔。

达洛维先生与休在布雷顿夫人家共进午餐，小说在这里进行了视角转换。在英国中产阶级家庭中，表面看来是男主外女主内，然而女性却在家庭生活中占据着非常重要的位置。这在伍尔夫的另一部以女性为核心的小说——《到灯塔去》中有充分体现。大型晚宴在中产阶级社交生活中占据很重要的位置，女主人怎样安排晚宴与照顾宾客，是非常体现水平的事情。所以，达洛维先生在布雷顿夫人家吃午饭的时候，感受到了妻子的不易，觉得应该向妻子表达感谢，然后他便回到了家。这里也有着明显的意识流动。

在晚宴上，克拉丽莎从精神科医生威廉爵士那听到了年轻人自杀的消息，突然觉得有种似曾相识的感觉。这里暗示着那位饱受战争创伤的退伍军人赛普蒂默斯自杀了。这个插曲有一定的戏剧性，但也在情理之中。克拉丽莎看似是一个与战争无关的中产阶级妇女，但她其实也对战争的阴影与恐怖感同身受。她虽然和上过战场的年轻人不同，没有直接经历战场的枪林弹雨，但是作为伦敦大轰炸的亲历者，她也直面过死亡。克拉丽莎通过一个年轻退伍军人的死想到了人世的一切，蕴含着她自身的生死体验。我们也会听到一些死亡的消息,这种死亡虽然没有发生在自己身上,但也会引发我们对于生命本质的思考。生活还是要继续,所以达洛维夫人"从沉思中"开始回到现实生活,继续回到客厅与客人们周旋,直至宴会圆满结束。

这就是《达洛维夫人》所描写的全部,一位中产阶级主妇平淡而又琐碎的一天,却又细腻地涉足她各式各样的生命体验,包括情感、生命、友谊、婚姻、死亡等各个层面。看似简单的一部小说,却囊括了非常丰富的情感世界。现代小说不是以戏剧化的技法来展示这一切,而是用非常真实的方式去呈现个体真实的生活。作为一位女作家,伍尔夫可能更为关注以女性为核心的生命感悟,特别是女性精神的探索,所以人们通常把她的小说称为"心灵的哲思",其蕴含着深层的哲学思想与心理学内涵,是意识流小说的典型代表。

意识流小说看起来似乎无迹可寻,思绪会突然回到过去,又突然转向未来,但是如若我们多加关注、细心考察,会发现它还是有迹可循的。在《达洛维夫人》里就是屡次敲响的伦敦议会大厦的大本钟,这是一个客观时间的计数器。它精准的报时会不时响起,让主人公达洛维夫人以及读者重回现实。但是,达洛维夫人的主观思绪是不受客观时间限制的。她一会儿想到过去,一会儿想到未来,对过去的回忆和对未来的想象不断地穿插在人物当前的意识活动之中,时间就被挪移了,过去、现在、未来三个时间相互交叉,在人物的脑海中形成一种时间状态,这种时间状态就被认为是主观时间。意识流小说发展到后期更加支离破碎,到荒诞派那里我们便会看到时钟失去了意义。在《秃头歌女》中,时钟报时完全紊乱,如同世界发了疯。钱钟书先生《围城》的结尾,方鸿渐家的老钟总是慢了半拍,这是对时间的一种否定。这些都是荒诞无序世界的表达,时间失去了存在的意义。但在《达洛维夫人》等早期意识流小说中,客观时间的轨迹还是有迹可循的。

《到灯塔去》也是伍尔夫的代表作之一。这部小说的情节也非常简单,写了中产阶级家庭的一天。他们的人际圈其实非常狭窄,也就是和朋友见见面、吃吃饭、聚聚会,这是中产阶级生活的常态。如果觉得伍尔夫所写的生活已经够狭窄了,大家稍后看到普鲁斯特的作品会觉得更狭窄,普鲁斯特所写的范围基本上没有出过他生活的小镇。其实我们不必抱怨自己的生活太过枯燥,看看这些伟大的文学家、具有世界级影响的人,他们的生活其实也很简单。但正是通过这些简单生活,我们看到了20世纪人类生命的整体样貌。

拉姆齐一家的生活通过小说第一部分《窗》得以全面呈现。"窗"实际上是一个空间意象，它既包括了窗内的空间，也包括窗外的空间。窗内窗外的空间组成了完整的生活样貌，"窗"就是生活的浓缩。这一天，拉姆齐一家在海滨别墅里招待他们的朋友。又是一个很平常的时间——9 月的某一个下午和黄昏，地点是拉姆齐的海滨别墅，人物就是拉姆齐夫妇、8 个子女和几位宾客。这就是很简单的生活。窗内的生活就是家里人的生活，给詹姆斯讲故事的拉姆齐夫人时刻留意着窗外平台上踯躅的丈夫和在草地上作画的莉丽等客人。这个故事的核心就是拉姆齐夫人。中产阶级的女主人看上去不需要上班，但是她们在家庭中的地位非常重要，需要照顾各种各样的人，包括儿女、丈夫、宾客。拉姆齐夫人就是这样一位重要的女性，她首先关注到丈夫在窗外平台上踯躅。踯躅就是来回走，其实这暗示了某种心理，丈夫可能是生活中遇到了问题或是工作不顺利。

窗外，画家莉丽把窗口的母子图作为油画的背景，但是她觉得眼花缭乱，难以抓住眼前景象。和谐美好的家庭图卷难以完成，是因为有冲突发生了。拉姆齐先生走进房间，坚持说第二天不会天晴，惹得儿子詹姆斯很是伤心，因为他们本来打算如果天晴就会坐小船到灯塔去。其实，这时候的天气代表了人的心情，这一细节说明拉姆齐先生应该遇到了难题。当然，作者没有交代拉姆齐先生遇到的问题，但我们可以想象应该是生活或工作中琐碎的日常烦恼。他心情不好，说天气也不好。这惹得他儿子詹姆斯很伤心，父子之间的冲突开始升级。

拉姆齐夫人尝试调和这些矛盾，她一方面给丈夫工作上的安慰和鼓励，另外一方面还要照顾客人，帮助自卑的塔莱斯先生恢复自信，还想撮合莉丽和班克斯。最后，可爱的黄昏在她主持的晚宴上融洽无间的谈笑声中结束。这个故事是生活的一个缩影。伍尔夫通过"窗"所浓缩的平淡无奇的生活，呈现了一位平凡女性的伟大。在家庭中，女主人占据的位置可能更重要，一个家庭幸福与否与母亲的关系非常密切。通常认为家庭中主要的角色是父亲，其实父亲主要是负责赚钱养家这样的事务，而一个女性，尤其是一个中产阶级妇女，在调解丈夫和子女关系、接待客人等社交方面的事务上发挥着很重要的作用。这部小说讲述了一位普通女性的生活，但是读者可以感受到这位女性的伟大。

第二章《岁月流逝》描写了 10 年内发生的一系列死亡事件。拉姆齐夫人已经去世，她的孩子有的死于难产，有的死于战争——作品浸润着作者一贯的生死体验。这源自现代人对于现代时间的独特感受,时间在摧毁一切。随着时间的流逝,一切在走向无可挽回的衰亡。十年的风云变幻,各种各样的死亡,就像电影的蒙太奇手法一样,镜头转换的须臾间,十年时光就过去了。根据主观的生命体验,人生的十年也只不过是弹指一挥间,作者仅仅用了一章就展现了流逝的时间之河,呈现出时间对于生命的影响。在时间中,一切都凋零了,包括伟大的女性拉姆齐夫人。那么是不是人生如南柯一梦,就没有意义呢?小说结尾在拉姆齐夫人精神的烛照下,亲人之间的芥蒂最终消除,一家人终于登上了灯塔,莉丽也以此为灵感,最终完成了那幅以母子为背景的油画。

《到灯塔去》显然是一部极具象征意味的现代小说。"窗"象征的正是拉姆齐夫人的心灵之窗。窗内窗外的人们都是由拉姆齐夫人来协调照顾,虽然是很日常的生活,但正是从这些平凡细节中体现了一位女性的伟大。"岁月流逝"象征着时间、寂静和死亡暂时取得主宰地位,十年中这个家庭遭受了那么多的死亡与痛苦,包括这位伟大的核心女性也已去世。然而,剩余的一家人却终于登上灯塔,因为拉姆齐夫人的博爱精神,也可以说是因为一个女性特有的心灵之光的影响依然存在。在它的照耀下,父子之间达成了某种谅解,共同抵达了灯塔,客人莉丽也完成了那幅美好的油画。这里面蕴含着对人类精神的赞美。"到灯塔去"赞颂的是像拉姆齐夫人一样具有牺牲与博爱精神的伟大女性,她们可以引领人们战胜时间和死亡,重获精神之光,生命得以重生。

伍尔夫在小说中也对时间进行了处理,并没有按照物理时长去叙述。第一章作者几乎用了一半的篇幅去写拉姆齐一家普通的一日生活。第二章篇幅很短,却概述了十年内发生的风云故事。十年弹指一挥间,作者在这里给予时间高度的浓缩。显然,时间的长短不再是客观的,一天的时间与十年的时间在此处形成了鲜明对照。在伍尔夫晚期的作品中,时间的处理就显得更为极端了,她的《海浪》被认为是意识的海洋,完全取消了典型环境与典型人物的塑造。小说一共写了六个不同的人物,每人一段意识流,以他们的青年时代、中年时代、老年时代作为唯一的时间线索,人物的人生经历与生命体验在这六股意识的波浪中予以呈现,表达了不同的人生哲学,却共同构筑了完整的现代生活,深刻呈现出人类精神世界的困境。这是一部高度实验性的小说。

从表层看来,伍尔夫的意识流小说讲述的故事简单真实,大多是普通中产阶级女性的一生,但它抵达了心灵深处,又将触角伸至生死维度,思虑着整个人类的精神出路。她的小说主题不是一贯的社会现实，更多关注的是世界的前途命运，展现人类所渴望的理想境界，如留住时间的渴望与战胜死亡的决心。她对于时间的处理，以及与之相关的意识流写法与其主题表达紧密关联。她通过意识的流动回到过去、展望未来，表现复杂多面的意识活动，深入内在精神世界，关注人物的心灵与深层生命体验相契合。总之，伍尔夫的小说在艺术上属于"诗化"小说，没有传统小说戏剧化的内容，情节并不刻意，通过琐碎日常呈现宏大的生命主题，完成了她想要写的"日常的真实"。

第三节　寻找逝去的时间

　　"追寻逝去的时光，是将烟消云散的过往，从缥缈的时间之河中打捞上来使之永恒。它是对生活本原的一次确认与追怀，是对生命流逝的一次回眸与首肯。正是在这样的追忆行为中，生命得以永存。"

——普鲁斯特

　　普鲁斯特(Marcel Proust，1871—1922)是一位特别的作家，他一生仅有一部代表作，那就是《追忆似水年华》①。这本书非常厚，曾经以七卷本发行过，后来浓缩成上、中、下的三卷本，每一卷的容量都很大。这么厚实的小说究竟写些什么呢？其实大多是作者的回忆。单是开头主人公因为没有得到母亲睡前拥抱辗转失眠而出现的意识流就长达几十页，以至于很难给大家概述清楚作品的情节。从内容来看，这些情节太琐碎了：有时候是参加宴会，有时候是去拜访某一位亲戚朋友，有时候是与朋友喝咖啡聊天，生病了，睡觉了，郁闷了——一些非常琐碎的日常生活。普鲁斯特将这本书写出来后却无法发表，书稿寄给了当时正担任法国重要杂志主编且非常有名的大作家纪德，然而书稿被否定了。后来纪德也有些后悔，承认自己错过了一部伟大的小说。估计他与另一位退稿的编辑有着同样的困惑，这位名叫昂布罗的奥朗多夫出版社经理回信说："亲爱的朋

---

　　① 普鲁斯特.追忆似水年华[M].李恒基，徐继曾，译.南京：译林出版社，2012.相关引文均出于此。

友,我也许实在太笨,我不明白一个人怎么会花上三十页纸来描写他如何在床上辗转反侧、难以入眠的情状,我挠破头皮也还是不得要领……"他们均无法理解这部小说的超前性,更无法理解普鲁斯特想要表达的深刻内涵。后来,这本《追忆似水年华》由普鲁斯特自费出版,时间证明了它的特别与价值。目前,它被公认为20世纪当之无愧的经典之一。

与卡夫卡类似,普鲁斯特的一生也没有什么轰轰烈烈的大事。可以说,普鲁斯特的生活圈子更为狭窄。因为患有严重的哮喘病,他常常需要将自己封闭起来。据说在百花盛开的春天,他因为对花粉过敏,甚至要藏身于缝隙堵得很严实的木房子内。花粉过敏对于哮喘病患者来说很危险。春天这么美好,但普鲁斯特只能与世隔绝,防止外在的威胁。据说他还患有神经衰弱症,没办法接受外界的噪声与侵扰,所以房子还需要进行隔音处理。可见,普鲁斯特这一生虽然衣食无忧(他的父母属于中产阶层),经常参加一些宴会,与亲朋好友也有一些交流,但是生活圈子相对狭小。他一辈子也没有结婚,一直和母亲生活在一起。用今天的流行语来说,他是一个典型的现代宅男。但是文学就是这么有意思,就是这样一个世纪宅男,为20世纪贡献了一部伟大的作品。他靠的是什么呢?当然就是那个极具包容性的大脑。这个聪明的脑袋与其敏感的心灵相契合,记录下他简单生活里的每一次印象。家庭的晚宴,性格各异的亲友,朋友相聚时的欢畅,亲人的去世的悲伤……都在他的脑海深处,留有深刻的印记。特别是母亲对他的关爱,成为其心灵世界的重要组成部分。有人称普鲁斯特的《追忆似水年华》是20世纪的印象画,阅读这本书感觉就像在看莫奈的《日出·印象》,走近细细地观摩都是琐琐碎碎的日常小事件,是生活的一地鸡毛;但是远观却给人整体感受上的诗意之美,成为一幅浸润着丰富情感的缱绻画卷。它被公认为20世纪最美的小说。那么,究竟是什么能让一地鸡毛的生活变得如艺术画般美丽?那便是回忆。

普鲁斯特这本书名为《追忆似水年华》,核心词是"追忆"。书的基本结构也是如此,内容由主人公一环套一环的回忆构成,过去、现在、将来交织,时间彼此颠倒、相互渗透,拼贴成生命的整体样貌。究竟是什么能够将人带回过往呢?在普鲁斯特的小说中,有这种功能的是一些时间的"触点",借助这些触点,人们可以破译出消逝的时间密码。所谓触点,其实就是引起回忆的某些小东西。当打开尘封已久的日记,里面飘落出一片已经枯萎的玫瑰花瓣时,会想到一段曾经的恋情；翻看收藏已久的老照片，有些亲人虽然已经离开很久，但她的音容笑貌似乎就在眼前。看完普鲁斯特的《追忆似水年华》，人们第一次感受到了平凡生活下蕴藏着丰富的宝藏。作者凭借强大且敏锐的触感，将生活过出了别样的滋味，日常生活中无意闪烁的色彩、香味、声音、光线都能勾起他无穷的回忆，引发他无穷的生命体验，开启一段回到过去的时光旅行。在普鲁斯特的《追忆似水年华》中，一次晚宴的灯光，一种点心的香味，一阵絮叨的私语，一块陈旧的石板，一串叮咚的声响，都唤起他对往昔生活的种种通感，使他在无限的内心宇宙毫无阻碍地自由翱翔。他让过去的每一段年华连同包容其中的各种情愫、人物事件、所见所闻、人生体验以及生活中的每一点光、影、色、味都从记忆中复活，从而让抑制于自己内心的对客观世界的无穷感受奔突而出，在追忆中展现着一个平凡、真实而又丰富的自我。曾经在某个盛夏的傍晚，我理解了普鲁斯特的世界。那天经过一户人家的窗口，里面飘出了葱香茄子的味道，香味与小时候外婆做的一模一样，那一瞬间我回到了自己的童年，回到了那个永远沉淀在心灵深处的美妙时光，唤起了我对逝去亲人的无尽怀念。所以，只要一个人拥有敏锐的触觉与善感的心灵，他的生活便会非常丰富。

在《追忆似水年华》中，最有名的触点是"小马德莱纳蛋糕"。主人公马塞尔在成年后的某天下午吃到这个精致的糕点后，眼前立刻就像戏台布景似的浮现出他童年生活的小镇：

> 一旦辨认出莱奥妮姑妈给我吃的那种用椴花茶浸过的小块蛋糕味道（尽管我还不明白或要等到晚些时候才明白为什么这个回忆使我那么高兴），在我眼前立即像戏台布景似的浮现临街的那座灰色老房子，姑妈的房间靠街面，另一面连接面朝花园的楼房，这是我父母在屋后加建的（这段截接的墙面迄今为止只有我重建过），随即浮现城市，从早到晚的城市，时时刻刻的城市，浮现我午饭前常去的广场，浮现我常去买东西的街道，浮现我们天晴时常走的道路。如同日本人玩的那种游戏：他们把原先难以区分的小纸片浸入盛满水的瓷碗里，纸片刚一出水便舒展开来，显其颜色，露其轮廓，各不相同，有的变成花朵，有的变成房屋，有的变成活灵活现的人物。此刻我们花园的各式花朵，斯万先生大花园的花朵，维沃纳河畔的睡莲，村子里善良的居民连同

他们的小房子和教堂乃至整个贡布尔及其周围,不管是城市还是花园,统统有形有貌地从我的茶杯里喷薄而出。

每当提及这段文字,我们都会和普鲁斯特一起回忆起早已逝去的童年时光。普鲁斯特形容得很形象——如同日本人玩的纸片游戏。这个小点心的味道产生了某种神奇的通感效应,童年生活的点滴随着味蕾间萦绕的味道缓缓流出。我曾经看过一首歌曲的MV,歌词记不太清楚了,画面却记得很清晰。一个失恋的女孩坐在咖啡店里,她用汤匙一圈一圈地搅着咖啡,伴随着流动的旋涡,画面开始浮现出她和一个男孩交往的点滴:热恋时的欢乐、争吵时的痛苦——全部的恋爱经历都随着那咖啡转动的旋涡流淌而出。等场景再次切回咖啡杯时,男孩已经回来了。通过这一小杯咖啡,女孩在爱情中的酸甜苦辣得以全部呈现,这就是触点的效用。通过一个个时间的触点,生命可以不断回首过往,缅怀曾经的美好与遗憾。所以说,普鲁斯特这部记录着琐碎生活的小说的主题究竟是什么呢?其实就是时间——那些已经逝去却保存在记忆与艺术中的永恒时光。《追忆似水年华》法文直译是"寻找失去的时间"。如果说"追忆"是回到过去的某种手段,那么回到过去的目的便是要留住那"似水的年华"。

现代人对时间的认知是悲剧性的,遵循有序与日渐衰亡的客观规律,时间逝去了就永远地逝去了,再也回不来了。现代的时间是线性的、流逝的、悲剧性的,时间将会摧毁与消融一切,这便加深了生命的悲剧性。然而在意识的世界里,记忆可以留住时间,艺术可以使时间永恒。作者通过追忆打乱时间的物理顺序,在穿越时间的旅程中实现了生命的自由。这才是这部伟大作品的主题。因为在记忆之中,过往的一切并没有消失,它永远保存在那里。普鲁斯特用写作的方法将它记录下来,那就成了艺术,甚至超越了往昔真实的生活。在通过文学艺术建构起来的记忆王国里,时间以最美的方式被挽留。人的生命中,总有些难以释怀与残缺的回忆,比如一场没有期望的恋情、一次子欲养而亲不待的遗憾……但是经过回忆的审美加工,这种残缺便成了艺术,永远留在了生命的长河之中。从物理时间来看,现代时间是射线,一直处于流逝与不可挽回之中;但是从心灵时间来看,可以随意折回过去弥补遗憾。在时间的乌托邦中,个人实现了某种程度的精神自由。

斯蒂芬·欧文曾经提出过"断片"①的美学。我们不可能如摄像机般完整地记录过往，记忆在一定程度上呈现碎片化：一段和母亲独处的时光，一段和姑妈家亲友的交往，一次宴会，一段恋情……断片不完整，却是属于自己的最独特体验，成为生命中挥之不去的美好。普鲁斯特用追忆的方法建构起了时间的乌托邦，让生命的断片凝固成一幅幅画卷，超越了真实生活的平庸乏味。经过回忆的审美介入，时间以最美的方式被挽留；通过文学化加工，曾经的残缺便成了艺术。普鲁斯特的小说之所以被称为"20世纪最美的小说"，恰是通过建构起时间的乌托邦，以艺术化的方式保存了生命中最美好的风景。"追寻逝去的时光，是将烟消云散的过往，从缥缈的时间之河中打捞上来使之永恒。它是对生活本原的一次确认与追怀，是对生命流逝的一次回眸与首肯。正是在这样的追忆行为中，生命得以永存。"这便是记忆的诗学价值所在，也是"断片"的美学价值所在。普鲁斯特的确做到了。对他来说，生命里非常重要的一些人（母亲、恋人、亲友、邻居）虽然已经离他远去，但是他们永存于他的文字之中；同样，普鲁斯特也已离开我们很久了，但他的作品依旧能够唤醒我们内心美好的情感。这便是艺术家的伟大，他建构起的时间大厦穿越时空、超越生与死的界限，挽留了生命中的美好。它也是献给20世纪人类的重要救赎。

第四节　一日生活的史诗

"在使用神话，构造当代与古代之间的一种连续性并行结构的过程中，乔伊斯先生是在尝试一种新的方法……它是一种控制的方式，一种构造秩序的方式，一种赋予庞大、无效、混乱的景象，即当代历史，以形状和意义的方式。"

——T.S.艾略特《〈尤利西斯〉：秩序与神话》

乔伊斯（James Joyce，1882—1941）的《尤利西斯》②一出版便震撼了世界。

① 吴晓东.从卡夫卡到昆德拉：20世纪的小说和小说家[M].北京：生活·读书·新知三联书店，2003：59.
② 乔伊斯.尤利西斯[M].萧乾，文洁若，译.南京：译林出版社，2010.相关引文均出于此。

一是因为它的"粗鄙"与"淫秽";二是因为它由纯粹的意识流构成,突破了传统小说的阅读期待,甚至让其成为一部令人望而却步的"天书"。尽管它在20世纪文学界的地位不可撼动,但是能坚持通读的读者很少,再加上的确也没有什么完整的故事情节,目前也只能简单描述一下小说的具体内容:

1904年6月16日清晨,斯蒂芬上完了一节历史课后,从校长那儿得到了三英镑二先令的报酬。来到海边漫步,面对翻滚的海浪,他思绪万千,人世的沧桑、大自然的奥妙、时空的永恒、艺术的魅力在他的意识中开始了漫无边际的涌动。他因对母亲有过情欲的爱恋而觉得对不起父亲。他抱着负罪感渴望在精神上重新得到一位父亲。

同一日的早上八点钟,在埃克尔德街某所房子里,广告推销员布鲁姆正在为自己和妻子莫莉准备早餐。这时,送信人给莫莉送来一封信,内容大致是一个叫波伊兰的青年约定午后四点来看她。布卢姆怀着黯然的心情借故走出了家门。

布鲁姆到邮局取了一封写给他的情书,在一个僻静的地方读了它。而后,布鲁姆去参加友人的葬礼。在布鲁姆去墓地途中,他看到了妻子的情夫波伊兰正在向他家的方向走去,于是他脑海里闪现了一系列念头:死亡、埋葬、以尸体为食物的墓地老鼠,一系列荒诞的想象在他心灵深处流淌。随后,布鲁姆到弗里曼日报社去送交了一个广告图案设计,又去了一趟医院探望因难产而住院的一位夫人。

在这里,布鲁姆遇见了斯蒂芬,二人一见如故,斯蒂芬说要用自己新领到的工资请客,他们还去了妓院。在那里,斯蒂芬喝得酩酊大醉,布鲁姆精心照料他。他们终于在彼此身上找到自己精神上最重要的东西。布鲁姆找到了失去的儿子,斯蒂芬找到了精神上的父亲。

布鲁姆回家后告诉妻子,斯蒂芬以后要加入他们的生活。这位背叛丈夫的放荡女人刚刚告别了一个情人,因斯蒂芬的到来朦胧地得到一种母性的满足,又混合着对一个青年男子的情欲冲动。她在快要睡着的瞬间又回忆起她和布鲁姆热恋的时光。他们的生活似乎会出现好的转机。

整部小说以斯蒂芬零乱无序、恍惚迷离的意识流开始,又以莫莉长达 40 多页的滔滔不绝的意识流结束。

一般认为，小说的核心是广告推销员布鲁姆的一天。再严格一些，时间是从早晨 8 点到次日凌晨 2 点之间的 18 个小时。后来，这一天——6 月 16 日被定名为布鲁姆日。作品以带有自然主义倾向的绝对真实来呈现这一天。为了表现这种绝对的真实，乔伊斯调用了各种精彩纷呈的现代技巧。其中，最重要的便是借用人物原原本本的内心独白。之前，在阅读伍尔夫与普鲁斯特作品的时候，我们似乎还有切入人物意识的路径，比如《达洛维夫人》中的大本钟或《追忆似水年华》中的"小马德莱纳蛋糕"。即使没有触点，读者也可以从叙述者的视角，厘清故事的大致情节，读懂作者想要表达的意思。然而，在《尤利西斯》这里，一切都成了奢望。作家似乎完全退出了小说，叙述者的外在叙述与人物的内在意识可以自由转换。人物的内心独白不仅畅通无阻，而且同作者的第三人称叙述之间的接轨也十分自然，甚至不细致分析便弄不清楚哪些是对外部事件与行为的叙述，哪些是人物的意识活动。此外，《尤利西斯》的内心独白所涉及的内容包罗万象，各种离奇复杂的思绪、印象、浮想、感觉、回忆和欲望混为一体，人物的意识轨迹虽依稀可辨，却恍惚迷离，不同层次的意识彼此交融，形成一条来无影去无踪、飘忽不定、转瞬即逝的主观生活之流，似乎完全不受外在控制或支配。作者在转轨或接轨时只是巧妙地将人称与时态做适当的调整，一般不留明显的痕迹，读者往往不知不觉就步入了人物的精神世界。

想要对乔伊斯的书写技巧有更为直观的感受，只能通过文本的片段来加以体验。下面是关于布鲁姆的一段意识流片段：

> 柳叶图案的瓷盘里一个冒出血滴的腰子：最后一个。在柜台边，他站在那个邻家姑娘身旁。念着手中的购物单，她也要买腰子吗？皲裂的手，洗涤碱。一磅半丹尼香肠。他的目光停留在她那壮实的臀部上。伍兹是他的姓。不知他是干什么的。妻子风姿已减，青春已去。新的活力。不准外人跟随。一双壮实的胳膊。使劲地抽打着晒衣绳上的毛毯。她干得真带劲。她扭曲的裙子随着每一次抽打而摆动。

这段内容描写的是布鲁姆早晨起床去肉店买猪腰子的场景。对于一个普通的现代人来说,吃在生活中占据着较高的位置,把肚子填饱是第一等要事。布鲁姆也是如此。"柳叶图案的瓷盘里一个冒出血滴的腰子:最后一个。"前面这半句话描写的是客观事实:布鲁姆看见肉店的瓷盘里只剩下一个腰子了。但是后面这半句话已经是意识的内容了。想买的东西只剩最后一个了,但前面显然还有个人在排队,对"最后一个"加以强调,布鲁姆此刻的想法显得非常真实。显然,排在布鲁姆前面的这个人买不买腰子变成了他关注的重心。视角很自然地切到了他前面排着的这个人——"在柜台边,他站在那个邻家姑娘身旁。"这位姑娘正念着手中的购物单。这些都是对买腰子现场的客观描述。"她也要买腰子吗?"布鲁姆心里有些担心,如果这位邻家姑娘买了腰子那么他就买不成了,这是很简单的想法。"皲裂的手,洗涤碱。"这句话是对女孩子外貌的客观描写,并且交代了女孩的身份是仆人,因为长期从事劳作,手上有洗涤碱的痕迹。"一磅半丹尼香肠",作者并没有交代这是女孩要买的东西,而是直接来了这么一句,这应该是女孩现场说的话。听到这句话,布鲁姆终于放心了,因为仅剩一个的腰子是他的了。当这个男性吃的需求满足后,他便开始转向性的意淫中去了。食色,性也。这里有着明显性的暗示,"他的目光停留在她那壮实的臀部上"。看到这位邻家姑娘身材壮实,联想到她主人的妻子,"风姿已减,青春已去"。妻子青春已逝,仆人还年轻,且主人与仆人有时外出时没有他人跟随,那么他们俩之间会不会有什么特殊的关系?这些都是性的暗示。有一次,仆人在抽打晒干的毛毯。这本是一个非常日常的活动,但在布鲁姆的眼中也有了独特的意味:"她干得真带劲。她扭曲的裙子随着每一次抽打而摆动。"字里行间透露出男性意淫的想象。从这段随意摘录的文字,读者可以直观了解布鲁姆原生态的生活,以及生活之下真实的心理世界。他的形象也就栩栩如生了。

与布鲁姆不同,关于斯蒂芬的描述场景同样杂乱无序,他的意识也飘忽不定,但一位大学教师显然与一位广告推销员的世界不尽相同。

> 有人从莱希平台上小心翼翼地走下台阶,女人:下到了倾斜的海滩上,蔫蔫无力地迈着八字脚,深陷在淤塞的泥沙中。像我,像阿尔吉,来到了我们强大的母亲身边。第一个助产妇的包沉甸甸地摆动着,另一个伞尖戳进了沙滩里。从市郊来,下班休息。弗罗伦斯·麦凯布太太,帕特·麦凯布的遗孀,真伤透了心,家住布莱德街。她的同

行姐妹拖着我的身躯使我呱呱坠地。从空虚混沌中创造。包里装的什么？一个拖着脐带的流产死胎，裹在沾着污血的棉絮里静默无声。脐带是代代相连、串联盘绕、连接众生的纽带。

　　愤世嫉俗但精神上又无所依傍的斯蒂芬来到了大海边。这时，有两个女人也来到了海边，其中一个是助产士，她身上沉甸甸的背包里装着一个死婴——她们原来是来沙滩埋葬刚出生便死去的小生命。"像我，像阿尔吉，来到了我们强大的母亲身边。"仅仅是有人来到海边这一平常景象便在这位大学教师心中唤醒了诗人的诗句。之后，更是因为来者助产士的身份与埋葬死婴的行为让其畅想生死。面对大海，他自由遐想。阵阵卷来的浪潮让他想到自然界沧海桑田的变化，想到人类世世代代的繁衍，想到了永恒的艺术精神。显然，这一系列的联想是作为普通推销员的布鲁姆无法想象的。

　　所以，尽管乔伊斯的意识流显得更为杂乱无序，却精心设置，贴合每个人物性格与心理的原貌。既然人物的性格、性别、年龄和文化程度不尽相同，那么，他们的内心独白形式也必然千差万别。在《尤利西斯》中，每个人物的内心独白都富有极其鲜明的个性，对渲染人物的形象具有重要的辅助作用。正是在各种心理意识的细致描摹中，我们得以直接观摩人物的思想与感受。乔伊斯十分强调内心独白的表意功能，往往将其作为对人物性格的一种曝光。通过这些最直接的心理独白与意识流动，书中主人公的形象跃然纸上，栩栩如生。

　　布鲁姆是一个平平无奇的广告推销员，甚至连外貌都很寻常。他是普普通通"现代人"的代表，既善良又猥琐。一方面，他忠厚、善良，有恻隐之心。在家中，他关心妻子女儿、狗、鼠等；在外面，他也关心流浪儿、难产孕妇、盲人青年及斯蒂芬这些需要关爱的人；偶尔，他脑海中也能模模糊糊出现理想与追求的渴望。但在另一方面，他也忙碌于吃喝拉撒、鸡零狗碎，沉浸于七情六欲，具有手淫、偷窥、意淫等低俗习惯，对于外在的暴力和妻子莫莉的出轨，他内心痛苦，却无力反抗，只能默默忍受，小心谨慎、卑微地生活着。

　　斯蒂芬是一位接受过高等教育、对艺术有着敏锐感受力的大学老师。生活在都柏林死气沉沉、令人窒息的环境下，他愤世嫉俗，极度不满，自视为爱尔兰民族创造良心的灵魂工程师。在他的意识流中，不断出现亚里士多德、阿奎那、贝克莱、布莱克、莎士比亚等伟大思想家的名字与作品，作者借以表达斯蒂芬在精神上的渴望;但在现实生活中他意志消沉、碌碌无为。仅有的惊人之举就是在酒吧醉酒闹事,却被士兵打翻在地。他对宗教产生了极度怀疑,拒绝在母亲的病榻前为她下跪祈祷;却又找不到精神寄托,空虚沉沦,只能在这座和他一样精神瘫痪的城市没有目的地漫游。

莫莉则是个小有名气、沉溺于声色场中的歌手形象。她少女时代就有不少风流韵事,结婚后依旧背叛丈夫,和不止一个男人偷情,追求肉欲的满足。不过作品并没有简单地将其描绘成一个彻底的荡妇。在她为数不多的意识流中,我们可以看到她对夭折孩子的思念,对与丈夫曾经有过的甜蜜时光的畅想,对大自然的依恋。甚至作品还描写过一个细节来呈现她女性的善良,那就是她扬起一只白手臂,给过路的独腿水手扔了一个硬币。

通过这三个主要人物,乔伊斯极其真实地描绘了生活在都柏林这座现代城市中普普通通的现代西方人的本真形象,甚至包括他们最为猥琐的一面。他们善良、真诚,却失去了古典的崇高与伟大的精神追求。其实,这部作品涉及的人物并不止这三个,粗略统计乔伊斯写到了约有几十个具体的人名。大到总督大人出行和市政参议会里的激烈辩论,小到残疾水手沿街乞讨和男女路边调情的状貌,都跃然纸上。这些人物与场景同小说的主要情节并没有太大联系,却捕捉到了这座城市活生生的镜头,将生活的原生态加以呈现,令读者身临其境。有人说,《尤利西斯》给都柏林描摹了一张逼真的导览地图,读者得以看到都柏林的街道、商店、展览馆、书店、铜像、修道院,甚至当天法院正在审判的案件、书报摊上正在出售的报刊、人们常常哼起的歌曲,都被作者以严格的写实手法写出来了。对于每个个体来说,生活也是如此。布鲁姆每日的生活就是为妻子做早餐,上街买腰子,到邮局取笔友的来信,去浴室,参加葬礼,到报社完成工作事务,到饭店吃午餐,到酒店与朋友会面,在海边散步休息,到医院看望病人,在夜晚的街上漫游,最后回到家里。这种写法与传统小说强调的典型人物与典型环境完全不同。没有什么是典型的。每个现代人的一天显然被许多杂乱、很少有逻辑联系的日常生活的碎片所淹没。并且,人的一生几乎也没有什么轰轰烈烈的大事,都是被这样一日日的琐屑填满的——吃喝拉撒、一地鸡毛。一日胜于百日,一日等于一生。

乔伊斯采用的描写方法也使读者产生一种直接感和真实感,最原生态地呈现现实生活与人物。这应该是他小说写作的最终意图,也是其为人诟病的地方。《尤利西斯》最初无法在当时保守落后的爱尔兰发行,其手稿辗转由庞德带到美国,1918 年起开始分章节在《小评论》杂志连载,直到 1920 年连载到第十三章时遭受读者投诉,称其伤风败俗,并且因包含大量描写男主角手淫的情节被美国有关部门指控为淫秽。1921 年,《尤利西斯》先后在美国和英国遭禁,《小评论》杂志也被送上法庭。《纽约预言家论坛报》引用了当时法庭的判决书——"小说晦涩难懂,作者精神错乱"。现在已经无法想象作者和评论家遭受的冲击了。即使当时一些著名的作家与评论家,也对小说做出了极为负面的评价。弗吉尼亚·伍尔夫对《尤利西斯》的评价坦率而尖锐,她说:"《尤利西斯》是一场令人难忘的突然剧变——无限的大胆,可怕的灾难。"[①]荣格则表示:"全书没有任何愉快、新鲜与希望,只有灰暗与可怕,只有残酷、尖刻与悲剧。"[②]的确,读《尤利西斯》给人的感觉并不是太美好,甚至容易引起明显的不适。对于粪便、进食、情欲毫无矫饰的自然主义描写与阴暗病态心理的直接呈现,让许多读者感觉愤怒。评论者李建军在"中国作家网"发表了一篇评价《尤利西斯》的长文,将自己真实的阅读感受细细呈现,有理有据地论证了作品原生态给其带来的困扰,并且直接质疑了《尤利西斯》的书写价值。

现在的问题是,为什么乔伊斯要如此强调生活的原生态?其实回归这部作品的神话模式便可以理解。在《尤利西斯》中,乔伊斯最初有着明显的神话构思。他不仅以荷马长篇史诗《奥德赛》中的主人公尤利西斯(古罗马神话译"尤利西斯",古希腊神话译"奥德修斯")的名字作为小说的书名,而且使其笔下的主要人物在都柏林一天的活动与古希腊神话中的某些人物传奇般的经历相互对应。作者凭借《荷马史诗》中智勇双全的伊塔克岛首领尤利西斯在特洛伊战争结束后漂流沦落、历尽艰险,最终返回家乡与妻子帕涅罗珀团圆的故事来讽刺 20 世纪初西方社会的现实。在小说中,当今的尤利西斯(即小说主人公布鲁姆)是个俗不可耐、懦弱无能的庸人;现代的特勒马科斯(即小说中的斯蒂芬)只是个孤独、颓废、多愁善感的青年教师;而 20 世纪的帕涅罗珀(即布鲁姆的妻子莫莉)却是个水性杨花、沉溺于肉欲的荡妇。不仅如此,《尤利西斯》中的穆利根、狄瑟校长、酒吧女招待、"市民"等其他许多人物也能在《奥德赛》中找到彼

---

① 伍尔夫.论小说与小说家[M].瞿世镜,译.上海:上海译文出版社,1986:284.
② 荣格.心理学与文学[M].冯川,苏克,译.南京:译林出版社,2014:150.

此对应者。显然,乔伊斯的人物设计使历史与今天、神话与现实以及英雄与反英雄互相对照,产生了一种强烈的反衬效果和广泛的象征意义。所以,与其说《尤利西斯》是现代的《奥德赛》,不如说它是《奥德赛》的反讽。现代人一天的凡俗生活便构成了20世纪的史诗,作者表达了荒原上的现代人无尽的痛苦与苦涩。

然而,是否因此就该否定《尤利西斯》的艺术价值?路透社1999年1月18日发自伦敦的消息却告诉全世界:《尤利西斯》登上最佳英文小说榜首。20世纪是荒原上的世纪,畅谈鲜花和掌声都是可疑的。乔伊斯以其绝对的真实在我们面前竖起了一面镜子,让我们看清现代人的精神危机,特别是审视每个自我灵魂上的黑点。此外,他在小说中对20世纪各种社会问题(民族压迫、种族危机、消费主义、欲望沸腾、信仰失落等)进行了碎片化的思索,尖锐且坦诚,有着丰富的思想意蕴,也寄托着他深深的人文关怀。他在艺术上新颖且具有实验性、前瞻性的探索,让其思想得以充分表达,对后世文学产生了广泛的影响,无愧为文学史上伟大的艺术大师。作为平凡甚至平庸的现代人,布鲁姆这一天生活的史诗也将永载史册。

第七章　存在主义：选择的自由

存在主义是 20 世纪重要的思潮流派，它对 20 世纪下半叶的世界影响很大。而我们通常所说的存在主义文学，主要是在法国兴起的以作家让-保罗·萨特（Jean-Paul Sartre，1905—1980）和阿尔贝·加缪（Albert Camus，1913—1960）为代表的文学流派，目的是宣传他们的存在主义哲学。存在主义文学和存在主义哲学关系紧密，它们同为存在主义思想的重要组成部分。存在主义思想是非常庞杂的，涉及有神论存在主义和无神论存在主义等。可以说，世界上有多少个存在主义思想家，就有多少种存在主义。如果想进行深入探讨，真要耗费很大的力气。为了帮助大家尽可能快速地了解存在主义文学思想，我们需要对其进行一些不合常规的简化。

"存在主义"——从名字来看，很明显它是要探索存在问题。其实对于这个词，大家可能感觉很疑惑，难道我们的文学不是一直在探讨存在问题吗？为什么到了 20 世纪，特别是第二次世界大战之后，存在问题就显得特别重要呢？究其原因首先是战争，战争摧毁了启蒙思想家的理想王国以及 19 世纪开启的文明变革成果，特别是第二次世界大战之后，信仰的破灭、理性的危机，在这个阶段都达到了白热化的地步。人类从来没有像第二次世界大战之后这么绝望，这么悲观，这么看不到人生的希望。所以在这样一个时代，重新探索人类的出路显得尤为重要。存在主义思想正是在这样一个背景之中诞生的。

第一节　世界是荒诞的

"在一个突然被剥夺掉幻象与光亮的宇宙里，人觉得自己是一个外人、一个异乡人，既然他被剥夺了对失去家园的记忆或对已承诺之乐土的希望，他的放逐是不可挽回的。这种人与生命以及演员与场景的分离就是荒谬的情感。"

——加缪《西西弗神话》

"当我们说荒谬是事实的状态、原始的情况时,到底是什么意思呢?其实,这除了与世界的关系外,别无所指。根本的荒谬证实了一种裂痕——人类对统一的渴求和精神与自然二元论之间的断裂,人类趋于永生的倾向和其生存有限性之间的隔裂;人类对构成其本体的状态和奋斗的徒劳之间的破灭。偶然、死亡、生命和真理所难以征服的多元性以及现实的无法理解,即构成了荒谬的极端。"

——萨特《〈局外人〉评说》

存在主义究竟想要表达什么呢?它的内容可以概括为这样一句话:存在主义就是为了表现世界的荒诞与人的存在。这句话有三个层次的意思:

第一个层次是"客体观"。"客体观"主要指人对世界的认识,也是萨特所说的"自在的存在"。什么叫"自在的存在"?其实就是个体对于世界存在状态的认知。世界的存在状态到底是什么样的呢?西方传统认为,我们的世界是由上帝(神)主宰的,上帝(神)会管理人世间的一切。所以一切都是按照上帝的旨意进行的。这样的世界是有意图的,上帝就是最好的意图。但是在20世纪信仰破灭之后,人们突然发现世界变了,没有上帝的世界成了一个"荒诞的世界"。

第二个层次是"主体观"。"主体观"探究人在一个荒诞的世界中的行动,这也是萨特所说的"自为的存在"。世界是自在的,它没有感情,但人是有的。那么,面对一个荒诞世界,人应该怎么做呢?萨特与加缪,几乎同时提出了"主体观",他们都认为在荒诞世界中,人反而变得非常自由。人的自由主要表现为他可以自由地选择自己的人生之路。

第三个层次是"责任观"。"责任观"认为失去上帝后的人虽然是自由的,但是人必须得为自己的自由负责。这也是延续第二个层次提出的一个新内涵。

总体说来,存在主义思想特别是法国存在主义思想,主要就是这样一些观念,用三句话概括,那便是:世界是荒诞的、人是自由的、人为自己的自由负责。

下面结合萨特和加缪的代表作品,详细地阐释存在主义以上三个观点。

第一,什么是"荒诞"?这是存在主义者对世界本质的认识,也是探索存在主义思想的前提。"世界是荒诞的"。如果从表面上理解"荒诞"这个词,简单来讲就是"不合理"，不合理才会荒诞。人在什么情况下会感到不合理？可以举一些相对通俗的例子帮助大家理解。比如女性在争取解放的过程中，从表层来看，目前其实已经走得非常好了，作为一个现代女性，我们享受到了受教育的权利，上大学，成为研究生，甚至成为博士，这些都已不再是稀奇的事情。但是实际生活中又会出现很多问题。我曾经有个师姐，她各方面条件都很好，人很聪明，学问做得也好，长得也很好，属于"三高"女性。但是到了婚配年龄，却没有找到合适的对象，最后嫁了一个条件一般并且性情较差的男人。这便是一种世俗意义上的荒诞。相反，我曾经有个小学同学，长相一般，能力也很一般，但是用世俗眼光来看，她现在的生活幸福美满，丈夫条件好，也很关爱她，儿子也孝顺。在这样一些比较中，人们会产生一种荒诞的感觉——世界为什么不是按照理性或逻辑去走？特别是当一个人遭遇困境的某些阶段，比如升学或找工作的时刻，你发现你很优秀，也很努力，但是最后的结果没有按照你的预期实现。相反，有一些看上去能力一般且并不努力的人，反而找到了好工作，考取了理想的大学，找到了好的人生伴侣。这时候，人就会对现实生活产生某种怀疑：这还是一个符合逻辑的世界吗？这还是一个有理性的世界吗？那么存在主义者会告诉你，这的确就是现代人所生活的世界，这个世界是"无意义的世界"，或者说是"荒诞的世界"。

加缪曾经表示："荒诞产生于人类呼唤和世界无理性的沉默之间的对峙。"[1]人们在看一些影视剧时会发现，主人公遭遇到某种悲惨境遇时，天会下起雨来，似乎全世界都在为其悲哀，这样的场景配置让观众觉得很合情合理。不过，通常在现实生活中的情况却是：一个人心情很糟，但外面阳光灿烂，从而产生一种悖谬反讽的效果。当然，这是一些很通俗的例子，目的是想让大家理解：人所生存的这个世界，实际上是不合逻辑的、没有感情的、冷漠的世界。你哭你笑你快乐你悲伤，世界永远就是世界而已。荒诞感便产生于这样一种不合逻辑、无理性的生存感受之中。

20世纪，人们的荒诞感受会非常浓烈。为什么呢？因为20世纪是信仰破灭的一个世纪，特别是经历过两次世界大战后，一切存在都失去了意义，最起码没有按照18世纪启蒙理想家的宏伟蓝图去实现，并没有建成什么人间天国，文

---

① 加缪.西西弗神话[M].沈志明，译.上海：上海译文出版社，2010:26.

明的世界千疮百孔。人们经常会在荒诞出现时发出疑问，认为这个世界太没有天理了，为什么好人要承受灾祸，坏人却能活得很好呢？当一个人发出这样的质问时，正是他的荒诞感出现的时刻。

"荒诞"是"上帝"死后人的处境，是信仰与理性破灭之后人类无所适从的生存状态，包括生活的无意义感、理性关系的断裂、存在价值及目的的丧失……所谓"生活的无意义感"，是终有一死的人类对自身存在价值的质疑。既然"玉环飞燕皆尘土"，那么存在的价值与目的又有什么意义？日常生活理性逻辑的断裂加深了这层虚无感，如前所述，善良之人遭遇悲惨命运，付出了很多的努力却换不来应得的成果。荒诞，便出自这样的时刻。

为了帮助大家理解荒诞，前面举了一些通俗的例子。那么，存在主义思想家们是怎么描述荒诞的呢？加缪在他著名的哲学随笔《西西弗神话》中，提及了这样的场景：

> 起床，电车，四小时办公室或工厂的工作，吃饭，电车，四小时的工作，吃饭，睡觉，星期一，星期二，星期三，星期四，星期五，星期六，大部分的日子一天接一天按照同样的节奏周而复始地流逝。可是某一天，"为什么"的问题浮现在意识中，一切就都从这略带惊奇的厌倦中开始了。"开始"，这是至关重要的。厌倦产生在机械麻木的生活之后，但它开启了意识的运动。①

这段话是什么意思呢？我们先看前半部分。前半部分是一些机械生活的记录，跟大多数人过的生活比较相似。早上起床吃饭，然后就去上班，中途吃午饭，吃完午饭继续上班，其间处理些工作或日常琐事，最后回家睡觉，一天一天一年一年就这么过去了。这是大多数普通人生活的流水账。但是有一天突然有一个人，他对这样的生活产生了怀疑。他开始追问："我为什么要这样生活？我为什么要做这些事情？"这个时刻，实际上是一个人认识到"荒诞"的时刻。认识到荒诞的人，他总是比别人要先行一步。在大学读书时，我有一位同学，别人

---

① 加缪.西西弗神话［M］.沈志明，译.上海：上海译文出版社，2010：13.

都在认真准备期末考试，或应付各种各样的现实任务，他却将所有的时间都用在图书馆看书。毕业的时候，当我们拿着一张张看似光彩的成绩单时，他图书馆的借阅记录却是最高的。那么到底哪一个更合理、更有意义呢？这是值得追问的。再比如我的一个研究生，他曾经4次申报英语六级考试，最后都放弃了。我问他为什么放弃，因为现在英语很重要。他说："老师，我喜欢的是文学，我对语言不感兴趣，放这么多精力在英语上我觉得不值得。"后来毕业前夕我们都建议他考博，因为他读书很多，人也非常优秀，论文写得也不错。但是他先选择去开了一家书店，并且同时将自己的诗集整理出版了。当然，由于书店亏损，三年后他还是选择了考博，但他显然比随波逐流的人多了一层认知。这些认知，正是一个人感受荒诞并积极思考的起始。

每天进行的这些周而复始的生活，看似有理由、符合逻辑的语言中都隐藏着荒诞。比如父母总是让孩子好好学习，表示考上大学就好了，但是考上大学真的就什么都好了吗？生活与语言中都有着荒诞的因素，因为世界的存在是无理由的，这个世界不是按照人的逻辑性去运作的。在《西西弗神话》中，加缪对"荒诞"进一步进行解释，他说：

> 在一个突然被剥夺掉幻象与光亮的宇宙里，人觉得自己是一个外人、一个异乡人，既然他被剥夺了对失去家园的记忆或对已承诺之乐土的希望，他的放逐是不可挽回了。这种人与生命以及演员与场景的分离就是荒谬的情感。①

这里面有几个关键词要注意："幻象"与"光亮"，说简单点，其实指的就是希望。他说在目前这样一个宇宙里，人们已经被剥夺掉了希望（这里的希望包括传统的信仰、理性的价值、乌托邦的世界等等）。在这样一个一切都变得可疑的世界中，人类失去了家园的记忆以及乐土的希望，生命没有了终极归属。他一切的追求、一切的努力似乎都失去了目标，如同演员看着自己在演戏，却不知为什么要去演这场戏，于是产生了荒谬的情感。

---

① 加缪.西西弗神话[M].沈志明，译.上海：上海译文出版社，2010：6.

萨特对"荒诞"也有明确的说法。他在评价加缪的《局外人》时曾经表示：

当我们说荒谬是事实的状态、原始的情况时，到底是什么意思呢？其实，这除了与世界的关系外别无所指。根本的荒谬证实了一种裂痕——人类对统一的渴求和精神与自然二元论之间的断裂；人类趋于永生的倾向和其生存有限性之间的隔裂；人类对构成其本体的状态和奋斗的徒劳之间的破灭。偶然、死亡、生命和真理所难以征服的多元性以及现实的无法理解，即构成了荒谬的极端。①

萨特强调"荒诞"指的是人与世界的关系。那么人和世界究竟是什么关系呢？人当然希望世界的运作是符合逻辑、合情合理的。人类对统一的渴求，希望有因有果。这是人对世界合理化运作的需要，但事实情况恰恰相反。加缪也说过："所谓荒诞，是指非理性和非弄清楚不可的愿望之间的冲突，弄个水落石出的呼声响彻人心的最深处。荒诞取决于人，也不多不少地取决于世界。荒诞是目前人与世界的唯一的联系，把两者拴在一处，正如唯有仇恨才能把世人锁住。"②萨特列举了一些更为形而上的表现：其一，人类趋于永生的倾向和其生存有限性之间的隔裂。人的必有一死与他一生奋斗辛劳之间的矛盾，死亡似乎让一切努力都成为"徒劳"。其二，人类对构成其本体的状态和奋斗的徒劳之间的破灭。米兰·昆德拉在《不能承受生命之轻》中，曾对"偶然"进行过探讨。他打破传统小说男女主人公命定缘分的假设，将他们的相遇看作是6个偶然的结果，也许不是这6个偶然，他们一生都将是陌路人。这6个偶然打破了爱情的玫瑰色与幻影。生命之中处处是偶然，谁都不知道哪一天就会被这个偶然给杀死。存在主义大师加缪是在一场车祸中去世的，这是"偶然"和他开的一个黑色玩笑。其三，偶然、死亡、生命和真理所难以征服的多元性，不再有什么绝对与终极的真理或评判规则，多元走向极端便是无标准，失去了终极审判。那么，每个人该如何面对仅有一次的生命？在《不能承受生命之轻》中，米兰·昆德拉

---

① 萨特.生活·境遇:萨特言谈、随笔集[M].秦裕,潘旭镭,译.上海:上海三联书店,1990:149－150.

② 加缪.西西弗神话[M].沈志明,译.上海:上海译文出版社,2010:20－21.

塑造了一位特立独行的女性萨宾娜，她反叛一切传统：嫁给一位父母都反对的艺术家，学习众人反对的现代画，趁着国家有难出售自己的画作，甚至叛己所叛，断然与颓废堕落的丈夫离了婚。在她的世界中，传统道德、荣誉、伦理、家庭、爱国、幸福观都被颠覆。对于只有一次的生命，谁能对它进行终极审判？传统价值体系分崩离析。至于"现实的无法理解"，如前所述，希望付出了努力，就能有所收获；既然很优秀，就配得上拥有好的工作、好的对象，但现实往往并非如此，甚至完全相反。这一切构成了荒诞的各个层面。

荒诞，来源于生命的无意义感，来源于信仰的破灭，来源于人的追求和这种追求实际上并不一定能够得到实现的裂隙。每个现代人，面对自己的人生与所处的世界，都要认清这个真相，承认生存与世界的本质是荒诞的。再次回到加缪的《西西弗神话》，这个书名源自关于"西西弗"的一个古希腊传说。西西弗，也有翻译成西绪弗斯，他是一个"人"，曾经生活在天神之中，居住在奥林匹斯山上。他以戏弄诸神为乐，最终被诸神惩罚。他所受到的惩罚是往山上推石头。加缪说，这个惩罚是沉重而又绝望的。注意这两个词，一个是"沉重"，一个是"绝望"。为什么会"沉重"？西西弗往山上推的这个石头又大又重，西西弗将它推到山顶，需要花费很大的力气，所以，这个任务是非常沉重的。为什么又说"绝望"呢？因为这个石头到了山顶由于地心引力还会滚下来，西西弗还需要再次将它推回到山顶去。一次又一次，这个过程实际上是无休止的，没有最终的结果，看上去是徒劳的。因此，西西弗的这个惩罚显得异常"沉重"。加缪将西西弗的这个神话与现代人的生存状态相对应。他认为：现代每个人的生活就像西西弗往山上推石头；我们和世界的关系，我们所有的辛劳与西西弗推石头上山这一过程非常类似。一个人从出生到死亡，需要像西西弗一样搬动一个又一个巨大的石头。这些石头就是人生必须完成的一些重任。小孩大概只能享受两三年短暂的欢乐时光，很快便进入学校，"十年寒窗苦读"，好不容易才能考上大学——考上大学是一项非常艰难的任务，这个巨大的石头要耗费很大的力气才能搬到山顶。那么考上大学是不是就幸福了呢？各位考上大学的同学已经发现，考上大学不过是又一个起点，新的任务又来了，毕业时可能需要继续升学，即使不考研也需要找个工作。这些都是一个比一个大的石头！好不容易找到工作了，又面临婚姻的选择，结婚后还要生孩子。总算找到工作又建立了家庭,这时是不是轻松些呢? 父母又老了,你又要照顾他们。最后,父母老去死去,你又要面对自己的死亡。因此,加缪认为,现代人的人生就如同西西弗往山上推石头,是沉重且绝望的。不是说将石头推到山上就行了,它还会再滚下来,你会遇到更大的石头。加缪通过西西弗的故事向我们讲述荒诞的人生,沿袭了20世纪文学大师对人生悲剧性一贯的认知。听过西西弗这样一个人生比喻故事之后,很多人感觉非常绝望,然而加缪在这本书结尾得出的结论却是——"西西弗是幸福的!"面对这样沉重而又无望的生存状态,为什么加缪说他是幸福的呢? 这里边有这位存在主义大师思考与探索的逻辑,后面会细加分析。

再回到这种关于世界是荒诞、沉重而又绝望的认知。可以说,"荒诞"是存在主义文学的起点,存在主义作家首先承认世界是荒诞的,这种荒诞性在他们的作品中有深刻体现。萨特在1938年发表的《恶心》和1939年发表的《墙》中,都在描写这种"生存的荒诞感"。《墙》写的是"二战"时期的故事。一个游击小分队的两个队员被抓,饱受严刑拷打,敌方逼迫他们交代队长的藏身之地,实际上他们也不知道队长藏在哪里。其中一个队员被打得没有办法,就开玩笑式地戏弄敌人,说队长就藏身市区的公墓里。结果却真在公墓里找到了队长。荒诞出现了。队员本不想出卖队长,却在一句玩笑话中出卖了他。这也是世界和他开的玩笑。面对这样结果,他最后发出了大笑,这种大笑是一种非常无奈的自我嘲弄。其实,昆德拉有很多作品也描写荒诞,《玩笑》就是这样的代表作,主人公为了报复他的迫害者故意去勾引后者的妻子,最后才发现对手和妻子之间关系早就破裂,巴不得有人帮他解决这个难题呢。

在《恶心》中,萨特写了一个名叫洛根丁的人一天早上醒来,突然对以往熟识的一切都不再能够理解。这和加缪突然感觉到自己的生活庸碌而无意义其实是一样的。洛根丁面对镜子,发现眼睛长得不对劲,脸长得也不合理;更重要的是,他在生活中所做的一切事情都失去了理由。本来早上起来应该去上班,但他突然不明白自己为什么每天早上起来就该去上班。在路上,他遇见了一位熟识的朋友,但是聊着聊着突然觉得这个人变成了陌生人。初读这本书,人们觉得很难理解,不明白一个人怎么会突然有这种心态。其实这就是存在主义者对荒诞世界的超常感知:我们似乎在一瞬间突然不能再理解这个世界。就在那一瞬间,一个人突然感受到了习以为常的生存规则中隐藏着不合理,从而引发关于荒诞的最初思考。这是萨特早期作品对荒诞世界的呈现与揭示，真实展示对荒诞世界的迷惘，是对荒诞的感觉的真实描绘。

加缪早年也写过这样一类作品，比如很有名的《局外人》。什么是"局外人"？世间发生的一切似乎和他都没有关系，他成了这个世界之外的人。主人公默尔索接到了一封电报，通知他的母亲去世了。和常人不一样的是，默尔索赶到老人院，看到母亲遗体的时候没有哭。按照常理来说，母亲去世怎么能不哭呢？默尔索认为自己很爱母亲，但是他觉得为什么所爱的人过世就要哭呢？因为人总是要死的。这时候他不但不哭，而且在母亲的葬礼期间和女朋友看了一场搞笑的电影。后来，为了一个也不是太认识的邻居，他在海滩上和陌生人发生冲突，一不小心开枪杀了人。至于为什么要杀人？也没有正当的理由。书中描写是因为当时阳光太刺眼，开枪就把对方打死了。法庭后来判他死刑，也不是因为他杀人，而是因为他在母亲的葬礼上没有哭。这里面有很多不合常理的问题。默尔索作为一个感受到荒诞的人，他显得非常"局外"，与俗常的世界显得格格不入。比如，母亲去世了，没有用哭的方式表达爱；他被判了死刑，也不是因为杀人——这实际上是对社会道德合理性的质疑。这样一些看似合理但实则荒诞的社会法则，其实都是值得追问的。此外，书中还提及了生命的偶然，比如杀人是出于阳光的强烈，没有什么必然的动机，这是对现实生活真实的呈现。许多人认为，默尔索是一个相当冷漠的"局外人"，但在理解其冷漠背后的深沉动因之后便会发现，默尔索恰好体现了存在主义者对于存在的感知，对人类生存状态的怀疑，对习以为常的社会规则的反思，所以他比常人更敏锐、更清醒、更有思想，这是他"局外"的积极意义："他远非麻木不仁，而是怀有一种执着而深沉的激情，即对于绝对和真实的激情。"①在死刑执行之前，有个神父前来为他做临终忏悔，但默尔索拒绝了。作为无神论存在主义者，他认为在没有上帝的世界中，人必须为自己的选择与人生负责。出于对真实的认知，默尔索自愿选择了"局外"。

理解存在主义思想，第一个需要理解的问题，就是要承认"世界是荒诞的"，然后在这个基础上，进一步探索人应该怎么办。存在主义作家早期的作品，都

---

① 加缪.局外人[M].郭宏安,译.南京:译林出版社,1998:序言8.

会有关于世界的认知。他们认为这个冷漠、偶然、无理性、非逻辑的世界，就是人类必须直面的荒诞世界。

第二节　人是自由的

"世界是荒谬的，人是自由的。"

——萨特

"所谓反抗，是指人与其自身的阴暗面永久的对抗。……反抗将自身价值给予人生，贯穿人生的始末，恢复人生的伟大。……世人终将找到荒诞的醇酒和冷漠的面包来滋养自身的伟大。"

——加缪《西西弗神话》

在承认人类所面对的世界充满悖谬与荒诞之后，如何对待荒诞就显得非常重要。对荒诞世界的认知只是前提，存在主义思想家想更关心的是人的处境，人怎样行动显得尤为重要。面对荒诞，人显得尤为自由，因为人失去了最高审判，人可以自由选择自己的人生。陀思妥耶夫斯基曾在《卡拉马佐夫兄弟》中借伊凡之口发出这样的惊呼：没有了上帝，人岂非什么都可以做？这和存在主义发生的前提，即对世界本质的认知有着惊人的契合。这个结论有着双重内涵：一是人类失去了终极拯救；二是人类终于不需要在上帝的"审判"下生存。这便是存在主义所提出的"主体观"，即萨特所说的"自为的存在"。"自为的存在"相对于"自在的存在"，与尼采的"酒神精神"非常类似。尼采认为在一个没有上帝的世界，人反而可以做他自己。萨特延续了这层意思，他在"世界是荒诞的"后面添上了"人是自由的"，组合成完整的一句话，呈现了存在主义思想的两个层面。

那么人的自由体现在哪些方面？萨特表示，人的自由主要体现于人的行动之中，人可以在行动过程中自由选择自己的人生之路。其实，很多人会质疑，他们似乎感觉自己并不自由。比如每天需要在早上8点上班或上学，到了8点钟就一定要坐在办公室或教室里，这些规则让人感觉非常不自由，生活中处处都是约束。不过，按照萨特的解释：你选择了不自由，这也是你自由的选择。这句话显得特别悖谬，我们可以尝试着去理解。比如有个同学成绩一般，经常逃课，他将大量时间用在阅读上，几乎看了大半个图书馆的书。比起靠背题熬夜临时抱佛脚拿到三好生奖状的我，究竟谁的收获大些呢？当然大多数人是不敢这样做的，因为现实生活会有很多困扰，比如：会不会受惩罚？会不会被批评？能不能顺利毕业？海德格尔曾谈过这个问题，认为"畏惧"会让人沉沦或异化，远离本真的存在。按照萨特的理解，这种不自由，也是个体自己选择的，自己选择了受束缚。再举一个通俗的例子帮助大家理解。比如有个女孩子十分听话，她在高考填写志愿甚至婚姻大事上，都是听从父母的意见。后来，她非常不满意父母为自己做的选择。很可能父母帮她选择的专业，她一点都不喜欢；父母给他选择的对象她也不喜欢。最终她将自己的不幸福怪罪到父母身上：你看这不是我的原因，是因为你们替我做了决定。人在遇到一些挫折的时候，经常会产生这样的想法。但是在萨特看来，正是你自己选择了听从父母的选择。作为一个人，你是可以自由选择的，你可以听你自己的，也可以听你父母的，而最终你选择了听你父母的，所以这不怪任何人。选择他人的选择也是你的一种选择。

在一个荒诞世界中，作为一个独立个体，完全可以自由选择。从前人们往往会按照理性的规则或者道德伦理的规范来行动。但到了 20 世纪，所有一切都是可以被质疑的，人变得前所未有地自由。而人的自由选择最终体现在行动之中，没有行动就没有选择，存在主义是一个行动的学说，脑袋里想来想去都不算。萨特说："人只是他企图成为的那样，他只是在实现自己的意图上方才存在，所以他除掉自己的行动总和外，什么都不是；除掉他的生命外，什么都不是。""一个人不多不少就是他的一系列行径；他是构成这些行径的总和、组织和一套关系。"①这就涉及存在主义一个非常著名的论断，即"存在先于本质"。这是什么意思呢？一般来说，我们经常会对一个人进行本质性的界定，比如说一个孩子，他是坏人还是好人，他是内向的还是外向的。但是按照存在主义者的观点，不能对个体进行本质化定性，他是面向未来敞开的。也就是说，他是在他的所作所为、他的行动之中体现了他的本质。也许这个人曾经很坏，既不孝顺

① 萨特.存在主义是一种人道主义[M].周煦良,汤永宽,译.上海:上海译文出版社,1988:18 - 19.

父母,又喜欢打架,还做过很多坏事,但是在某个突发事件中,他救了一个孩子,他的这一行动证明了他那一时刻的好。所以说,行动很重要。人在行动中选择迈出的那一步才是决定本性的关键。"存在先于本质"的观念与人的自由观是一脉相承的。存在主义思想家会非常强调一个荒诞世界中人的自由和担当。关于担当,我们之后再谈。总之,你所走的每一步都是由你自己来决定的。这是存在主义的核心思想:你是直面荒诞的那个人,该怎么做全部由你自己来决定,并且一旦选择就不能后悔,要为自己的选择负责。

关于存在主义的自由观,我们首先看一下萨特的戏剧《苍蝇》。这个戏剧的故事来源于古希腊悲剧《俄瑞斯忒亚》。俄瑞斯忒斯是希腊联军主帅阿伽门农的儿子,阿伽门农在特洛伊战争之后回到希腊却被自己的妻子和妻子的情夫合谋杀死。俄瑞斯忒斯很小就流亡在外地。若干年后,他回到自己的故乡,这时候他就面临着一个艰难的选择:是杀死母亲替父亲报仇,还是保全母亲,干脆让这件事情过去。在姐姐的鼓动下,俄瑞斯忒斯最终选择了为父报仇,杀死了母亲,也杀了母亲的情人——现在的国王。死者的血液招来了复仇女神,一路追逐着俄瑞斯忒斯,他最后还是在雅典娜的帮助下被判无罪才得以脱身。这是古希腊一则非常著名的悲剧。萨特的戏剧故事情节基本与其一致,但融入了很多他对于自由与责任的看法。俄瑞斯忒斯作为异乡人,途经故乡,他开始也不确定是否要去杀死母亲为父亲报仇,毕竟悲剧已经过去了好多年,而且他觉得这个事情与自己关系不大。但是,他慢慢发现这个城市的人,包括他的母亲和现在的国王,都在为自己做过的罪行忏悔。那些将丈夫杀死或者干了一些不道德事情的市民,都希望通过忏悔来使良心得到平静。俄瑞斯忒斯对这些现象非常不满,他感觉到人类不但不能直面自己所做的事情(包括犯下的罪恶),还要用虚假的方式推卸应该承担的责任。在这座城市里,他还遇到了希望人类这样做的万神之王"朱庇特"(即宙斯)。当俄瑞斯忒斯在他姐姐的鼓动下决定为父报仇的关口,神感到了害怕。朱庇特为什么害怕并要制止俄瑞斯忒斯的报仇?戏剧中写道:"人是自由的……而他们自己却不知道。……一个人的灵魂中,一旦自由爆发出来,众神对他就毫无办法了。"①这句话蕴含着存在主义的思想逻辑。人一旦发现自己是自由的,就不再受外在的控制。一个人一旦决定为自己

---

① 萨特. 萨特戏剧集[M]. 沈志明,等译. 合肥:安徽文艺出版社,1998:64-66.

的命运做主的时候，他便开始具有反抗精神，寻求自己的出路，就不会接受统治阶级思想上的蒙蔽或肉体上的折磨。在这个关键的时刻，俄瑞斯忒斯选择了为自己的命运做主，不但杀了母亲替父报仇，而且勇敢承担了复仇带来的后果。与其行动形成对比的是他的姐姐，最初她一直鼓动俄瑞斯忒斯复仇，但是在他真的杀死母亲之后，她又感觉到良心上过不去，感觉有罪，开始忏悔，害怕复仇女神形成的苍蝇追逐着她让其永无宁日。俄瑞斯忒斯在杀死母亲之后明确表示，这是自己做出的决定，也愿意承担弑母带来的惩罚。最后，他带着阿耳戈斯城所有的苍蝇离开了，承担了自己的命运。这部戏剧典型地体现出存在主义的自由观：作为一个人，他可以自由选择自己的行动（复仇还是不复仇）；在做出选择之后，他需要勇敢面对现实，而不是懦弱地逃避行动带来的后果，甚至接受外在力量的蒙蔽，以所谓的忏悔来推卸自己的责任。联系当时的时代背景，"二战"悲剧特别是纳粹暴行之后，很多人选择遗忘或归罪他人来逃避自己对暴力行动的责任（可参见"平庸之恶"），而不是积极认罪改正，缺乏面对真相的勇气。正视自己的自由与责任，应该是《苍蝇》想要传达的最主要思想。

那么，人应该如何对待自己的自由呢？随着探索加深，存在主义思想家进一步指出，人在自由选择命运、采取行动的过程当中，很可能会遇到一个"主体性林立"的世界①。"主体林立"，这是萨特提出的概念，比喻得非常形象。因为每个人都是有个性、自由的人，在追求自由的过程中，人就像一棵树，在伸展枝干之时，难免会和别人伸展的枝干发生碰撞，从而产生矛盾。你有你的自由，我有我的自由，但如果不妥善对待自己的自由，就会对别人的自由形成伤害，自己也就陷入了某种不自由。这便是继自由观之后存在主义者提出的责任观，即人要为自己的自由负责。一个人可以是自由的，也可以自由选择行动，但是必须承担行动的结果。存在主义责任观对自由提出了更高层次的要求，即人应该承担怎样的自由。萨特后期写过一本书，名为《存在主义是一种人道主义》，指明个人应该承担更高的责任，这也是从这个责任观而来的。

不过，存在主义的责任观并没有道德评判的意思。它只是告诉你：如果个人不妥善对待自己的自由，那么就会陷入某种不自由。一个人在追寻自由的时

---

① 萨特.存在主义是一种人道主义[M].周煦良，汤永宽，译.上海：上海译文出版社，1988：22.

候,如果缺乏更高的责任的约束,就会陷入地狱般的世界,不仅让他人遭受折磨,也会让自己饱受煎熬。这一思想在萨特的独幕剧《禁闭》中表现得最为明显。在很多外国文学史教材中,《禁闭》被当作存在主义文学的代表作。《禁闭》描述了存在主义式的地狱场景。这个地狱和传说中的地狱不一样,没有但丁《神曲》中可怕的景象,没有什么妖魔鬼怪,也没有什么火烧铁烙的酷刑。三个死后的幽灵进入了类似地狱的地方,这个地狱其实就是一间普通的房子,但是这三个幽灵在这里形成了地狱般的痛苦关系。

《禁闭》中唯一的男性叫加尔森,他因为在打仗的时候临阵脱逃被枪毙。他很有思想,但是没有承担起相应的责任。因为害怕别人的眼光,他非常希望从别人那里得到承认,证明自己并不是个胆小鬼。有两位女性和他同在一个房间。一个是伊内丝,她是个女同性恋者,生前勾引自己的表嫂,致使表哥惨死,表嫂也内疚而死。伊内丝生前因为自己同性恋的欲求,造成了一系列的悲剧。另一个女性名叫艾丝黛尔。故事简介中说她是色情狂,实际上没有那么夸张,但是她很依附于男性,也以征服男性为乐。她曾经嫁给年纪大的丈夫,没有安分于婚姻生活,而是和其他男人通奸。最后她溺死了私生子,情人也自杀了。无论出于什么原因,这三个幽灵生前出于自我的欲求,导致了一幕幕悲剧,死后就同在这么一个地狱之中。为什么要把这三个人安排在同一个地狱之中呢?因为这三个人形成了一个非常鲜明的三角关系。加尔森作为逃兵,很希望得到有思想的人——伊内丝的认可,想从她那里得到安慰,这表明他不是一个胆小鬼。然而伊内丝一眼便看透了他的本质,反而在言语上刺激他,根本不屑与他交谈。相反,伊内丝作为一个同性恋者,她追求地狱中另一位女性艾丝黛尔;然而艾丝黛尔是喜欢男人的,所以她追求的是加尔森。

这三个人形成了这样一种微妙的三角关系,有效证明了戏剧中那句非常有名的话——"他人就是地狱"。如果你在选择自由的过程中,不能正确地对待他

人，那么"他人便是你的地狱"。① 这句话具体有以下几种解释：一、如果你不能正确地对待他人，那么他人便是你的地狱。二、如果你不能正确地对待他人的判断，那么他人的判断也成了你的地狱。在戏剧中，加尔森一定要伊内丝承认他不是个胆小鬼，而伊内丝偏偏要拆穿他的谎言。大多数人是生活在别人的评判中的，如果你不能正确地对待别人的判断，那么他们的判断就是你的地狱。三、如果你不能正确地对待自己，那么你也是你自己的地狱。这也很好理解。戏剧显然对个人自由进行了限定，可以看清这三个鬼魂相互折磨的关系：加尔森需要伊内丝承认他的勇敢，伊内丝需要他人满足自己同性恋的欲求，艾丝黛尔则需要男人。他们都需要他人来满足自己的欲求。的确，在一个荒诞的世界中，当一切道德、法则都不能束缚个人的时刻，你就成为你自己了，你可以自由表达自己的欲望。但是，此刻你怎么对待自己，以及怎么对待他人就显得尤为重要。如果处理不好，你就可能会陷入这种"他人就是地狱"的生活窘境。

为了帮助理解，我还是举一些通俗的例子。学生阶段，我们都会住在公共的宿舍里，一般来说是4个人合住，也有的8个人一起住。这么多人形成了"小集体"与"小社会"。我曾经担任过一届本科班级的班主任。班级里有4个女孩同住一个宿舍，其中有一个女孩因为恋爱经常早出晚归，也不参与宿舍的集体活动，慢慢就被疏远了，还和室友产生了矛盾。其他3个女孩认为这个女生影响了她们的学习生活。所以，她们联合起来，经常到我这里来打小报告，说这个女孩子与社会青年谈恋爱，道德败坏，特别是晚上很晚才回来，甚至不回来，严重影响了宿舍成员的作息与整体荣誉。显然，这个女生因为自己的自由需求而影响了别人的自由。当然，我并不认为大学恋爱是不道德的，道德这顶帽子太大，现在已经很难再罩住人了。我对这个女孩说：的确做什么事情都是你的自由。你可以选择去谈恋爱，也可以选择和宿舍其他的三个同学都保持距离，这是你的自由，但是你得承担这个自由的后果。这个后果就是其他三个舍友都跟你产生了隔膜，本来宿舍就4个人，3个人都孤立你，你生活在她们冷漠责难的目光下，能轻松吗？如果你能承受这样的结果，便可以坚持自己的自由。我对另外3个女孩说：不能恶意评判别人的自由，谁都没有资格评判别人的生活。至于她的恋爱是否有问题，她的恋人是否有问题，出于同学之间的关心你们可

---

① 萨特.萨特戏剧集[M].沈志明，等译.合肥：安徽文艺出版社，1998：141.

以给予善意的提醒,但最终的选择与承担的后果只能是她自己。个体面对自己只有一次的人生,似乎可以做千万种选择。但是如果在选择自由的时刻,不考虑别人的自由,不考虑自由的结果,那么这种自由也是有限的,甚至会让人陷入"地狱"之中。但是,如果你觉得这就是你想要的自由,你也可以承担自由的结果。曾经在一部法国电影中,一个女孩当了妓女,这不是出于生活的逼迫,也非遇到"渣男",而是出自她的本意。这种选择对于传统道德是非常可怕的颠覆。昆德拉小说《不能承受的生命之轻》中的萨宾娜,宁愿有多个情人也不愿意结婚,当她的男友、大学教授弗兰茨终于下定决心与妻子离婚,满怀激动地告诉萨宾娜想和她在一起时,她抱着他流下了眼泪。弗兰茨以为这是萨宾娜感动的泪水,殊不知这是离别的泪水。萨宾娜为了逃避婚姻的束缚,已经决定偷偷离开他。第二天,当弗兰茨再次兴冲冲地来到萨宾娜的居所时,已经人去楼空了。我举这些例子并不是想支持这些行为,只是想证明人完全可以自由选择人生,但必然也要承担选择的后果。比如,对于萨宾娜来说,她需要承担"生命不能承受之轻",即必须面对失去价值负载后的生存虚空。

面对荒诞的世界,没有最高审判与终极标准,无所不可的人为什么还要谈责任与价值?这是因为我们每个人的生存都与他人有关。你、我、他都是独立自由的个体,这些个体组成了我们的社会,我们之间相互排斥又相互依赖,所以在对待选择、自我、他人的过程中,既需要为自己负责,也需要为他人负责。这就是自由和责任之间的关系。存在主义者没有简单地停留在"自我生存"这个层次(虽然这是个起点),而是上升到一个更高的层次,即自我生存的价值层面。他们认为生活在这个世界的人,在选择自由的时候,要让自己的生活变得有意义。在荒诞的世界中,我们成了主角。从前的主角是神,道德规范约束着个体的行为。当这一切被证明是虚妄之后,人获得了前所未有的自由,我们成了这个世界必然的主角。那我们怎样才配得上这个主角地位?有很多人在认识到世界的荒诞性后,面对突如其来的疾病或死亡、突如其来的不如意、突如其来的变故,或者面对"我这么优秀,我这么努力,最后却得不到好结果"这样一系列荒诞的现实的时刻,感受到了生命的虚无,认为人是不是活着太悲哀了,或者觉得自己所有的奋斗都没有任何的意义。但是存在主义者,反其道而行,他表示既然我们成了这个世界的主人,就要配得上这个称号,从而在此诞生了20世纪的英雄。

20世纪是一个悲剧的时代,大多数人活得不像人,都像卡夫卡笔下的虫豸。但是,在存在主义这里却出现了现代社会最后的英雄,这就是反抗荒诞的英雄。加缪有一句话说得非常好,他说:"世人终将找到荒诞的醇酒和冷漠的面包来滋养自身的伟大。"①这里,"荒诞的醇酒和冷漠的面包"是对现代社会的真实描述,真正的现实没有那么多的风花雪月,没有了家园与故乡,现代人需要面对一个冷漠、荒诞、没有终极意义的世界。但是作为有追求的人,反而应该从荒诞之中汲取力量,承担起自己的自由责任,让自身变得伟大。

加缪的《西西弗神话》在对世界的荒诞性做了精彩论述之后,进一步探讨了人生存于世的价值与意义。既然世界是荒诞的,那么人是不是就该沉沦下去?既然做一切事情都没有意义,那是不是还不如天天睡觉? 恰恰相反,加缪表示,正是在这样一个荒诞和冷漠的世界中,人生才更显出价值和意义。究竟该如何对待自己的人生? 生而为人,并不是一件值得抱歉的事情。但是,确实有好多人被荒诞打倒了。加缪在《西西弗神话》开篇就说:"所有的哲学问题都在探讨,究竟该不该自杀的问题。"②他通过西西弗的故事描述了人类的悲剧与荒诞的世界,让人读来非常绝望。西西弗往山上推石头,推上去又滚下来,滚下来又要推上去,多么绝望而又沉重的人生! 但是加缪最终却说,西西弗是幸福的。那么西西弗的幸福到底何在呢?

加缪表示,人生意义就存在于西西弗推石头上山的过程中,努力奋斗的过程足以充实人心。石头是很重,推石头的过程是显得无望,但是人有力量,可以将石头推到山顶上去,一次又一次。一个人的一生的确会遇到很多问题,比如找工作的问题、考试的问题、谈恋爱的问题,很多的人生关卡都很艰难,但是没关系,不管事情做没做成,推着沉重的石头往山上走的过程中,本身就是一种力量的证明。当你将石头推到山顶上,比如考上了大学、找到了好工作、谈了合适的对象,那说明你是有这个能力和力量的。即使没实现这些目标,那也证明你是有力量与勇气去做这些事情的。所有的结果,在终有一死的人生中其实都不是最重要的。在准备一场考试、谈一场恋爱的过程中,我们相对来说有了目标,内心充实。在这些行动的过程中,我们需要力量摆脱怠惰,证明自己的价值。

① 加缪.西西弗神话[M].沈志明,译.上海:上海译文出版社,2010:51-52.
② 加缪.西西弗神话[M].沈志明,译.上海:上海译文出版社,2010:4.

后来有人将其称为"过程哲学"。在不可逆转的荒诞命运面前，西西弗已经找到了目的，那就是一次次把巨石搬运到山顶，当他在运用自己力量的时候，心中充满无限的勇气，他享受搬石头带来的具体信念——从此，神希望看到他因无用的工作而烦恼疲倦的期待落空，西西弗的石头，也就不再成为惩罚。

西西弗的幸福还源自"反抗"荒诞的精神。加缪认为，人的价值和尊严就存在于反抗荒诞的行动之中。"所谓反抗，是指人与其自身的阴暗面永久的对抗。……反抗将自身价值给予人生，贯穿人生的始末，恢复人生的伟大。"①反抗贯穿荒诞英雄的人生始末，将自身的价值给予人生，从而恢复人的伟大。人的一生要对抗各个生存层面的荒诞。比如现代婚姻，情感没有保障，很多年轻人恐婚，觉得还不如单身。这样的想法比较消极，因为爱情本身是美好的，是千百年来文学歌颂的主题，不要因为恋爱过程中遇到了一些荒诞的事情，就否定爱情。相反，要努力克服这种荒诞感，比如确实受到了伤害，但是千万不要气馁，还是要相信爱情，相信美好的事物，还要有能力继续去爱，这种对抗的过程就是人的力量的体现。存在主义者表示：身处荒诞的世界，人具有尊严和自我价值，能够在绝境中克服并战胜荒诞命运，可以在废墟中准备一种新生，在对抗中表现精神独立与自由人格，最终体现其坚定的"人道主义精神"②。不要因为事情困难，不要因为某种处境很荒凉，就放弃了尊严与追求。在找工作、找对象、升学的过程中，的确会发生一些不公平的荒诞现象。作为个体，在与这一系列的荒诞进行抗争的过程中，体现为一个有尊严、有价值、有力量的人。人在对抗荒诞世界的过程中，不单单是对抗外界的荒诞，还要与内在的阴暗面进行对抗，这些对抗越困难、越艰难，越显生命的悲壮。忧郁症患者在与死亡情绪对抗的过程中也是伟大的。在这些抵抗过程中，人的价值和尊严得到了肯定。西西弗在向山上推石头的过程中，展现了自己的力量。反抗才是生命存在的动力，是人类尊严的体现，是充实自身的过程。

西西弗的幸福不仅仅是因为有力量去对抗荒诞，赋予虚空的人生以价值意义，更是因为他感受到了生命的美好。加缪说："这个从此没有主子的世界既非

---

① 加缪.西西弗神话[M].沈志明,译.上海:上海译文出版社,2010:51-52.

② 萨特.存在主义是一种人道主义[M].周煦良,汤永宽,译.上海:上海译文出版社,1988:30.

不毛之地，亦非微不足道。那岩石的每个微粒，那黑暗笼罩的大山每一片矿石发出的光芒，都成了他一人世界的组成部分。攀登山顶的奋斗本身足以充实一颗人心。应当想象西西弗是幸福的。"①存在主义文学书写场景灰暗，表现荒诞的时候通常没有什么色彩。有人认为加缪的《鼠疫》是文学史上寥寥几部没有女性参与的灰色文本，但里厄医生与好友塔鲁畅游大海的场景美好得甚至有些怪异。一草一木，甚至是一片岩石发出的微弱光芒，都是我们有限生命的有机组成部分，我们必须学会感受这个世界的美好。正是通过这些点滴的事物，加缪将生命的意义与生存的美丽呈现出来。存在主义者都是热爱生命、热爱生活的人！

西西弗努力将石头推到山顶，石头当然注定是要滚回山脚的，但是每次走到山顶他都会看到不一样的风景。举个例子，作为一名博士，我在本科毕业后又寒窗苦读 6 年，毕业后当了大学老师，工资还不如我大学毕业直接工作的同学，她们比我早 6 年享受了五光十色的现代生活，过得非常好。记得在读博期间，我去苏州参加学术会议，和当年的室友相聚。当时她们都很同情我，因为那个时候我已经快 28 岁了，还在寒窗苦读，她们都开着豪车，请我吃大餐，然后一个接一个向我表示同情。但是我并不觉得自己可怜，因为我看过的风景她们没有看到过：我曾经在非常好的大学求学，听到过非常有才华的老师的讲座，感受过非常好的大学氛围。所以说，人在达到某个目标过程中看到的美好，比最终的结果更重要。如果说结果，那人生的尽头都是死亡，但人生的风景并不是谁都可以感受到的。体验这些美好足以构筑起人生值得过的理由。

荒诞构成了我们的生活，我们生活中不可避免会遭遇荒诞。但是，我们活着却不是为了与荒诞进行对抗。我们生存于世，是因为我们热爱空气、阳光和大海，因为生命那么美好，人世间有那么多值得感动的事物——五彩斑斓的人间风景、生活中的快乐点滴、无可取代的人间至情，等等。"加缪说过，诞生到一个荒谬世界上来的人唯一真正的职责是活下去，是意识到自己的生命，自己的反抗，自己的自由。他说，如果人类困境的唯一出路在于死亡，那我们就是走在错误的道路上了。正确的道路通往生命，通往阳光。一个人不能永无尽止地忍

---

① 加缪.西西弗神话[M].沈志明,译.上海:上海译文出版社,2010:121.

受寒冷。"①记得一位老师曾经说过,在春天第一枝桃花盛开的那一刹那,她好想把这种感动分享给每一个人。这是我们每个拥有春天的人都能感受到的幸福。

第三节 "鼠疫"就是生活

"别人说:'这是鼠疫啊! 我们是经历了鼠疫的人哪!'他们差点儿就会要求授予勋章了。可是鼠疫是怎么一回事呢? 也不过就是生活罢了。"

"在这堆积如山的尸体中间,在一阵阵救护车的铃声中,在这些所谓命运发出的警告声中,在这种一潭死水似的恐怖氛围以及人们内心的强烈反抗中,有一阵巨大的呐喊声在空中回荡不息,在提醒这些丧魂落魄的人们,告诉他们应该去寻找他们真正的故乡。对他们所有的人来说,真正的故乡是在这座窒息的城市的墙外,在山岗上的这些散发着馥郁的香气的荆棘丛里,在大海里,在那些自由的地方,在爱情之中。他们想回到故乡的怀抱,恢复幸福的生活;对其余的一切,他们不屑一顾。"

——加缪《鼠疫》

加缪撰写《鼠疫》有其时代的背景。1942 年,加缪肺病复发,只得去法国南部山区一个疗养所进行疗养。不久,纳粹德国进占法国南方,加缪与家人断绝了音信,过上了"流放的"生活,既孤单寂寞,又承受分离的焦虑与死亡的恐惧,痛苦不安。他将这一切的生命体验写入了小说,想表达在法西斯肆虐的战争背景下人类的真实境遇。不过,这部著作永恒的魅力在于它既不是简单写瘟疫,也没有停留于对战争之恶的揭示,而是将其扩展到人类整体荒诞境遇的呈现。加缪笔下的鼠疫,是一场具体的灾难,也是一场抽象的、笼罩在全体人类头顶的灾难,正如皮孔所说:"如果说这个受鼠疫蹂躏的城市使人想起被占领和战争折

---

① 毛信德,李孝华. 诺贝尔文学奖获奖作家散文精品[M]. 2 版. 南昌:百花洲文艺出版社,2011:106.

磨的法兰西，它也可以是任何受命运中常有的千百种祸患所袭击的任何人类城市：它是人类状况的写照。"①在《鼠疫》中，里厄医生常去看望的那个患气喘病的老头是位世界真相的洞察者，他对鼠疫进行了总结性评判，表示："别人说：'这是鼠疫啊！我们是经历了鼠疫的人哪！'他们差点儿就会要求授予勋章了。可是鼠疫是怎么一回事呢？也不过就是生活罢了。"②的确，鼠疫便是荒诞生活的某种具体表现，它潜藏在某个阴暗的角落，威胁着人间欢乐，随时可能让一座幸福的城市成为它们的葬身之地。

《鼠疫》的故事发生在一个平静的海边城市，这是"一座十足的现代城市"，人们热衷于做生意，也进行恰当的娱乐，"人们从早到晚地工作，而后却把业余生活浪费在赌牌、上咖啡馆和闲聊上"，因为步履匆忙，多数人缺少时间思考，处于"相爱而又不自觉状态"，直至鼠疫的发生。鼠疫打破了这座城市的忙碌与平庸，开始逼迫人们直面荒诞。加缪如实地记录了这一过程。不得不承认，《鼠疫》无论对于灾难的进展，还是人们心态变化的描写，在每一个阶段都展示得恰到好处且淋漓尽致。在疫情发展的初期，政府官员表达观望态度，市民还没有对疫情产生恐慌，只是隐约因为某种危险的临近而感觉不安。而随着疫情的加重，执政者不得不下达封城的命令。市民被迫待在城内，无法与亲人团聚，也不能尽快得到外面的消息，这才真正有了"流放之感"。在绝境之下，有人紧张避难，有人沉迷在酒吧和餐馆中尽情消费，有人希望逃出城外，医护人员开始与疫情进行艰苦的斗争。城市的状况越来越差，疫情越来越重。加缪以异常冷静的笔触，描写鼠疫下的种种黑暗：死亡数字不断攀升，支援迟缓，物资匮乏，人心慌乱，疫苗无济于事。然而，就是在这样极端的情况下，不同个体开始团结一致，他们组织成医疗队，共同对抗鼠疫，持续付出着"没有价值"的努力。

萨特、加缪等存在主义者是亲历"二战"的一代，战争爆发使人类直接面对死亡的威胁，他们均积极参加反战运动，为世界的和平、正义、自由而呐喊。同样，在这场对抗鼠疫的战争中，在灾难面前，里厄以及他的朋友们空前一致地团结起来，心甘情愿做出共同对抗疫情的努力。这无异于是加缪对荒诞态度的最

---

① 皮孔.《鼠疫》评注[J].罗磊，译.法国研究，1987(3)：14-17.
② 加缪.鼠疫[M].顾方济，徐志仁，译.南京：译林出版社，1997.以下引文均出于此。

佳佐证:在不可逆转的荒诞命运面前,人不应该被打倒,也不应该屈服。正如小说所描述的那样,这场鼠疫既无法预防也不可战胜,它自我运行,潜伏,发作,停止,吞噬着大批生命,使任何力量在它面前都无能为力。里厄医生深深感受到自己既没有武器也没有办法对付这种灾难,因此面对的只能是"A"。这就是人类必须直面的荒诞现实。然而,"鼠疫既已发生,那就应该进行必要的斗争"。"必须做这样或那样的斗争而不应该屈膝投降。整个问题是设法使尽可能多的人不死,尽可能多的人不致永远诀别。对此只有一个办法:与鼠疫作战。这个真理并不值得大书特书,它只不过是理所当然而已。"这便是里厄医生秉持的与客观事物做斗争的信念,也是小职员格朗的人生态度:有鼠疫就该自卫,这是简单而自然的事情。面对世间的一切荒诞,人类都应该自卫与反击。唯有如此,才能避免更多的死亡与牺牲。

在小说中,面对鼠疫这一极限荒诞境遇,人人都做出了自己的选择。

首先是里厄医生,他自始至终都参与了这场对抗鼠疫的战斗。他是超越害人者与被害者之上的第三种人——真正的医生,坚持生命、爱与和平的方向,是鼠疫世界中那只救助的手。他在疫情面前竭尽全力,忍受着与患重病的妻子分离两地的痛苦,做好本职工作,尽最大力量抢救生命。作为医生,他深深懂得人力在疫情面前的局限——既无力治疗也不能根绝疾病。但是为了设法让尽可能多的人不致永远诀别,他只能努力克制同情心,麻木地面对病人与死者,但实则对生命怀有更深沉、更丰厚的爱。他曾对记者朗贝尔说过,他虽然对世界感到厌倦,但他喜爱自己的同类,绝不接受不公正的事物,也绝不迁就。他反对妥协认命与宗教麻醉,对待世界采取客观的现实态度,是荒诞世界里清醒的反抗者。他表示:"我对英雄主义和圣人之道都不感兴趣,我所感兴趣的是做一个真正的人。"在庆贺胜利时,他没有如释重负,而是深深地思考着人生、死亡以及将来还可能发生的"鼠疫之灾"。

其次是格朗,这是每一个普通而善良的人的化身,"此人有的只是一点好心和一个看来有点可笑的理想"。加缪认为,如果一定要在这篇故事中树立一个所谓的英雄形象的话,那么便是这位无足轻重且甘居人后的普通小职员。一切于他都是正常的,思念爱情、完成公务、做力所能及的事,纯粹得像大自然一样毫无修饰。于己,饱含情感与生气;于人于公,善良尽责,富于同情心。鼠疫发生后，他认真统计感染与死亡人数，担当卫生防疫组织的秘书工作。格朗身上凝聚着无数真正的普通人对于荒诞的态度，这种态度既不是某种英雄主义，也不是圣人作为，而源自个体对于幸福的自然欲求，其中也暗含着存在主义者对待真理与"英雄主义"的态度，即实事求是而非仰视夸饰。正是这些善良的普通人的存在，才使真理恢复其本来面目，从而使英雄主义为之让步。小说最后，格朗虽然感染鼠疫但被治愈，这喻示自然的美好对于鼠疫的抗拒力量。

再次是朗贝尔，他最初是一位个人主义者，但最终认识到仅仅依靠个人是得不到幸福的。鼠疫开始时，他囿于爱情至上的观念，为逃出城和情人相会而绞尽脑汁，虽四处碰壁，仍不放弃。偶然得知里厄医生也忍受着夫妻分离之苦却不辞劳苦忙于防疫治病时，他的思想受到冲击，从原来的拒不工作，决心出逃，变为边服务边为出逃努力。直到最后，他放弃逃出城的机会，决定留下和里厄等人一起抗疫。当然，朗贝尔并没有放弃他的个人主义立场，但是良心让他觉得"要是只顾一个人自己的幸福，那就会感到羞耻"，"也影响他对留在外面的那个人儿的爱情"。实际上，鼠疫已经席卷了一切。因此，个人命运已不复存在，唯有一段集体的历史，即鼠疫和所有人的共同感受。朗贝尔一直觉得自己是外地人，所以想方设法要离开这座城市，却最终认识到鼠疫与每个人都有关系。在同样的灾难面前，个体与个体之间的境遇一致、感受一致。群体灾难无法单靠一人之力拯救，每个平凡的反抗者都在拯救他人，也在被他人拯救，在相互拯救的过程中，集体从而获救。

以上三个人，尽管分属三种人格，但其本质是对共同生命价值和人类幸福价值的认同。与他们不同，科塔尔完全是个另类，他一直与荒诞同行。在疫情前，他蛰伏在阴影里，因为做了违法之事有了案底，担心警察上门，惶惶不可终日。然而鼠疫的肆虐，让人们无暇顾及甚至忽略了他的威胁，他之前的惶恐、忧虑因为鼠疫的到来通通消失，他变得怡然自得，甚至大喜过望。尽管他也害怕孤单，渴望融入集体，害怕被流放，但是采用的方式威胁着他人的利益与安全。在鼠疫的掩护下，他继续和黑暗势力交往，进行些地下走私交易等活动。在某种程度上，他便是鼠疫的一部分，因其存在威胁着别人的生命与幸福。科塔尔显然放任了内心深处的"鼠疫"，甘心与恶为伍。这样的现象并不少见，比如惨绝人寰的"二战"，并非希特勒一人制造，而是由无数平凡的个体参与。现实生活中的种种荒诞，均有无数的参与者，他们成为吞噬生命的害人者。他们恐惧人类的宁静与幸福，想要借着荒诞摧毁一切。科塔尔在鼠疫结束后开枪扫射人群，正是这样一种疯狂的极端体现。借助这个另类人物，加缪再次警醒个体洞察荒诞，不要沦为荒诞的共谋者。

在《鼠疫》中，帕纳卢神父也是一种独特的存在。作为神父，他显然将自己看作了上帝的代言人，他关注的是人类灵魂的得救而非肉体的健康。在第一次布道时，他告诉奥兰城的人们："我的弟兄们，你们在受苦。我的弟兄们，你们是罪有应得。……如果说今天鼠疫降到了你们头上，那是因为你们考虑问题的时间到了。好人不用怕它，坏人则应该发抖。"帕纳卢相信上帝，相信因果，相信善有善报、恶有恶报，把鼠疫看作是上帝对于恶人的惩罚。后来，塔鲁邀请他参加卫生防疫队，他答应了，但最初不是为了反抗瘟疫，而是秉承仁爱思想，照顾受难者。然而，正是在抗疫过程中，他与大家一起目睹了大量无辜受难者的死亡，特别是一个小男孩在鼠疫的折磨下死亡，让他的信仰处于崩溃的边缘。他每分钟都在观察孩子经受的病痛，看着这个无辜的孩子饱受鼠疫一次又一次无情的折磨。在此过程中，帕纳卢神父忍不住跪在地上祈祷：上帝啊，救救这孩子吧。然而，奇迹并没有出现，孩子依旧痛苦地死去了。孩子死后，神父的信仰发生了动摇。正如里厄针锋相对所表达的："我至死也不会去爱这个使孩子惨受折磨的上帝的创造物。"帕纳卢在一个无辜孩子的死亡面前对宗教产生了怀疑，然而他无法彻底抛弃自己的信仰。所以在患病初期，他拒绝去看医生，想要坚守自己的信念。的确，要么全信要么不信。帕纳卢最终死状可疑，并非死于鼠疫，而是死于对于宗教的怀疑。

我大学时代阅读《鼠疫》，曾完全忽略了塔鲁的存在，觉得他只是这场事件的叙述者之一，或者说是里厄医生的助手或陪衬。但是，现在看来，小说如果缺少了塔鲁，那么鼠疫就仅仅是鼠疫而已，未能上升至人类整体的荒诞境遇。在塔鲁的背后，有着大鼠疫的阴影。这位年轻人，曾经生活在一个富裕温暖的家庭。父亲是一个小有成就的法官，母亲是个沉默寡言的慈母。但是，在少年时代目睹父亲指控的死刑审判现场之后，他对世界有了荒诞的认识。死刑犯的惊慌失措让其深感同情，父亲履行职责时的严厉坚定与平时的温厚仁慈形成了强烈反差，他开始对"判别人死罪"产生厌恶。后来，他目睹了枪决现场，残忍的杀戮在其心中留下了可怕的阴影。在一个社会，死刑的法律意味着安全秩序"是建筑在死刑基础上"，即用杀人来维护不杀人——这种荒诞的逻辑使他痛苦，甚至他感觉自己也参与了人类的杀戮，无法获得内心的安宁。然而，他并不能找出诊治弊病的良方，最终"决定在任何情况下都站在受害者一边，以便对损害加以限制"。在鼠疫横行期间，他默默地为医生开车，提议并组织起第一支志愿防疫队，协助医生开展救护工作，尽一分力量。他最终死于鼠疫，暗示了荒诞力量的强大，它吞噬一切不合作者。但至死，塔鲁都没有向荒诞妥协，他以死亡捍卫了人的尊严，成为被鼠疫吞噬的最后一批受害者，获得了心灵的某种宁静。

鼠疫是不会长期把任何人遗忘的，一个人的一生便是与荒诞搏斗的一生。然而，正如加缪借塔鲁之口所表示的那样："要是只生活在鼠疫的环境中，那就太愚蠢了。""一个真正的人应该为受害者而斗争，不过，要是他因此就不再爱任何别的东西了，那么他进行斗争又是为了什么？"小说虽然自始至终贯穿着纪实般冷静写实的风格，但字里行间饱含深情。在这个没有女性出现的灰色世界中，却隐藏着亲情、友情、爱情的动人篇章，对人世间的生离死别的哀歌饱含同情，唱出了人类生命的美丽赞歌。母亲，永远是加缪小说中最温暖的底色，她一生与沉默和阴影为伴，却始终能停留在光明的高度。里厄医生的母亲在其妻子外出治疗期间默默照顾他的生活起居，坦然面对生活中的苦难，沉静、谦卑，以同情与关爱之光笼罩着所有受苦的孩子。爱情，更是鼠疫的对立面。朗贝尔为了与爱人相聚，不断尝试着逃离。更为深沉动人的是里厄夫妇之间的感情，他们在月台上的生离死别几近无声却令人痛彻心扉。鼠疫的肆虐一度让爱情蒙尘，但爱情永远是人类心中的家园。友情也在小说中占有一部分动人的篇幅。里厄与塔鲁成了一对同心同德的好友，他们共同对抗鼠疫，谈论他们对于荒诞的深层认知，特别是两人在大海里并肩畅游的场景，与热带海滨奇幻的美景，勾勒出一幅人类幸福的画卷。小说最后，失去妻子与朋友的里厄医生走在欢庆鼠疫结束的喧闹人群中，回顾鼠疫过程中的恐怖与喧嚣，终于了解人类幸福的真谛。这种幸福不是对抗荒诞的胜利，而是人类对于故乡永不停息的渴望："在这堆积如山的尸体中间，在一阵阵救护车的铃声中，在这些所谓命运发出的警告声中，在这种一潭死水似的恐怖氛围以及人们内心的强烈反抗中，有一阵巨大的呐喊声在空中回荡不息，在提醒这些丧魂落魄的人们，告诉他们应该去寻找他们真正的故乡。对他们所有的人来说,真正的故乡是在这座窒息的城市的墙外,在山岗上的这些散发着馥郁的香气的荆棘丛里,在大海里,在那些自由的地方,在爱情之中。他们想回到故乡的怀抱,恢复幸福的生活;对其余的一切,他们不屑一顾。"要是说在这世上有一样东西可以让人永远向往并且有时还可以让人们得到的话,那么这就是人间的柔情。的确,生活在这个世界上,谁也不可能逃脱荒诞。但是,对于爱与自由的向往,却让人类生生不息。

第八章　博尔赫斯：玄思的迷宫

博尔赫斯(Jorge Luis Borges,1899—1986)是一位具有思维挑战性的作家,也是20世纪文学中独特的存在。在他看来,阅读和思考本身是一件快乐的事情。博尔赫斯的小说世界究竟是什么样子呢?卡尔维诺在《为什么读经典》中有一篇文章是专门谈博尔赫斯小说的,他说:"博尔赫斯对我来说,就像看到一种潜能,这种潜能一直都在蠢蠢欲动,现在才得到实现:看到一个以智力空间的形象和形状构成的世界,它栖居在一个由各种星宿构成的星座,这星座遵循一个严格的图形。"①为此,我刻意找来了一些星宿图,看着那些布局精美、形态各异的美丽图案,再结合博尔赫斯的阅读体验,真正觉得博尔赫斯的小说就像星宿一样,每个星宿都形成了美丽且独立的王国,承载着他对于世界与生命的多彩玄思。博尔赫斯将世界看成了谜,而他的小说就是一个个独立王国,承载着他对谜底的推测和思考,阅读他的小说则是解谜的过程。我们怀着敬畏之心进入作家每一个看似短小却丰厚的文本,然后顺着他抛出的阿里阿德涅线团,走进他精心设计的文本迷宫之中,感受他的博大精深与现实关怀,学会思考生存世界的种种奥秘。

第一节　天堂应该是图书馆的模样

> "我心里一直都在暗暗设想,天堂应该是图书馆的模样。"
>
> ——博尔赫斯

博尔赫斯有句名言,他说:"我心里一直都在暗暗设想,天堂应该是图书馆

---

① 卡尔维诺. 为什么读经典[M]. 黄灿然,李桂蜜,译. 南京:译林出版社,2012:278.

的模样。"①在他看来,有幸能与书籍相伴一生,这才是真正的天堂。从读书走向写书,博尔赫斯被人称为"作家中的作家"。与其他作家非常不同,博尔赫斯这一生都徜徉在书的海洋中,是一个真正的读书人,他的出身、家庭环境、教育经历、爱好、职业也都是围绕着书籍展开的。

首先从他的家庭说起。博尔赫斯出生在阿根廷首都布宜诺斯艾利斯的一个中产阶级家庭,家境富裕,住所是一栋带花园的两层楼房,关键是父亲在家中专门开辟了一个图书室,博尔赫斯从小得以与书籍有最直接、最密切的接触。中国有个词叫"书香门第",很多古典文学修养特别好的人通常具有很好的家学渊源。受到耳濡目染的熏陶,博尔赫斯从小便在书香中成长起来,觉得读书是一件自然而然的事情。

博尔赫斯的家人无一例外都是名副其实的书痴。他的父亲是一名律师,精通英语,拥有大量藏书,并且与他来往的朋友基本上也是知识分子。博尔赫斯的母亲出身名门,嗜好读书,虽然没有从事社会性工作,但是就像《红楼梦》中那些有才华的女子一样,有很高的文学素养,是一位知识女性,八九十岁高龄时还陪伴失明的儿子进出图书馆。博尔赫斯父母之间用英语交流,并为小博尔赫斯请了一位英国的家庭教师,所以在没有学会母语西班牙语之前,博尔赫斯便学会了英语,能够阅读英文原版作品。因此在系统接受西班牙与阿根廷文学之前,博尔赫斯就已经对英国、美国的作家,诸如莎士比亚、拜伦、济慈、狄更斯、爱伦·坡、马克·吐温的作品烂熟于心。

博尔赫斯所受的教育也是精英教育。在第一次世界大战之后,他随家人移居瑞士,先后在英国的剑桥大学和瑞士的日内瓦大学求学。在瑞士读大学期间,他自学德语,开始深入研读德语作品,深受叔本华以及一些德国作家的影响。后来,他又游历欧洲各国,有着一些非常丰富且直接的和欧洲文学接触的经历,他还接触了欧洲的先锋派文学。"二战"期间,博尔赫斯因反对当时阿根廷的军事独裁统治而受到了迫害,这段时间他没有任何工作。等新政府成立之后,他被任命为阿根廷国立图书馆馆长,成为"坐拥80万图书"的"国王"。他的工作都是跟书有关系的,担任图书馆馆长,兼任布宜诺斯艾利斯大学的英美文学教授,最终当选为阿根廷文学院院士。

---

① 博尔赫斯.诗人[M].林之木,译.上海:上海译文出版社,2016:63-64.

　　博尔赫斯一生荣获过很多奖，包括阿根廷的国家文学奖、西班牙的塞万提斯文学奖，唯一的遗憾是他没有获得诺贝尔文学奖便过世了，但他在文学史上的重要地位是不可动摇的。博尔赫斯才华横溢、博闻强识，阅读了大量的欧美文学经典，不但能读而且会诵，像但丁、莎士比亚的作品，他完全可以背出来。博尔赫斯通晓多国语言，如西班牙语、英语、法语、德语，他还通晓阿拉伯文和拉丁文，具备历史、哲学等多学科的知识。

　　这些年，伴随着自身创造力的下降，我经常想到博尔赫斯说过的一句话。他曾经谦虚地表示："我首先把自己看作一个读者，其次是一个诗人，然后才是一个散文作家。"这么一位伟大的作家，他对自己的定位却是——首先要做好一个读者。在中文系当老师的过程中，我经常会遇到一些为自己没有"文学天赋"而感到焦虑的年轻人，觉得周围都是优秀的创作者，自己却缺少写作的天赋与创作的热情。其实，真正的天才毕竟凤毛麟角，如果没有写作能力，那么就虚心地当好一个读者，与人类文明史上留下来的珍宝相伴，让生命与心灵饱受滋润也未尝不是一件快乐的事情。所以，作为读书人，特别是中文系的大学生，不必强求自己成为一流的作家或一流的创作者，这真是一件可遇而不可求的事情。我们就谦虚地从做好一名阅读者开始吧。我在华东师范大学读博期间，同楼住着的理工科朋友很羡慕文科生，他们觉得中文系学生除了看小说就是看电影。当然学术研究之路并非表面看上去那么轻松，但随着年岁渐长，琐事增多，能够真正感受到年轻时代与书相伴是非常"奢侈"的幸福。

　　博尔赫斯这么伟大，那么他的一生是不是写了很多作品呢？上海译文出版社 2015 年出版的《博尔赫斯全集》，一共是 28 册，分为上、下两辑，看上去的确非常厚实。不过实际上博尔赫斯并没有长篇作品，他的小说和散文均短小精悍。之前，浙江文艺出版社 2000 年曾出版过一套《博尔赫斯全集》，囊括了博尔赫斯所有的作品，却一共只有 5 卷，包括小说卷 1 本、散文卷 2 本、诗歌卷 2 本。就一卷本小说集而言，仅有 504 页，博尔赫斯一生所写的小说差不多都在这 504 页中了，包括：1935 年出版的《恶棍列传》、1941 年出版的《小径分岔的花园》、1944 年出版的《杜撰集》、1949 年出版的《阿莱夫》、1970 年出版的《布罗迪报告》、1975 年出版的《沙之书》与 1983 年出版《莎士比亚的记忆》。不同于浙江文艺出版社，上海译文出版社的版本是按照博尔赫斯小说的出版"原生态"编辑的,每本都非常薄,集中体现了博尔赫斯小说创作短小精悍的特征。

博尔赫斯没有所谓的"大"文章,他专写"小"文章,小说也是如此。法国作家安德烈·莫洛亚对此曾有精辟的评价,他说:"博尔赫斯是一位只写小文章的大作家。小文章而成大气候,在于其智慧的光芒、设想的丰富和文笔的简洁——像数学一样简洁的文笔。"读者不要以为像他这样一位博学多识的作家,有着那么深厚的文化背景,写出的东西必定佶屈聱牙,其实在剥离开表层作者和读者开的知识性玩笑的外壳后,博尔赫斯的作品简单好读。有研究者曾认为,他其实就是一位"讲故事的人"。然而,如果仅仅因为这样就有所轻视的话,那么读者又肯定会受到博尔赫斯无言的嘲弄,因为他又是那么不动声色地将思索隐藏在那些不起眼的小故事背后,等待大家一层层如同剥洋葱一般剥开那些世界的秘密。这有点像海明威的冰山风格,所以阅读博尔赫斯的确需要小心翼翼一些。

博尔赫斯将世界看成谜,而他的小说是独立的王国,承载着他对谜底的推测和思考。所以他的小说一般被称为"玄思"小说。与传统小说家不一样,博尔赫斯小说中没有"典型环境中的典型人物",与具体的人世间的事务没有太直接的关系,他探索更多的似乎是形而上的问题,比如真实和虚构、时间和空间、有限和无限、偶然和永恒、生命和死亡,等等。当我们看到这些主题词语的时候,能够感受到这些都是宇宙和人类生命永恒的秘密。博尔赫斯的确是带有一定玄思色彩的作家。这也是人们通常对博尔赫斯小说的定位,他已经超越了人世间普通烦琐的生活,进入了形而上的对世界本质性的思考。不过,博尔赫斯又和真正意义上的哲学家不同。在他的文本世界,看不到纯然的思辨与深奥的理论。如何将小说与玄思完美结合在一起? 我们尝试通过一些文本来进入博尔赫斯的世界。

第二节　世界是一个个谜

> "看到一个由智力空间的形象和形状构成的世界，它栖居在一个由各种星宿构成的星座，这星座遵循一个严格的图形。"
>
> ——卡尔维诺《为什么读经典》

一、真实与虚构

什么是真实？什么是虚构？在博尔赫斯小说里是没有界限的，虚构的世界可能是真实的，甚至比人们普遍承认的现实世界还要真实。让我们首先来看一本非常奇特的小说——《特隆、乌克巴尔、奥比斯·特蒂乌斯》。这是一篇看到名字就让人望而却步的小说，也延续着博尔赫斯一贯的智慧与幽默。当你被名字吓到的时候，博尔赫斯也许正在暗处偷笑。

这三个看似玄妙的词语，在博尔赫斯小说里其实都有非常详尽的解释。其一，什么是特隆？特隆是一个陌生星球，一个虚构出来的世界。其二，关于乌克巴尔。这个"乌克巴尔"正是证明"特隆"可能存在的一本《英美百科全书》中的词条，正通过它，博尔赫斯才发现了"特隆"这个奇妙的世界。其三，奥比斯·特蒂乌斯。这只是偶然被发现的《特隆第一百科全书》第 11 卷首页与彩色插图页上所盖的椭圆形图章上的文字，类似我们今天"××图书馆"，所以应该是特隆星球上图书馆的名字。

博尔赫斯小说中的故事本身就虚虚实实，打破了真实与虚构的界限。这部小说便开始于一个非常真实的现实场景。某天，博尔赫斯与他的一个作家朋友在租住的别墅里聊天（请注意，这个作家朋友在日常生活中真的就是博尔赫斯的好朋友，也是一名阿根廷作家）。在这个位于布宜诺斯艾利斯的私家别墅走廊的尽头，挂着一面镜子，两人都注意到了这面镜子，他们开始谈论这面镜子。朋友说："乌克巴尔创始人之一说过镜子和男女交媾是可憎的，因为它们使人的数目倍增。"①这句话有什么意思呢？男女交媾，是指男女的性行为，会生出孩子，所以使让人口增长；同样，镜子是对现实的一种复制，一个人照镜子的时候，镜子里面又出现了另一个影像。所以说，镜子也可以使人的数目倍增，当然这种增长是一种虚构的增长。然而，不管是虚构还是真实，二者都使人的数目倍增。

当朋友说出这句话之后，博尔赫斯很感兴趣，便问这句话从何而来。朋友说《英美百科全书》上"乌克巴尔"条可以查到，乌克巴尔创始人之一说的这句话。于是，博尔赫斯翻遍了所有能找到的大百科全书，结果就是没有找到"乌克巴尔"这个词条。博尔赫斯确定这位好朋友为人谨慎，是不会说谎的。果然，朋友回去后便打来电话，他所购买的那套《英美百科全书》第26卷的确有这个词条，不久朋友还把书寄了过来。只不过朋友购买的这套书很可能是盗版的，因为它比其他百科全书多了四页，而"乌克巴尔"这一词条恰恰是在这多出的四页之中。不管怎么说，总算有这么一套百科全书有这么一个条目，证明了有那么一个叫作"特隆"的地方存在。然而，除此之外，关于"特隆"的线索几乎为零。直到两年后，博尔赫斯从父亲去世的一位好友那里发现了《特隆第一百科全书》第11卷，里面盖有"奥比斯·特蒂乌斯"的椭圆形图章。

这位名叫赫伯特·阿什的南方铁路工程师，沉迷于数学的王国之中，作者常见其手拿一本数学书陷入沉思，并筹划着"把十二进制的某种表格转换为六十进制"。博尔赫斯在小说中对他有精准的描述："阿什生前同大多数英国人一样，显得像是幽灵；死后则比幽灵更幽灵。"从事高级思维的人似乎都是这样，活着的时候就像死去一样，那是因为在日常现实生活中，似乎什么事情都不做；他死了之后呢，反而因其智性贡献对人类社会产生着潜移默化的绵延影响。可以说，这种人和日常生活是游离的，他活在思维的世界之中。科学家似乎都给人这种印象，比如莱布尼茨、牛顿、爱因斯坦等等，他们即便去世这么久对人类世界的影响还是巨大的，以至于他们活着时候的琐碎日常被消解了。阿什便是这些从事思维工作的智者中的一员，他死后将一本大8开的书籍留在了酒吧里，这是巴西寄来的一个挂号邮件。几个月后，这本书被博尔赫斯发现了，那个瞬

---

① 博尔赫斯. 博尔赫斯全集：小说卷 [M]. 王永年，陈泉，译. 杭州：浙江文艺出版社，2000：73-87. 相关引文均出于此。

间他感觉到"天堂的秘密的门洞开"，原来这本书就是《特隆第一百科全书》第11卷，这是"一个陌生星球整个历史的庞大而有条不紊的片段"。行文至此，作者其实就是为了证明这么一个星球的存在。博尔赫斯非常擅长构建文本迷宫，这部作品也是如此。通过这些真真假假、假假真真的铺设，他成功地将读者引领进了其所重点关注的"特隆"的世界——一个真实与虚幻结合的世界。

首先，来谈谈"特隆"世界的虚构特征。小说开头便写道："我靠一面镜子和一部百科全书的帮助发现了乌克巴尔。"特隆星球明显是一个虚构的世界，如前所述，它是镜中世界，靠不停地对现实世界进行映射来增殖。照镜子的时候，镜子里面也有一个世界，但是这个世界显然是某种幻影。至于百科全书，而且是一部盗版的百科全书，这个细节显示了博尔赫斯特有的幽默。百科全书是启蒙时代的伟大发明，人类的远大目标就是通过百科全书来掌握世界的全部知识，妄想在人间建立天国。但是，博尔赫斯在这里开了一个玩笑，他对人类知识的有限性进行了反讽，实则想告诉人们，所谓的大百科全书是无法完全揭示这个世界的秘密的。只能靠一部偶然间发现的盗版"百科全书"，才有这样一项可以证明特隆星球存在的词条。

既然"特隆"世界是虚构的，那么为什么博尔赫斯又要费尽心思来证明其存在呢？显然从某种视角来看，它又具有某种不为常人所接受的真实性，且这种不是常态的真实存在才是作者的兴致所在，也是这部小说想要讲述的核心主题，即博尔赫斯想要破解的某个宇宙秘密。博尔赫斯写道：

> 据猜测，这个勇敢的新世界应该是一个秘密社团的集体创作，由一个不可捉摸的天才人物领导的一批天文学家、生物学家、工程师、玄学家、诗人、化学家、代数学家、伦理学家、画家、几何学家等等。……如今知道它是一个宇宙，有一套隐秘的规律在支配它的运转，哪怕是暂时的。

至此，我们终于得以了解博尔赫斯的写作意图，他尝试向我们揭示一个真实存在却又远离俗常生活的独特世界，而这个世界由人类中最精英的人组成，他们的玄思与妙想建造出一个完整的宇宙。相比而言，我们的现实生活只不过是个幻影，它反而是最真实、最精密、最美好、最完整的世界。

我们每个人都觉得生活在现实之中，但是博尔赫斯让我们质疑这个俗世的现实,难道它是唯一的真实吗?可能恰恰相反,人类的精英勇敢地创造了一个新的世界,而且这个世界可能更有规则、更高级、更完满,是人类文明的最高级的呈现,集中了人类最宝贵的思想智慧,让我们得以反观现实世界,最终打破了真实与虚构的界限。大浪淘沙,人类无数的俗常已成尘土,而"特隆"的世界依旧金光闪耀。

在博尔赫斯费尽心思证明"特隆"世界存在之后,《特隆、乌克巴尔、奥比斯·特蒂乌斯》的故事其实才刚刚开始。接下来,博尔赫斯以最浓墨重彩的文字描述了这个星球的特征,这些由人类精英组成的秘密团体是如何思考的?他们运用什么语言?他们是怎样看待现实的逻辑?这是个语言、学科、逻辑、书籍等完全与现实生活不同的世界。关于语言:"那个星球上的民族是天生的理想主义者。他们的语言和语言的衍生物——宗教、文学、玄学——为理想主义创造了先决条件。"关于学科:"特隆的古典文化只包含一个学科:心理学。其余学科都退居其次。……那个星球上的人认为宇宙是一系列思维过程,不在空间展开,而在时间中延续。"关于逻辑:"特隆没有科学,甚至没有推理的结论。但自相矛盾的真相是在几乎不计其数的推理的存在。""一切哲学事先都是辩证的游戏,似是而非的哲学,这一点使得哲学的数量倍增。它的体系多得不胜枚举,结构令人愉快,类型使人震惊。特隆的玄学家追求的不是真实性,甚至不是逼真性;他们追求的是惊异。"如此种种。有的可以理解,有的完全被绕晕。其中,给人留下深刻印象的应该是博尔赫斯描述的文学世界:"北半球的文学有大量相像的事物,根据诗意的需要可以随时组合或者分解。"于是,我们得以洞见博尔赫斯对于美的精妙感受:"旭日的颜色和远处的鸟鸣""游泳者胸前的阳光和水""模糊颤动的粉红色""顺着河水漂流或者在梦中沉浮的感觉"。在审美性的作品之中,比如文学艺术中才会有这样的诗意语言,它也是"特隆"世界的一个组成部分,也和我们生活的世界血脉相连,却只存在于那些独具创造性的人类精英的思维世界之中。

博尔赫斯关于真实和虚构的作品还有很多,比如《圆形废墟》与《皇宫寓言》。《圆形废墟》写的是梦。小说的主人公是一名魔法师,而他来圆形废墟要做的工作就是做梦,或者说是造梦。如同女娲造人,魔法师在梦里梦到一个少年,这个少年是他的梦中人。在梦里,他将毕生所学全部传授给了少年。至于他为什么来圆形废墟?所传授的为何是一种带有原始色彩的取火本领?这当然和博尔赫斯的知识储备相关，所以读博尔赫斯是一件很艰难的工程，不深入探究便无法理解其深层内涵。然而，剥离这些深层的知识内蕴，我们也能读懂博尔赫斯的故事，因为故事本身脉络清晰。魔法师在梦中造出了少年，传授他所有的本领，包括怎么将火制造出来。这个少年终于学会了造火的本领。但这时候魔法师有些担心，他害怕这个少年知道自己只不过是一个梦中人，一个被虚构出来的人。正如其所担心的那样，圆形废墟在某天突然失火，废墟上燃起了熊熊大火。魔法师首先走进了火中，却发现自己没有被烧死，他最终发现"原来自己也是一个幻影，是另一个梦中人的幻影"。显然，这个故事不仅是个梦，且梦中套梦。剥离开作品中旁枝末节的知识性内容，《圆形废墟》的核心依旧是关于"真实与虚幻"的故事，即造梦的主题。造梦其实是人类喜欢干的一件事情，是人类想象的产物，中国作家残雪认为博尔赫斯笔下的"造梦"指的便是文艺创作。梦的世界其实和文艺世界有异曲同工之妙，那便是人类智慧与想象的结晶，最终构筑出与现实拉开距离的那样一个似虚却真的世界。

　　《皇宫的寓言》依旧是关于创造的故事。小说前半部分写了国王带领诗人游览了他的皇宫；后半部分写诗人因为作了一首关于皇宫的诗丢了性命。这篇"使他丧失了性命，也使他永垂不朽"的作品是一首诗："里面耸立着这座宏伟的皇宫，完完整整，巨细俱全，包括每一件著名的瓷器，以及每件瓷器上的每一幅画；还包含着暮色和晨曦，包含着从无穷无尽的过去直到今天在里面居住过的凡人、神祇、龙种的光辉朝代的每一个不幸的和快乐的时刻。"国王看了这首诗以后非常愤怒，愤怒地让刽子手砍下了诗人的头。他说："你抢走了我的皇宫！"这里涉及的诗歌是人类艺术家智慧与创造力的结晶。皇宫是现实的存在，也是权力与欲望交织的滚滚红尘，还是令人易于迷失的迷宫。那么诗歌所描述的皇宫呢？它肯定是虚构的，但这种虚构的美超越了现实世界中欲望与权力的藩篱，达到了某种永恒。"他们说，这位诗人只要吟诵一首诗就可以使皇宫消失不见，那座皇宫就像被诗的最后一个音节抹去了一般，或者被吹成了碎片一般。"这是想象世界对真实世界的一种超越——"屈平辞赋悬日月，楚王台榭空山丘"。在关于真实和虚构的玄思中，可以感受到博尔赫斯作为人类的精英，了解人类世界的真相与艺术的实质，重新反思现实的人类世界与智慧想象构筑的人类永恒世界之后，发现人类文明留存下来的那个世界——想象的世界、创作的世界、精神的世界、艺术的世界——可能更具有真实性和永恒性。

中国也有关于真实与虚幻的故事。《庄子·齐物论》载："昔者庄周梦为胡蝶，栩栩然胡蝶也，自喻适志与，不知周也。俄然觉，则蘧蘧然周也。不知周之梦为胡蝶与，胡蝶之梦为周与？周与胡蝶，则必有分矣。此之谓物化。"①庄子运用浪漫的想象力和美妙的文笔，通过对梦中变化为蝴蝶和梦醒后蝴蝶复化为己的事件进行描述与探讨，提出了人不可能确切地区分真实与虚幻和生死的物化观点。然而，与"庄周梦蝶"的梦幻场景截然相反，博尔赫斯的"特隆"世界、创造世界与诗歌世界虽然是思维与想象的产物，却是真实存在的，而且是更高级别的存在。

二、时间与空间

什么是时间？什么是空间？这也许是现代人最关心的问题了，而时间与空间也是博尔赫斯小说另两个重要主题。时间主题的代表作便是《小径分岔的花园》，而空间主题的代表作是《阿莱夫》。

《小径分岔的花园》是一部关于时间玄思的作品：时间在分岔，人生有无数种可能性。博尔赫斯将其关于时间的思考植入了小说的故事之中，形成了其小说关于时空探索的核心主题。我们知道，现代时间公认是线性的。时间的射线让生命具有了悲剧性，所以20世纪的思想家与文学家想方设法挽回时间，对时间进行扭曲变形，比如"追忆似水年华"（普鲁斯特）、"一日长于十年"（《尤利西斯》）、"永恒之光"（《到灯塔去》）、"时间在循环"（《百年孤独》）。在博尔赫斯的世界里，时间却是分岔的，他所做的工作就是将人生的无数可能性全部放在同一个平面上，形成了所谓"分岔时间"。在《小径分岔的花园》中，博尔赫斯写道："时间有无数系列，背离的、汇合的和平行的时间，组成一张不断增长、错综复杂的网，由互相靠拢、分支、交叉或者永远不干扰的时间组成的网络，包含了所有的可能性。"

究竟什么是分岔的时间呢？我用一些通俗的例子帮助大家理解。我们知道，人的一生会面临无数的选择，比如高考时选择专业，大学毕业时选择升学还是工作，成年后选择婚姻的对象。我高考填写志愿的时候如果选择了医学而非文学，那么现在我就会是一位"白衣天使"而不是"人类灵魂的工程师"了。人

---

① 庄周.庄子[M].孙通海,译注.北京:中华书局,2007:51.

生有无数种可能,博尔赫斯将这无数种可能全都放在了同一个平面上。比如在高考关键时刻,选择不同的专业会出现不同的境遇;在大学毕业阶段,继续升学或直接工作,生活会呈现不同的状态;在婚姻阶段,嫁给了张三与嫁给了李四会有完全不一样的婚姻生活。……博尔赫斯将人生这些无数的可能性并列放在同一个时空之中。当然在现实生活中这是不可能的,我们不可能既选择当医生又选择当老师,不可能选择考研同时又能就业,不可能选择张三同时又能嫁给李四。但是艺术是可以提供这样想象的空间的。作为一个玄思作家,博尔赫斯通过他的小说做到了。这是个"平行宇宙"的问题,作者通过时间分岔将人生的可能性聚合到同一个空间之中,让我们看到了自己人生的无限可能。

很多影视艺术都聚焦过平行宇宙,电影《大话西游》之中有个月光宝盒,可以借助月亮的光华穿越时空。电影中,周星驰饰演的至尊宝,在踏入盘丝洞口的那一瞬间,发现他最心爱的女孩子白晶晶自杀了。他很难理解,想知道女孩子自杀的原因并且要挽回这件事。我们知道现实人生的可能性只有一种,一个人一旦死了,便再也无法挽回了。但是在《大话西游》中,至尊宝却借助月光宝盒穿越了时空,回到了白晶晶自杀前的那一瞬间,并一脚将正准备抹脖子的女孩的剑踢飞了,从而改变了事件的结局。

还有部电影叫作《蝴蝶效应》——南非的蝴蝶振一振翅膀,其他地方就会发生一场风暴,说明一些细小的变化会引发巨大的连锁反应。在电影中,男主人公也多次站在人生的十字路口,他的选择决定了后来的人生命运。第一次选择是糟糕的,他没有追求到心爱的女孩,又在一场爆炸中失去了双腿。为了改变自己的命运,他也找到了自己的"月光宝盒",那是一本奇特的日记,阅读日记可以帮助他不停地回到过去,从而改变人生的结局。可惜结果一次比一次更糟糕。

在现实世界中,人生的分岔路口只有一种选择、一种可能。所谓"世间没有后悔药"说的就是这个意思。但是,艺术家们可以通过想象呈现人生的无限可能,将各种时间序列形成的镜像放置于同一个空间。这些想象均源自现代人对于扭转时间的一种渴望,希望能够将时间改变,回到过去。每一种时间在分岔的节点上,博尔赫斯都设置了多种可能,不同的方向代表着不同的人生之路,就像将时间分岔变成了网一样,所以"小径分岔的花园"形象地说明了时间的分岔,人生的可能性也在分岔。博尔赫斯将一个人人生的所有可能性放在了一个平面上加以呈现,向我们展示了人生的各种可能。

《阿莱夫》是一部关于空间玄思的作品,作品的核心词就是阿莱夫。小说前半部分依旧铺垫了很长的故事,写了作者发现阿莱夫的过程。如同下一节着重分析的《小径分岔的花园》,这些故事其实也有其深层的内涵,博尔赫斯不会无缘无故选用故事的外壳。这些秘密有待更多的人去发现。那么,阿莱夫究竟是什么呢?

> 阿莱夫的直径为两三厘米,但宇宙空间都包罗其中,体积没有按比例缩小。每一件事物(比如说镜子玻璃)都是无穷的事物,因为我从宇宙的任何角度都清楚地看到。……我亲眼看到了那个名字屡屡被人们盗用、但无人正视的秘密的、假设的东西:难以理解的宇宙。

阿莱夫的直径为两三厘米,但宇宙空间都包罗其中,体积没有按比例缩小,每一件事物都是无穷的,因为从宇宙的任何角度都清楚看到,这便是难以理解的宇宙的全部。可见,阿莱夫就是宇宙的代名词,博尔赫斯通过他的小说构建了一个宇宙,这个宇宙将世界的所有空间聚合在了一起,通过这个玻璃球我们可以看到世界的每一个侧面。其实,用玻璃球容纳宇宙万物的思想在20世纪很多作家那里都有尝试,比如纳博科夫用"玻璃彩球中的蝶线"囊括五彩斑斓的世界,黑塞的"玻璃球游戏"也是如此。

三、有限与无限

博尔赫斯有一部小说叫《沙之书》。之所以叫"沙之书",是因为"不论书还是沙子,都没有开始或结束"。这本"沙之书"就像沙子一样无穷无尽。书页的数目不多也不少,是无限的,"哪一页也不是第一页,哪一页也不是末一页"。这些话很有意思。显然,世界上不可能存在这本没有开始也没有结局、拥有无限页码的书。但是在博尔赫斯的玄思世界中,便描述了这样一本历经千辛万苦找到的书,他把它称为沙之书。沙子是无穷无尽的,人类的知识也是如此。我们都经历过高考前刷题冲刺的阶段,尽管做了无数道题却还是沮丧地发现还有很多新的题目没有刷到过,可见知识是无穷尽的,人类智慧是无穷尽的,人类的思考也是无穷尽的。

《通天图书馆》延续了无限的话题，塑造了一座通天图书馆，也有人将其翻译为《巴别塔图书馆》。巴别塔的故事来自《圣经》，人类联合起来兴建希望能通往天堂的高塔却未能完成。在《通天图书馆》中，巴别塔却是一个包罗万象的图书馆，世界上所有的字符都在此不停地进行排列组合。这句话是什么意思呢？图书馆，当然是容纳书籍的空间。书是人类思考与创造的结晶。不过，这些书籍说到底都是由 26 个字母组成的（在中国就是由 3000 多个汉字组成的），逃不过有限的范围。但是，通过智慧与智力的运作，它们会不停地组合，给人类带来无穷无尽的精神财富和智慧文明。"图书馆（宇宙）是无限的、周而复始的。假如一个永恒的旅人从任何方向穿过去，几世纪后他将发现同样的书籍会以同样的无序进行重复（重复后便成了有序：宇宙秩序）。"书是看不尽的。书是由字母或者字符通过排列组合完成的，不同的排列组合形成的书籍是无穷无尽的。其实这也象征着人类的创造思维，与博尔赫斯之前所说的"特隆"世界非常类似。所以，作者说图书馆其实就是宇宙的象征，无限且周而复始。假如一个永恒的旅人从任何方向穿过去，几世纪后，他发现同样的书籍会以同样的无序进行重复。比如我在阅读生涯中接触到曹雪芹、张爱玲、王小波、黑塞、博尔赫斯，每位作家作品的风格都不一样，都给我带来初次阅读时的震撼与冲击，它们带着偶然性一次次闯入我阅读的视野之中，显得毫无规律。"只有宇宙才能容纳下这种无限的排列组合下所产生的无序与混乱，而这种无序和混乱经过长时间的发展之后就成了宇宙的新秩序。"经过这些无穷无尽、看似周而复始无限无序地组合，人们会惊讶地发现在书的世界产生了一种新的宇宙秩序，因为所有的创作都是人类文明发展链条上重要的一环，围绕着精神、人性与世界的秘密，不断地进行思维探索，经过长时间的发展就成了宇宙的新秩序，如同图书馆中的书籍，看似浩如烟海，却井然有序。最后，博尔赫斯说："有了那个美妙的希望，我的孤寂得到了一些安慰。"看似混乱的人类创造活动，却超越了终成尘土的俗常人世，获得了某种永恒。

博尔赫斯推崇人类的思维、创造性与文明的结晶，认为这些由人类想象与创造力构造的世界看似是虚构与不真实的，然而它们更超于现实，这才是宇宙在若干年发展之后，真正能够留下的人类文明最宝贵的财富。这些财富如同黑塞提及的"金色大厅"，是不朽的。博尔赫斯的小说试图呈现这个真正的世界，跨越真实与虚构、时间与空间、有限与无限，展现生死善恶的哲思世界。

博尔赫斯的小说就像一个独立的万花筒,每个文本都是他对世界进行思考的载体之一,他的每一篇小说都是他对世界思考的结晶,一个"遵循着严格图形的星宿",或者说是精致的象牙迷宫,承载着关于时间、空间、无限、永恒等人类终极问题与宇宙秘密的探讨,以精神秩序战胜现实世界的混乱。他的小说随着探索主题的变化而变幻出各种各样的形式,形成花园、废墟、星球、图书馆、巴别塔等各种各样的形式,包容着阿莱夫、梦、镜子、迷宫、环形剧场一系列的具体形象。不过,是不是由此就可以认定博尔赫斯是一个纯然的玄思作家,思考着远离人世的玄学问题? 其实,只要进入他那篇代表作《小径分岔的花园》,我们便可以发现博尔赫斯还是一位有着深深现实关怀的作家,只不过他的现实关怀超越常人。

第三节　小径分岔的花园

"时间有无数系列,背离的、汇合的和平行的时间,织成一张不断增长、错综复杂的网,由互相靠拢、分歧、交错或者永远互不干扰的时间织成的网络包含了所有的可能性。"

——博尔赫斯《小径分岔的花园》

一、地理迷宫

故事的开始便虚虚实实,在虚构情节之中穿插有史可查的真实事件。博尔赫斯作为"作家中的作家",饱览群书,他从《欧洲战争史》上一段真实的记录展开文本想象——这是博尔赫斯开启故事的一贯方式:

利德尔·哈特写的《欧洲战争史》第二百四十二页有段记载,说是十三个英国师(有一千四百门大炮支援)对塞尔—蒙托邦防线的进攻原定于1916年7月24日发动,后来推迟到29日上午。利德尔·哈特上尉解释说延期的原因是滂沱大雨,当然并无出奇之处。青岛大学前英语教师余准博士的证言,经过记录、复述、由本人签名核实,却对这一事件提供了始料不及的说明。证言记录缺了前两页。

《欧洲战争史》第 242 页清楚地记载着一次规模较大的轰炸行动的延迟，推迟的原因据称是因为下大雨。但博尔赫斯话锋一转，将话题引向了文本虚构的事件——余准的情报工作，表明英军之所以推迟轰炸并不是因为下雨，而是因为德军破解了英军的这次轰炸计划。这个转折质疑了历史记录的真实性（也是后现代作家常干的事情，解构宏观历史记录），也引向了余准传递情报的故事。故事接下来从余准的证言开始，这是余准为德国提供情报被抓之后在法庭上的供述，在供述中他详细说明了自己怎么通过杀死艾伯特以传递情报的过程。真正的故事从余准的自述开启。

故事再次回到余准行踪被暴露之前想传递情报的那个时刻。当他打电话给同伴时，却惊讶地发现电话是在他同伴屋里的英国同行马登接的——显然他们的行踪暴露了，等待他的命运将是被打死或者被抓住。但是作为情报工作者，他最关心的不是自己的生死，而是在被抓捕之前，能否将一件重要的情报传递给他的德国上司，这个情报便是：英军即将要轰炸艾伯特这个地方。于是，在马登追踪过来之前，他提前几秒钟登上了去往艾伯特市的火车。在车门关上的那一瞬间，他看到了追踪而来的马登那张沮丧的脸。他比对手早了一步，他需要利用这宝贵的时差将情报传递出去，而传递的方式就是杀死那个也叫艾伯特的汉学家。总之，经过这么复杂的故事铺垫，我们才开始正式进入博尔赫斯的迷宫世界。

《小径分岔的花园》从余准踏上刺杀艾伯特的火车开始，引领读者进入了三重叙事的迷宫之中，从地理迷宫开始谈到文学迷宫，最后进入时间迷宫，并且这三重迷宫环环相扣，构思精妙，最终呈现出作者真实的写作意图。

余准在艾伯特所在城市的火车站下了车。在火车站的月台上，有一个小孩问他：你是不是要去艾伯特博士家？另一个小孩则表示：他家离这儿很远，每逢岔路口就往左拐，不会找不到的。从表面上看，这是关于问路的简单对话。从现实的视角理解，一个名叫余准的人想找到一个叫艾伯特的人，于是向月台上玩耍的孩子问了路，因为汉学家艾伯特很有名，小孩都知道他家在哪里，所以就告诉了余准。但是，奇特的是，孩子并没有明确指出艾伯特的住所（在哪条大街，门牌号是多少），而是让他每逢岔路口就往左拐。后面博尔赫斯借余准之口有一个很详细的说明,他说:"小孩叫我老是往左拐,使我想起那就是找到某些迷宫的中心院子的惯常做法。"由此,故事自然转向了迷宫世界。博尔赫斯首先向读者呈现了具象的地理迷宫,如同小时候经常玩的迷宫游戏,我们通常站在迷宫的入口处,而目的地便位于迷宫的中心。余准不断地在街道的岔路口往左拐,再向左拐,最终找到了刺杀对象艾伯特的宅邸,这个行走过程构成了一个外在的迷宫。其实还有一个地理迷宫,那便是汉学家艾伯特的宅邸——一个小径分岔的花园。总之,博尔赫斯首先呈现出迷宫的外在样貌,即我们对于迷宫的第一感知。迷宫究竟是什么样子呢?原来,迷宫是由无数个岔路口组成的,在每个岔路口,个体都面临着往左还是往右走的选择。所以,博尔赫斯首先给我们形象地描绘了迷宫通常的样子——人们脑海中出现的纵横交错的样态。在此基础上,博尔赫斯开始叙述第二个迷宫,即文学的迷宫。汉学家艾伯特的宅邸是一个带有中国特色的大花园,两个人见面之后相谈甚欢,当然一方面是因为余准的曾祖父彭㝡便是艾伯特非常崇敬的中国古典大师,但更为重要的是彭㝡用了毕生心血写了一本谁也看不懂的"天书",而这本书引发了两人交谈的兴致。

二、文学迷宫

《小径分岔的花园》的外壳虽然是个完整的情报故事,但设计惊心动魄的故事情节并非作者的写作意图。这种奇特的构思,既是博尔赫斯小说的特点,也是很多后现代小说的特色之一。后现代小说通常被认为是一种文本的游戏,通俗点说就是为了好玩而写作。作者创作某部作品就像自己在构筑一个迷宫,用通俗文学(侦探、科幻等文学样态)的外壳来吸引读者,读者读到最后却发现上了作者的当。后现代小说经常在紧张的"通俗故事"的情节中植入与故事无关的情节,但恰恰是这些看似无关的情节才是作者写作的意图所在。比如新小说派代表作家阿兰·罗布-格里耶的《橡皮》,作为一部侦探小说,其重点不是去写刺杀事件,而是反复写侦探如何去文具店买橡皮的事情,似乎离题万里,却恰巧是作者想要表达的核心主题——新小说对"物化"写作的强调。同样,《小径分岔的花园》采用的便是这样的方式。博尔赫斯的情报故事开头也很紧张,但写着写着似乎就变味了。

《小径分岔的花园》第二个叙述层次是文学的迷宫。书中交代,余准的曾祖彭㝡,曾经官至云南总督,但他辞去高官,一心想写一本重要的小说,建造一座庞大的迷宫。他在这项庞杂的工作上花了 13 年工夫,直到一个外来的人刺杀了他。"他抛弃了炙手可热的官爵地位、娇妻美妾、盛宴琼筵,甚至抛弃了治学,在明虚斋闭户不出十三年。"然而,他的小说写得像一部天书,他的迷宫也无人发现。这是对彭㝡及其毕生创作的总体介绍,他本来生活得相当舒适,却抛弃一切改行去写小说了。但他所写的小说也很奇怪,是一堆自相矛盾的草稿的汇编,最终有个外来的人刺杀了他,这显然又指向汉学家艾伯特将要被余准刺杀的结果,形成了前后的互文关系。所以,《小径分岔的花园》是被精心构造出来的一部故事套故事的文本,具有后现代文本别具匠心的游戏性,读者一定要跟上作者的思维与逻辑,最终才会知晓他到底想将我们引向何处。

从字数来看,《小径分岔的花园》只能称得上是一部短篇小说,两三下就能翻完。很多读者通过评论大体会知道博尔赫斯谈论的主要是时间问题,不过,千万不要小瞧了博尔赫斯的小说文本,我们可以一目十行地去看《战争与和平》或者《约翰·克利斯朵夫》,但是对待博尔赫斯的小说一定要逐字逐句地去揣摩。虽然它们从外表看来似乎是单薄的,但是往往故事中套着故事,如果缺少了思维的参与,便会深陷他的迷宫,不知所云。比如彭㝡所写的那本比《红楼梦》还要复杂的书,让他抛弃尘世一切倾心投入的结晶,究竟是什么样子呢?"那本书是一堆自相矛盾的草稿的汇编。我看过一次。"这是余准说的,作为彭㝡的嫡系曾孙,他也表示自己看不懂,认为其有悖常理,"主人公在第三回死了,第四回里又活了过来。"这太奇怪了,一个人怎么会在第三回死了,第四回又活过来? 按照正常的逻辑这样写故事显然是不可能的。然后,随着艾伯特的进一步解释,我们慢慢便会明白作者构建文学迷宫的真实意图,这其实也是后现代小说的惯常写法。

彭㝡的小说显然构造出了一种另类的文学迷宫。书中写道:

> 在所有的虚构小说中,每逢一个人面临几个不同选择时,总是选择一种可能,排除其他;在彭㝡的错综复杂的小说中,主人公却选择了所有的可能性。这一来,就产生了许多不同的后世,许多不同的时间,衍生不已,枝叶纷披。小说的矛盾就由此而起……在彭㝡的作品里,各种结局都有;每一种结局是另一些分叉的起点。

其实,只有后现代文本才具有这样"文学迷宫"的特质。

这里稍微说下后现代小说。后现代小说是一种文本的游戏,即关于小说的小说。早期较典型的后现代小说之一,便是福尔斯的《法国中尉的女人》。《法国中尉的女人》前半部分是大家熟悉的传统故事:一位名叫查尔斯的男子步入婚姻的前夕,在海边遇到了一位身着黑衣的女人,人们都说这个女人声名狼藉,因为她曾经和一个法国中尉短暂地交往过一段时间,后来法国中尉抛弃了她,她便一个人留在此地。在维多利亚时代,这个名叫莎拉的女人成了特立独行的人,人们都认为她这样大胆恋爱的行为放荡且道德败坏。但是,她的神秘吸引了查尔斯。在随后与其交往的过程中,查尔斯惊讶地发现,原来关于法国中尉的那个故事完全是虚构的,这个女孩子还是处女。最终,他决定和原先的未婚妻解除婚约,与莎拉生活在一起,但莎拉此时消失了。小说出现了三个结局:其一,查尔斯最终再次回到未婚妻身边;其二,莎拉是一个追求自由的女性,她不愿意结婚,所以逃跑了;其三,查尔斯最终找到了莎拉,此时莎拉已经生下了他们爱的结晶,三人过上了幸福的生活。究竟哪个才是小说的最终结尾,福尔斯没有给出确定答案,他认为三者皆有可能,也皆不重要。因为,他只是一个写小说的人。他虚构了一个关于莎拉的故事,却不是为了讲俗套的爱情,而是为了讲作家所理解的自由。

福尔斯表示:"我正在讲的这个故事完全是想象的。我所创造的这些人物在我脑子之外从未存在过。如果我到现在还装成了解我笔下人物的心思和最深处的思想,那是因为正在按照我的故事发生的时代人们普遍接受的传统手法(包括一些词汇和'语气')进行写作:小说家的地位仅次于上帝。他并非知道一切,但他试图装成无所不知。""我生活在罗布-格里耶和罗兰·巴尔特的时代;如果这是一部小说,它不可能是一部现代意义上的小说。因此,我正在写的也许是一部异位自传;也许我现在就住在我小说中所描绘的那些房子当中的一幢里面,也许查尔斯就是我本人的伪装。也许这只是一场游戏。"①后现代小说非常有意思的地方,就是作者将小说看成了独立体,不再强行让它承载所谓的社会责任,因为其价值就在小说自身。中国先锋作家也是如此,比如马原,读者

---

① 约翰·福尔斯.法国中尉的女人[M].陈安全,译.上海:上海译文出版社,2002:101.

经常看到他从小说中跳出来表明身份，表示这是我写的小说，然后说明观点。显然，这里存在着一种想要解构传统小说价值的意图，将读者从其沉浸的故事中拉出来去感知作家写作的真正目的。我们回过头来再看看彭最的这部小说，它本质上便是一部后现代小说，是彭最精心构造的文本迷宫，以至于洞察真相后艾伯特惊呼道："书和迷宫是一件东西。""彭最有一次说：我隐退后要写一部小说。另一次说：我隐退后要盖一座迷宫。人们都以为是两件事；谁都没有想到书和迷宫是一件东西。"

彭最写的书是迷宫，那么博尔赫斯写的小说又何尝不是一个迷宫？在外国文学史中，博尔赫斯的小说位于后现代小说之列，呈现出独立的文本游戏，每个作品就是一个个小王国，他通过写小说、讲故事，实际上是想洞悉宇宙的秘密。所以，无论他的小说中的故事开始得多么精彩，最终也只是一个壳。那么这个壳里边想装的是什么呢？那就是时间。在经历了地理迷宫的感知、文学迷宫的想象之后，他最终走到了小说的内核主题，那便是关于时间的探讨。

三、时间迷宫

小说《小径分岔的花园》的核心是"小径分岔的花园"。它从最外层看是一个地理的概念，引申到文本中，却最终指向时间的问题。博尔赫斯写这部小说的目的，不是写情报人员杀人的故事，而是构建了庞杂的迷宫，所以他从地理迷宫开始隐匿进入文学迷宫，最后想要告诉读者自己创作的真实意图：通过文学文本来探寻时间谜题。时间如同迷宫，就像余准走过的岔路口、艾伯特所在的小径分岔的花园。每个人都会在自己的生命中遇到无数的时间交叉点，在人生的这些交叉点上，究竟该往哪里走？例如，高考选择不同专业之后会有怎样不同的未来？大学毕业的那个时间岔路口到底去工作、考研还是出国？在婚姻中是选择张三还是李四？人生其实也是一棵分叉的大树，只不过造成分叉的是时间。时间就是这样通过个体的选择不断分叉，织成了互不干扰的网，但是它包含了人生各种各样的可能性。书中写道：

> 有些时间有你没我，有些时间有我没你，有些时间你我都存在。……方君有个秘密，一个陌生人找上门来，方君决心杀掉他。很自然，有几个可能的结局：方君可能杀死不速之客，可能被他杀死，两

者可能都安然无恙,也可能都死,等等。……比如说,您来到这里,但是某一个可能的过去,您是我的敌人,在另一个过去的时期,您又是我的朋友。

这些随着时间推衍产生的各种可能,是关于平行宇宙的设想,是宇宙的秘密,也是博尔赫斯想通过构建文本迷宫最终想要说明的问题——一个关于时间的深刻思考。

跟随着博尔赫斯的玄思(这样一个精心构造的文本游戏),我们终于走到了迷宫的核心,发现原来博尔赫斯想要告诉我们的是时间的秘密。很多人认为博尔赫斯是一位纯粹玄思的作家,远离现实的纷争,沉浸在关于宇宙秘密玄而又玄的思考中,他的文本仅仅是游戏而已。但是,如果我们真正深入了解他的小说,就可以感受到他对现实更深沉也更高远的关怀。阅读博尔赫斯就好像剥洋葱:第一层剥离掉他戏仿的故事外壳;第二层进入他玄思的世界;第三层还要深入体会他更深邃的思想。

博尔赫斯在探讨关于宇宙的秘密时,所选择的这个载体非常重要,因为不同的载体有着不同的内涵。在谈及迷宫这类话题时,博尔赫斯曾经明确表示:"我把它们看作是一些基本的符号、基本的象征。并不是我选择了它们,我只是接受了它们。我惯于使用它们是因为我发现,它们是我思想状态的正确象征。我总是感到迷惑,感到茫然,所以迷宫是正确的象征。……它们是我命运的一部分,是我感受和生活的方式。"①无可非议,迷宫在其文学谱系中占据着重要的位置,是其文学创作的核心主题和总体背景,也是其思想状态与世界观的真实呈现。花园作为迷宫的一种类型,镶嵌在博尔赫斯博大而幽玄的思想体系之中,被看作是对时间或世界本源性认知的揭示。不过,博尔赫斯并非纯然的玄学家,他对世界的思考是建立在具体而又细微的现实问题的感官认知基础上的。为了解决他对这些具体问题的深思,他的迷宫也呈现出相应的不同样貌,涉及城市、街道、镜子、图书馆、博物馆等多副面孔,包容了其对爱情、生命、政治、伦理、时间、宇宙等各层面的探索。

博尔赫斯笔下小径分岔的花园实体是迷宫的一个独特样貌,如同中国古典

---

① 博尔赫斯.博尔赫斯谈话录[M].西川,译.桂林:广西师范大学出版社,2014:92.

园林,漫步其中容易迷路。西方人进入中国的花园之后,经常感觉像走进了迷宫。1599 年,耶稣会传教士利玛窦在南京应邀参观了魏国公徐弘基的私家园林,园林的设计错综复杂,有"许多赏心悦目的事物",其中一座人造假山连接着厅堂、鱼池、院落、树木和"许多别的胜景",他描述道:"洞穴设计得像一座迷宫,更加增添了它的魅力;……全部参观一遍需要好几个小时,然后从一个隐蔽的出口走出。"①西方人在目睹中国花园的错综复杂之后,尝试在自己的文化语境中寻找替代物,"迷宫"(labyrinth)这一词汇由此出现,被用以表述其对中国园林的直接观感。可见,花园是迷宫的独特载体,也是迷宫的一种独特的形式。

"小径分岔的花园",实则是博尔赫斯精心构建的异托邦。"异托邦"这个词来自福柯,他认为它是真实存在的"另类空间",可以浓缩时空,比如博物馆、图书馆,还有花园。福柯表示:异托邦的主要功用是现实的"镜像":"正是从镜子开始,我发现自己并不在我所在的地方,因为我在那边看到了自己。从这个可以说由镜子另一端的虚拟的空间深处投向我的目光开始,我回到了自己这里,开始把目光投向我自己,并在我身处的地方重新构成自己;镜子像异托邦一样发挥作用,因为当我照镜子时,镜子使我占据的地方既绝对真实,同围绕该地方的整个空间接触,同时又绝对不真实,因为为了使自己被感觉到,它必须通过这个虚拟的、在那边的空间点。"②《小径分岔的花园》讲述的是时间的秘密以及人生有无数可能性,那么真实的人生是不是真的有无数可能性呢? 在博氏的宇宙谱系中,文本构筑的"异托邦"世界具有充分的本体论意味,而现实万物对他来说只在当其被指涉于书面事物时才合理存在,二者之间存在着某种镜像关系。然而,平行时空的假想虽是合理的,但生命体毕竟只可存在于确定而唯一的时间与空间内,人只能选择一种可能,这才是当下实存的"此在"。"在真实时间里,在历史里,每当一个人发现自己面对不同选择,他会选择一项,永远删除其他;在含糊的艺术时间里,情况并非如此,它类似希望和遗忘。"③可以说,博尔赫斯清醒地认识到了艺术和真实的差别,肯定个体现实选择的重要性。在"花园"所构筑的这座迷宫出口,我们可以清晰地看到余准的选择、艾伯特的选

---

① 利玛窦,金尼阁.利玛窦中国札记[M].何高济,等译.北京:商务印书馆,2017:42.

② 福柯.另类空间[J].王喆,译.世界哲学:2006(7).

③ 卡尔维诺.为什么读经典[M].黄灿然,李桂蜜,译.南京:译林出版社,2012:284.

择,甚至彭最的选择。其实人生没有那么多可能而只有一种可能,所以需要好好选择自己的人生道路。迷宫的出口只有一个,不可能既当了医生又当了老师,既考上研究生又去工作了,既选择了对象 A 又选择对象 B。所以在人生的关口,每个人必须慎重做出这唯——次的选择,因为一旦做了选择就会永远删除其他的可能性。从意识到行动,人一旦做出选择,诸般可能性都会退场。故事的结尾,当余准博士选择杀人之际,"将来已经是眼前的事实",花园中无数的艾伯特和他全部化作眼前的马登和死亡的结局。博尔赫斯虽然通过他的小说告诉我们时间的奥秘、人生的无限可能,但最终他还是回到了现实,强调那唯——次的重要选择。小说中的人物都给出了自己的选择,时间纵然分岔,展开种种可能——但自我的选择只有一个。余准直到生命最后才意识到这点,但为时已晚。

那么,个体在时间的长河中如何看待并进行这唯——次的选择呢?博尔赫斯表示:"时间这个问题太好了。看来这个主题对我们来说具有特殊意义。在我看来这是一个根本的谜语。如果我们知道了所谓时间——尽管我们当然永远也不必知道——我们也就知道了我们是谁,我们是什么。"①但如果个体对于流动的世界与宇宙的历史缺乏宏观的意识,便成了博尔赫斯口中的"唯我论者","如果我们是真正的唯我论者,我们就会视现在为存在,而不去想过去和未来"②,容易做出错误的选择。依照博尔赫斯的自白,我们终于得以窥见这一花园迷宫的出口和最终的答案。

无论历史风云如何变幻,人在选择中成就其自身,而只有穿越时间,才能超越现实的局限,做出正确的选择。真正的人生选择,就存在于这看似悖谬的互动关系中。当做出那一步重要选择的时候,人生之路已经真正开启,每个人都必须认真对待生命中每一次重要的选择。那么怎么样才能够做好选择?那就是穿越时空、拓宽视野才能超越现实的局限,做出正确的判断。

有人说,人生的不同境界或者说阶段不同的人生高度是由书籍累积而成的。在人生的某个阶段,我们可能看到的多是虚假的幻境,但当读的书多了之后,当境界高了一点以后,便会看到世界的苦难,变得非常悲伤;如果你坚持再

---

① 博尔赫斯.博尔赫斯谈话录[M].西川,译.桂林:广西师范大学出版社,2014:340.
② 博尔赫斯.博尔赫斯谈话录[M].西川,译.桂林:广西师范大学出版社,2014:341.

读一些书,再站得高一点,便可能看到的是更多的人世真相,也可能变得更豁达一些。博尔赫斯可以穿越时空、纵横宇宙,因为他是一个博学多才的人,他既喜欢西方的莎士比亚、但丁,也喜欢中国的《红楼梦》,喜欢阿拉伯的《一千零一夜》,也喜欢波斯的诗歌。只有站在这样高的视角,他才能对人类的发展文明史有透彻的认知,做出最真实的选择。所以,千万不要认为博尔赫斯只是一个玄学家,认真阅读博尔赫斯,就应该感受到他的现实关怀。他的每一部作品都是一个个秘密,都是相对独立的空间,都想解决一个个人生的问题。如果你能顺着他给你的"阿里阿德涅线团"步入迷宫,就能找到他真正想表达的东西。

第九章　贝娄:20世纪的浮士德[①]

　　索尔·贝娄(Saul Bellow,1915—2005),杰出的犹太裔美国作家,1976年诺贝尔文学奖获得者。他从20世纪40年代开始发表小说,到2000年出版最后一部长篇,写作时间跨越20世纪下半叶,留下了10部长篇、一批中短篇集子和随笔、散文、剧本,以及不计其数的书信、访谈录等,可谓成就斐然。学术界设有"索尔·贝娄学会"和《索尔·贝娄学刊》,美国笔会中心还创办了"索尔·贝娄奖",颁发给在小说创作上有杰出贡献的在世美国作家。在中国,2002年河北教育出版社出版了宋兆霖先生主编的《索尔·贝娄全集》共14卷,为中国读者走进贝娄的文学世界打开了便捷之门。21世纪,中国社会科学院外国文学所陈众议主编的《外国文学学术史研究》系列丛书,收录了从塞万提斯、歌德到普希金、海明威共16位经典作家,贝娄也名列其中,可见其在中国学术界和读书界的地位和影响。

　　享誉世界的贝娄是一位思想型作家,在其60余年的小说创作中,创造了一系列在外在世界和内在世界中不断沉浮的人物,他们在自我个性的历练中,在与现代、后现代社会的冲撞以及沦陷中,在物质与精神的喧哗迷惘中,在现实世界与价值世界的矛盾磕绊中,面对如何活着这件事展开重重思虑,面对活在这个世纪这件事进行着无休止的追问,面对人类本身和历史现实进行着深刻的审视,由此而展现了一个个现代人生过程和恍然又张狂的世纪面容。正是在此维度,可以说,索尔·贝娄延续了古典浮士德的内在精神,在一种象征意蕴上,可称之为"20世纪的浮士德",表征着一种路漫漫其修远兮,吾将上下而求索的人类精神。

---

　　① 武跃速.后现代语境中的思想者:索尔·贝娄研究[M].北京:中国社会科学出版社,2018.

第一节　忧生焦迷：什么是"值得过"的生活

"它是那些心不在焉地穿过城市，迷失在思绪和忧虑中的人们的作品。"

——本雅明《发达资本主义时代的抒情诗人》

索尔·贝娄在20世纪40年代开始写作和发表作品。作为一个即将成为小说界翘楚的年轻作家，其主要精力用在寻找和尝试自己的创作方向，并为人生在世如何安顿自己而忧思和焦虑。这一阶段的作品包括了《晃来晃去的人》（*Dangling Man*，1944）、《受害者》（*The Victim*，1947）、《奥吉·玛奇历险记》（*The Adventures of Augie March*，1953）、《只争朝夕》（*Seize Day*，1956）、《雨王汉德森》（*Henderson the Rain King*，1959）等。在这些作品中，主人公对个人身份、自己在世界中的位置以及人生意义有诸多思考，囊括了哲学上的存在意义问题和社会历史角度的生存问题，包括犹太移民的生存艰难问题等，可谓早期青年阶段的忧生情怀。用习惯性的说法就是"我是谁""我应该是谁""我的梦想和现实"等，在对诸如此类问题的探讨和体验中展开各种叙事。小说主人公对社会的观感是迷乱的，对自我也是不太确定的。我们看到，作家不能自己地在各个角度倾诉着种种生存意义上的艰辛和存在意义上的困惑，青年人约瑟夫、奥吉、马克斯等，中年人利文撒尔、威尔赫姆、汉德森等，他们总是惶惶不安，思虑多多，到处寻找，处处碰壁，在生存和存在的边缘地带演绎着自己迷惘的独角戏。世界很大，自己能够意识到和去认知的只是很小的那一圈，因此陷入迷惘。自我认识也如此，能够做的与意欲做的总达不到一致；尝试着各种能够尝试的，挫折与失败总是伴随着过程，对自己也缺少把握。于是，这里的自我不是这个世界的中心，只是无边无际的世界中的一个模糊的点。在其背后，隐隐有着一种巨大的不安，当然同时，也潜存着一种巨大的进取之欲求。

联系作家来看，贝娄写作伊始也大抵是格林尼治村的小角色，尚处于社会边缘。他刚刚开始努力，要在自我意识中寻找确切的东西，试图用创作来确定自己在现实世界的位置，并由此追溯终极意义。他接受来自四面八方的思想撞击，对自己所居住世界的认识是纷乱的、无序的、不确定的，有时感觉还是敌意的。对于他个人，尚未弄清自己的位置，生存中诸多艰难，对存在于斯之事有与生俱来的兴趣却又不甚了了，忍受着形而上的磨难，也忍受着形而下的困苦，无论在上还是在下都找不到自己的位置。于是晃来晃去，到处寻找，有时自信满满，有时惶惑不安，有时绝望透顶，有时在心里描绘前方的辉煌图景。因此，小说人物自然也是一直围绕着这样的问题思和行。徘徊中的"自我"约瑟夫，"向上"追索中的"自我"奥吉和汉德森，在生存艰难中挣扎的利文撒尔和威尔赫姆，他们既有欧洲哲学思想的影响，也有美国式个人主义的奠基，还有"受害"的犹太经验，有迷失和茫然，有执着和荒唐，有自尊自负，有羞愧反思，他们在各个角度诉说着年轻作家的躁动不安和青春希冀，大抵是一个容易被碰碎的苏格拉底，初步显现了作家作为思想者对世界与人生的感知经验。

当然，这种忧生式思虑的书写也贯穿到作家的中后期创作，对生死问题的沉思和玄想，对生存价值的明察和悲伤，对名利场上的成功进行的意义质询等，一直回旋在贝娄小说的主题旋律之间。所有这些都属于生命本身的存在问题，青春期也许更多的是生的迷惘和焦虑，中老年则对历史现实和生死有更多的理性审视和探问。尤其是生死之问，对于人类本身来说就是生命的一体两面，生死迷茫在思者那里一直是伴随一生的。近代以来的西方文学史，哈姆莱特的"to be or not to be"基本上是每个时代的无解"天问"，以各种方式和不同内容回荡在许多大师的经典之作中，同时自然也回应着人类生命旅程每个阶段时不时需要面对的生命大题。

无疑，贝娄早期创作中这类思考和20世纪的西方文化大背景有重要关系，即信仰缺席之后个人的无根之感，迷茫、迷失、不安的诸多感受，那种时而浑浑噩噩的嬉皮行为，都是典型的20世纪产物。贝娄虽然出身犹太家族，从小也接受了具有坚定价值理念的犹太教，而且这种理念还常常成为他后来审视历史社会的肯定性根基，但贝娄是没有宗教信仰的。这是烙刻在他身上的世纪之印和族裔之印，也是他早期小说中恍惚不安的重要因素。

在西方文学史上，与贝娄此类思虑有较多联系的是西方现代主义文学，像艾略特、里尔克、叶芝、伍尔夫以及超现实主义、表现主义作家的作品等等，在贝娄创作伊始已成经典，他们对信仰坍塌之后的苦恼、恍惚、忧虑聚焦了一个时代的创痛。那些响当当的名字是贝娄青少年时期广泛阅读的重点，而重要的是他在文化感受上和他们血脉相通。因此可以说贝娄初期创作延续了20世纪初现代主义文学的基本脉象，并以自己的方式探索着有关世纪人生的种种含义，以及作为个人在宏大时代之流中的焦灼不安。但不同的是，现代主义文学多有抽象和隐喻之义，而贝娄的小说虽然充满了思想流动和意识流动，但在主干上依然存有19世纪现实主义小说的因素，主要还是人物与故事撑起了小说的主干，因此其哲学思考也是在人物叙事中展开的。这自然和贝娄对19世纪小说经典的青睐有很大关系。和对现代主义经典作家一样，他也常常对狄更斯、福楼拜、巴尔扎克、陀思妥耶夫斯基、托尔斯泰等古典作家念兹在兹，在他们的文学滋润中自然也接受着那些创作方法的影响。同时也可以说，正是他小说中的这些人物和故事承载着作家绵延不尽的繁复思虑，他们既是时代的产儿，同时也是与时代对话的各种个性主体，而且在很多时候，他们还成为作家的代言人和批判性主体，承载了作家的价值理念和里里外外的内在希冀。而从思考人生意义、追寻人生真谛这一粗线条上来看，贝娄则是但丁、歌德等古典大师的直接延续者。

从美国现代文学支脉来看，贝娄小说中这些主人公和海明威、菲茨杰拉德等"迷惘的一代"也有相似之处。尽管贝娄在海明威的耀眼光辉中表现出不屑的姿态，还在其《晃来晃去的人》开端就提到海明威那些"硬汉们""不懂得反省"之类，但他和"迷惘的一代"对于历史社会的基本认知则是相通的，都表现了那种生活在不确定文化语境中的怀疑和不安，以及人物精神世界的惶惶然状态。当然，贝娄有自己的特点，和海明威那一代相比，他大抵忽略了人生失败或者胜利的二元模式，以及面对悲剧命运是否具有"优雅"姿态之类问题，因此也就不具备主体上的悲剧性元素，自然也没有去触及人类命运的限度问题。正如美国批评家斯蒂芬妮所言，贝娄否认非此即彼的二元叙述，他最好的发现是人性的挣扎①，因此其小说叙述语调有时是调侃和嘲讽的，有时又是悲伤的，不像海明威那般字里行间蕴含着悲剧性。

---

① HALLDORSON S S. The Hero in Contemporary American Fiction：The Works of Saul Bellow and Don Delillo[M]. New York：Palgrave Macmillan，2007：32 - 36.

第二节　忧世伤怀:现代性批判

> "穿过天空阴云的裂缝,一束阳光突然掠过草原的朦胧之上……我们从未走向思,思走向我们。"
>
> ——海德格尔《诗人哲学家》

从 20 世纪 60 年代开始,接下来的 20 多年,是贝娄创作高峰和鼎盛时期。这一时期,他写出了一生最为重要的作品,长篇小说有《赫索格》(*Herzog*,1965)、《赛姆勒先生的行星》(*Mr. Sammler's Planet*,1970)、《洪堡的礼物》(*Humbold's Gift*,1975)、《院长的十二月》(*The Dean's December*,1982)、《更多的人死于心碎》(*More Die of Heartbreak*,1987),还有许多著名的中短篇小说。这些作品所蕴含的思想阈限可谓广阔,但其中的主线基本上是对现代科技理性和后现代大众文化的批评之音,以及对 20 世纪 60 年代反文化潮流的社会乱象与人性的揭示。小说的主要人物大都是中年知识分子,他们或多或少地承载着传统道德理念和西方人文主义传统文化观念,在被裹挟于现代纷乱的物质生活之中时,有不同程度的价值坚守,伴随着堂吉诃德式的主动出击,也有各种主观和客观的沦陷,伴随着对自我与世界的拷问。所有这些描写,大抵体现了作家对个人内在精神的深切关注和对社会的深刻批判。

对自己所处时代进行几乎是全方位的关注并发出自己的声音,和贝娄的思想价值观念和作家的成功地位有直接关系。《赫索格》是贝娄创作生涯的里程碑,发表后十分轰动,严肃小说获得了通俗文学的流行性,同时获得美国国家图书奖,次年又获得国际文学奖,从此奠定了贝娄在美国 20 世纪下半叶重量级作家的显赫地位,成为美国社会名流。这部长篇小说也开始了贝娄以中年知识分子作为主人公的创作之路。由此开始,贝娄面对当时社会各种现象时便有了较为自觉的批判和担当意识。那些年也是美国社会文化发生巨大变革的年代,60 年的"反文化"潮流、丰裕社会中人性价值和消费主义的纠葛、现代科技发展和 18 世纪启蒙理想的错位、后现代大众文化的大肆张扬等,使得作家从较为抽象的意义追问转而面向社会现实,在政治与文化的洪流中主动承担起一个知识者的重任。在他那些沉甸甸的长篇小说中,那些中年知识分子主人公,有教授,有作家,有科学家,有欧洲大屠杀幸存者,他们穿越在人声鼎沸的现代世界,经历着现代性的两难:一方面给人带来物质丰裕和精神的解放,另一方面又形成了由物质符号、大众传媒形塑的话语力量,铺天盖地地遮蔽了个体生命的真实性面容,并由此诱发出了人性中潜藏的破坏性。这些赫索格们、赛姆勒们、洪堡们、西特林们、科尔德们、贝恩们,他们发现着,沦陷着,挣扎着,批判着,斗争着,幸存着,在自己的故事中演绎着现代人的生活,诉说着人应该是什么和难以成为什么,在现代文明的诸多漏洞和冲击中,展现了人性的累累伤痕。

确实,贝娄遭遇了后现代社会的挑战,这和他从小接受的犹太文化、人文主义都有着巨大的冲突,他用自己的创作展示了知识者、文化人与反文化秩序力量的遭遇战,倾听着在种种压力中呻吟的精神苦难,如美国本土评论中指出的,贝娄的小说表现了个人(或者说人的精神)存活于现代历史巨大压力中之不易。在作家写作的维度,贝娄描写了虚无主义、物质主义、科技体制、现代传媒的喧哗,他也尽心尽力地表达了作为一个现代知识分子和大学教授明确的思想价值倾向,对人的尊严、人性高贵的精神向度有着深情的呵护。小说中那些中年知识分子,大都承载着作家自己的理想倾向和现实困境,尽管他们都有自己的弱点或者缺陷,有这样那样的毛病,如赫索格的浪子性情,如西特林对美色的沉溺,如洪堡在物质中的陷落,如贝恩的幼稚,等等,但他们都对人性、尊严、精神生活有着很高的要求,这种底气是他们抵御时代风雨的心灵港湾,他们"立足荒原—试图否定他活力的制度—集中力量与自我和控制他的神秘力量斗争,终至存活"①。

是的,20世纪60年代之后的世界,对于贝娄来说,相比之前确实变得清晰了,也可以说作家在思想上成熟了。那就是:一个人性、诗性缺失的科技体制,物质主义嚣张,虚无主义盛行;而在这个清晰的世界中活动着的个人也是清晰的,他们极度不适应,或者沦陷,或者批判,或者出击,或者思考,或者逃逸。而

---

① OLDERMAN R M. Beyond the Waste Land:A Study of the American Novel in the Nineteen-Sixties[M]. New Haven:Yale University Press,1972:18

在作家叙事层面,价值理念也是清晰的,是与非,丑与美,无论是社会批判还是自我嘲弄,都显现出其明确的价值向度。因此可以概括地说,在贝娄创作中期这几部重量级作品中,涉及的思想性问题指向两端:一是社会批判,贝娄形象性地展现了现代科技体制、官僚主义、大众媒体在制度上的嵌接合谋,是如何形成了几乎是铁板一块的功利世界,在这里,人性空气稀薄,人类文明传统中的信仰、希望和爱无处安放,诗意、精神、灵魂遭遇放逐;二是个人审视,他在几百年的个性解放欢歌中挖掘出了其极端性维度,描绘了丰裕社会中被刺激起来的物性欲望和性混乱的无限膨胀,用喜剧和嘲弄的态度,描写了那些反文化、表演性、感官诉求等原始主义行为在各个角落的泛滥,它们如何不断地冲击着文明秩序,并且由此下滑到犯罪的黑暗流沙层,反过来又如何毒化了整个社会。

贝娄是20世纪60年代后从纽约回到芝加哥的,他自己说过似乎有一种使命促使他回到自己的成长之地,要完成一件大任务。他青年时代所吸收的美国式个人主义精神,本来是青年约瑟夫、奥吉们用以抗拒混浊物性世界的个性特征,但在其后来的小说中,这种精神逐渐走向极端,在各种嚣张的表现中成为破坏传统文明的虚无元素,张牙舞爪地吸附着现代社会的各种因子。这些东西纠葛在一起,起起落落,在过度和适度中不断地风卷云涌,铸造了其中后期创作中形形色色的主人公。这些承载着作家思想或者思想冲突的小说人物,都在诉说着20世纪的复杂、危机、灾难以及焦灼不安。

因此,贝娄这一阶段的创作无论从思想还是价值角度来看,是较为坚定的,有着明确的守护姿态。从时间维度来看,这种态度,在贝娄的小说世界也是一个逐渐清晰的过程:从20世纪60年代《赫索格》对现代化现象、现代科技体制的感性批评,到20世纪70年代《赛姆勒先生的行星》中对20世纪60年代"反文化"的道德批判,再到20世纪80年代《院长的十二月》对后现代话语的坚定出击,作家在其中完成了一个知识分子身份的明确转身,面对整个现代、后现代社会进行了几乎是全方位的理性审视和由此而铺展开的美学叙事,大抵可以界定为一个思想性作家人到中年后的忧世伤怀阶段。

这种"现代性批判"态度,除了其小说创作的故事性展现,在其散文随笔中表现得尤为直接。从20世纪60年代谈论经典名著被大众社会所忽视的《尘封的珍宝》、嘲讽政府重物质轻文化的《白宫与艺术家》,20世纪70年代批判人为物役的《心灵问题》、批评美国社会中缺乏文艺因素的《自我访谈录》，一直到20世纪八九十年代的《芝加哥城的今昔》《作家·文人·政治：回忆纪要》《精神涣散的公众》，包括他对文学界朋友的怀念之作如《艾伦·布鲁姆》《约翰·契弗》《约翰·贝里曼》等等，这些散文和随笔有的发表在某些报刊上，有的是在各种场合的演讲，都直抒胸臆地指出现代世界是如何在物质发展中伤害艺术与人性的，并对那些徜徉在诗性世界中的朋友给予极大的赞赏和深情怀恋。这份情怀与20世纪思想界诸多大师的现代性忧虑如出一辙，如早期的施本格勒对西方近代文明的扩张性品质的审视，本雅明对工业机械、城市文化的警惕之心，20世纪七八十年代的一些后现代理论等。贝娄以文学的方式，客观上加入了社会学家、哲学家等为自己所居住时代切脉的大合唱，是知识分子对历史现实的拳拳之心。

这里要指出的是，贝娄虽然对现代社会持批判态度，其小说人物多半陷落，但他并不是一个悲观主义者。他继承了传统人文主义对人本身的理性向往，认为人虽然有很多问题，人类社会出现很多弊病，但只要人还在不断地追求光明，不断改进，人类便还有纠错之希望。因此他一边批判现代性，一边对西方近代以来的启蒙信念和文明进展持肯定态度。这一点和18世纪的歌德倒也有相似之处，《浮士德》中也说过，人是会犯错的，但最终会回到正路上来。《赫索格》中同名主人公随口说出的那句话，"事实王国和价值标准王国不是永远隔绝的"，也可以看作贝娄的心声；诺贝尔授奖词中也专门提及这句话，并补充说："意识到价值标准的存在，人们就能获得自由，从而负起做人的责任，产生出行动的愿望，树立起对未来的信念。因此，一向不过分乐观地看待事物的贝娄，实际上是个乐观主义者。正是这句话里的信念之火，使他的作品闪闪发光。"①我大体上认同这样的说法，只是不大想用关于"悲观主义"和"乐观主义"这样的词语来界定贝娄。一旦"主义"，即显绝对和二元，贝娄是既不"绝对"也不"二元"的。从小说人物来看，无论是那些忧生的约瑟夫、奥吉、汉德森、伍迪们，还是忧世的赛姆勒、科尔德、拉维尔斯坦们，以及忧生忧世的赫索格、洪堡、西特林、贝恩们，他们在与世界的纠葛中都不是胜利者，并且他们大多也不是正义与

---

① 宋兆霖.索尔·贝娄全集：第十三卷[M].王誉公，张莹，译.石家庄：河北教育出版社，2002：255－256.

道德的个性载体(除了科尔德),他们只是20世纪的现代人,伴随着自己的伤痕不断地与现代世界相缠绕。因此在他们的相关叙事中,也是不能够将他们用"二元"方法来划分的。这里只是试图立足作家写作角度,描述他对传统人文信念那种持续的深情和一生的守持,正是这种根底里的守持使得其作品中总是存在着一个"价值标准王国",断断续续照耀着那些沉浮的人物,同时成为作家"现代性"批判的底气所在。

第三节 "艺术救助":执着的文学理念

"在艺术中,肯定文化展示出被忘却的真理,而这种真理在现实生活中却被'现实主义'所战胜。真理靠美的帮助,恢复了自身的光彩并摆脱了当下境况。……人借助美的相助,才使自己置身于幸福之中。"

——马尔库塞《审美之维》

艺术对人性、对世界具有其自得的救助性,这是贯穿贝娄一生的文学理念。这一理念和其"现代性"批判相连接,正如19世纪现实主义作家们为其批判的世界开出人道主义药方类似,贝娄为迷失在科技理性体制和大众文化中的人们开出了艺术这一"药方"。这里的"艺术"泛指文学艺术,是贝娄在写作中常用的概念。这种理念在其随笔散文中十分明确,很多时候甚至具有宣言的意味,而其一生的创作,也可以看作是其文学理念的自我践行。

我们可以从时间顺序上对其观点择要梳理一下,希望对我们的忙乱人生和繁杂社会有所启迪:

早在20世纪50年代,贝娄曾在伊利诺伊州有过一次旅行,后来留下了两篇文章,其中一篇以《尘封的珍宝》为名发表在1960年7月1日的《泰晤士报·文学副刊》上。作家在文章中形象地描述了经历现代机械化之后的乡镇生活,有日常生活的轻松,也有轻松中的娱乐粗鄙化,他忧心忡忡地想到人的精神与生机是否被现代方式"吸收净尽"了。后来,他在公共图书馆偶然发现了一个使他惊异并大为欣慰的奇迹:居然有些人在借阅柏拉图、托克维尔、普鲁斯特、弗罗斯特、托尔斯泰、莎士比亚等作家的古典作品。贝娄觉得自己发现了一个类似

"乌托邦"的精神之地，认为这是读者们（大多是女性读者）以私人形式"十倍封藏起来的珍宝，也是她力量的源泉"。他认为，"没有某种与生俱来的同情心，就读不了莎士比亚和塞万提斯的作品。在我们自己同时代的小说中，这种理解伟大人性的力量似乎消散了，变形了，或者说，给埋葬了"①。他还提到詹姆斯·斯蒂文斯在给俄罗斯哲学家罗扎诺夫《孤独》一书写的序言中说过："小说家在用人为的手段，试图让现代世界已经死去的情感和存在状况保持其生命力。"贝娄赞同这种说法，他说："翻开十九和二十世纪最优秀小说家的作品，很快就能发现，他们利用种种方法，是想替人性确立一种定义，替生活的继续和小说创作，来进行辩护。"②他还引用了陀思妥耶夫斯基、托尔斯泰谈论人性、真理在文艺创作中的渗透："看来，作家的艺术，是在为生活的无助和卑劣找到一种补偿""在这个世界上，我们能够成为的惟一东西，是人性的东西"③。

应该说，贝娄在 20 世纪 60 年代开端，即明确提出有关文学艺术中蕴含人性、阅读和写作是对人性的保存和呵护的看法，他认为这是工业化过程中人被机械化、丰裕社会中人走向肤浅娱乐化等现状的一种精神对抗。也可以说，他也是在为自己的阅读和写作做出高规格的注解。当然，他对自己提出的"人性"一词也没有太多的界定，大抵雷同于文艺复兴以来对人的情感、感性方面的肯定。

20 世纪 70 年代，他在《戏剧新闻》上发表《心灵问题》一文，继续批评美国现代化过程中粗鄙的一面，同时对美国的大学也表达了其失望之情。他认为大学的文学课堂大多时候在玩弄理论，灌注知识，唯独没有将人的情感注入对小说和诗歌的解析中，"它们没有义不容辞地培养出评论家、读者和观众"④。马克斯·韦伯在讨论现代社会时也讽刺过类似现象："专门家没有灵魂，纵欲者没

---

① 宋兆霖.索尔·贝娄全集：第十四卷[M].李自修，等译.石家庄：河北教育出版社，2002：74.

② 宋兆霖.索尔·贝娄全集：第十四卷[M].李自修，等译.石家庄：河北教育出版社，2002：75.

③ 宋兆霖.索尔·贝娄全集：第十四卷[M].李自修，等译.石家庄：河北教育出版社，2002：75，78.

④ 宋兆霖.索尔·贝娄全集：第十四卷[M].李自修，等译.石家庄：河北教育出版社，2002：94.

有肝肠,这种一切皆无情趣的现象,意味着文明已经达到了一种前所未有的水平。"①贝娄认为,"一个年轻工人从杂货铺的架子上取下福克纳、麦尔维尔或托尔斯泰的一部平装小说时,他所带来的希望,要比文学学士更大"②,因为他真正触及了文本中的人性。因此,美国大学文科教育失职、审美教育失职、社会中的低级趣味也就成为自然而然的现象。如司汤达所说,"低级趣味通向罪恶"③,贝娄则说,"一个没有艺术的世界……将是一个堕落的世界"④。

这一点,贝娄和古典美学家席勒的"审美教育"如出一辙,和与他同时代的马尔库塞用审美解放心灵之说也有一致处,也类似19世纪的马修·阿诺德用"文化"(艺术、诗歌、哲学等人文积累)来对付英国中产阶级的功利主义、物质崇拜,实现人的内在"完美",让心智和精神获得丰富和成长的说法,即用文艺对人的内在精神、人格的培养来克服现代文明的弊端。贝娄阅读广泛,有可能受这些理论学说的影响,但更可能是一种共识,面对相类似的情形给出类似的解决途径。那么,这里的"人性",则加进了审美因素。

有了这些零散的积累,到1976年获得诺贝尔文学奖时,贝娄已经有很坚定清晰的思想理念了。他在获奖演说中,首先谈到康拉德对他的影响,因为他是移民,康拉德则是一个背井离乡的波兰人,终年漂泊在远离国土的海洋上,说的是法语,写的是英语,一个属于斯拉夫人的英国船长,现实家园缺失;但他相信海上守则的力量,相信艺术的力量,在其著名小说《水仙号上的黑水手》序言中曾明确指出:艺术是给可视世界以最高公正的一种尝试,而艺术家的工作,正是深入自己生命深处,在这个孤寂的领域中寻找感人言辞,艺术家所感动的"是我们生命的天赋部分,而不是后天获得的部分,是我们的欢快和惊愕的本能……我们的怜悯心和痛苦感,是我们与万物的潜在情谊,还有那难以捉摸而又不可征服的与他人休戚与共的信念,正是这一信念使无数孤寂的心灵交织在一

---

① 韦伯.新教伦理与资本主义精神[M].彭强,黄晓京,译.西安:陕西师范大学出版社,2002:176-177.

② 宋兆霖.索尔·贝娄全集:第十四卷[M].李自修,等译.石家庄:河北教育出版社,2002:95.

③ 宋兆霖.索尔·贝娄全集:第十四卷[M].李自修,等译.石家庄:河北教育出版社,2002:94.

④ 宋兆霖.索尔·贝娄全集:第十四卷[M].李自修,等译.石家庄:河北教育出版社,2002:96.

起……使全人类结合在一起——死去的与活着的,活着的与将出世的"①。于此,艺术便成为康拉德的精神家园。

贝娄在演说中引用了康拉德这段细腻深情的话,对康拉德致以崇高的敬意,表达了自己深深的赞同。他在借用康拉德对文学艺术明确的价值肯定和赞美的同时,也表达了他对人之天性的某种情感性认可——类似浪漫主义诗人的人学观念。他回顾了美国文学曾经过海明威一代的怀疑,他自己也曾抵制过康拉德。"我们既为个人生活而不安,又被社会问题所折磨"②,但经过年岁积淀,当我们还能对一切进行鉴别并深切地感受着,是因为人们还在写书和读书,"我们正试着和这些把我们打翻在地的事实共处"③。因此,现在他则可以确定地认可康拉德的文学理念。"穿过喧嚣到达宁静的地带还是可能的。……探索本质问题的愿望随着精神混乱的加剧而增强"④,真实、自由、智慧,是人们所珍惜的美好,是文学艺术所承载的真理,使人们有力量穿过谋实利的行为到达存在的直觉。因此他认为在这个时代要放下教育和理论意识的陈词滥调,求助于我们的天赋部分。他要在自己的创作中阐明人类究竟是什么,我们是谁,活着为什么等。他称这种理念为作家的中心地带:"这或许可以说是一种现代的小木屋,是一间精神在里面能得到庇护的小茅舍……它使我们对于真谛、和谐以至正义,有了指望。还是康拉德说得对:艺术试图在这个世界里,在事物中以及在现实生活中,找出基本的、持久的、本质的东西。"⑤

在这篇演讲中,贝娄较为明晰地阐释了自己对现代世界的看法(危机、混乱)和态度(并不绝望,还需努力),以及对艺术富于感情的卫护(艺术具备救助人性的功能),坚定明确地提出了自己的文学价值理念。在诺贝尔领奖台上,面

---

① 宋兆霖.索尔·贝娄全集:第十四卷[M].李自修,等译.石家庄:河北教育出版社,2002:112.

② 宋兆霖.索尔·贝娄全集:第十四卷[M].李自修,等译.石家庄:河北教育出版社,2002:117.

③ 宋兆霖.索尔·贝娄全集:第十四卷[M].李自修,等译.石家庄:河北教育出版社,2002:116.

④ 宋兆霖.索尔·贝娄全集:第十四卷[M].李自修,等译.石家庄:河北教育出版社,2002:118.

⑤ 宋兆霖.索尔·贝娄全集:第十四卷[M].李自修,等译.石家庄:河北教育出版社,2002:123.

对世界听众,他倾诉了用艺术救助现代心灵和人性的深切愿望。这也可以看作他的一个文学宣言,蕴含着作家对真善美的执着追求。而从其不断谈到的"本质"一词,我们也可以看出贝娄继承了柏拉图以来的哲学思想,认为人、世界都是有其本质的,物质性、大众文化模糊了人的本质,因此人们感受着漂泊与孤独,迷失了本性,而正是文学艺术,提供和存有了这些现实中失去的东西,给每个人的孤苦心灵以救助,从而成为现代世界风雨飘摇中的"小木屋"。这一点,和丹尼尔·贝尔有关"文化"的说法也有一致之处:"真正富有意义的文化应当超越现实,因为只有在反复遭遇人生基本问题的过程中,文化才能针对这些问题,通过一个象征系统,来提供有关人生意义变化却又统一的解答。"①贝尔的"象征系统"中自然包含了文学艺术,当然他更倾向于提供人生意义那个方面。贝尔和贝娄,在激进的美国20世纪六七十年代,确实都属于保守和精英主义阵营一边,他们在不同的领域表达了相同的思考。

获奖之后,贝娄依然延续着这方面的思考。1982年12月,在美国文学艺术学会年会上宣读的对作家约翰·契弗的悼词(后以《约翰·契弗》为名刊于1983年2月的《纽约书评》)中,贝娄提到契弗在写作中投入热诚,为这个世界提供着诗意,曾说过"我所寻求的永恒的东西,是对光明的热爱和遵循某种人生道德体系的决心"②,这是值得活着的作家永远记住的箴言。1990年5月,在牛津大学的讲座上,以"精神涣散的公众"为题,在陈述了许多后现代信息社会的散乱状况后,贝娄再次郑重地提出了艺术的意义:艺术品是让人们摆脱普通的劳作世界之后,通过开放另一个世界,携带着幻想之国的消息,以自己的作品诱发读者的全神贯注,在一个审美极乐的领域凝聚着生命中的人性信息——"在这些现代世纪里,作家变成了与社会、与金钱势力、与暴力等等作战的,严阵以待的艺术家"③,那些伟大的经典作品对精神涣散做出了自己的贡献。1992年,贝娄在1991年意大利佛罗伦萨纪念莫扎特200周年忌辰大会上的演讲被发

---

① 贝尔.资本主义的文化矛盾[M].赵一凡,蒲隆,任晓晋,译.北京:生活·读书·新知三联书店,1989:24.

② 宋兆霖.索尔·贝娄全集:第十四卷[M].李自修,等译.石家庄:河北教育出版社,2002:338.

③ 宋兆霖.索尔·贝娄全集:第十四卷[M].李自修,等译.石家庄:河北教育出版社,2002:206.

表。一开始贝娄就说明，在自己的生涯中，"有些角落，从一开头就是由莫扎特布置起来的"[1]。他提到幼年时家人对音乐的看重，贝娄学过小提琴，当过大剧院的引座员，因此他的精神世界中一直保有音乐的重要位置。在现代人缺少睿智的理性秩序中，莫扎特让那种与生俱来的神秘感得到表达；在现代人被科学技术导致的傲慢中，莫扎特那种光明中携带黑暗的元素使"我们识别出了启蒙运动、理智和普遍性的踪迹——同时，也认出了启蒙运动的局限性"[2]，因为启蒙运动导致的解放带来纵欲狂欢，那种破坏性正是启蒙思想应该反思的大问题。20世纪诞生了最完善的厨房和洗澡间，但同时也出现了原子弹、大屠杀等，莫扎特正是在此意义上，他作为一个人，尝到了失望、背叛、苦难、无能、愚蠢和血肉之躯的虚荣，犬儒主义的空虚，在其音乐的神秘深处和人性相通，与爱和美相通，在科技文明和世纪苦难之海中捞起了沦陷的一颗颗心灵。

在这些文章和演讲中，贝娄不断强调着的，其实就是一个命题：文学艺术，近代以来一直是人性、灵魂的驻足地；而在人性遭遇肢解的后现代语境中，艺术更加体现了其精神救助作用。贝娄不是理论家，其表述有其散乱之处，他也说过自己的用词并不严谨，他只是想描述审美愉悦对人性本质的认知和重新发现。他认为，对于作家，关注人类本质是一个使命，作家单单表现一种现实状况是无意义的，生活的琐碎人们每天都在经历，不用再在文字中去体会，文学应给人类存在的正当性提供呼唤，或者在嘲讽中以示警醒；对于读者，阅读中会听到个体的语气，那是独一无二的鲜明人性，是灵魂特有的铭记。当作家和读者在艺术中相知相遇，本质则得以恢复，涣散和碎片化便得以凝聚，情绪会圆满，理解尽溢，人性便在碎片化的现实世界中被救助和复活。

这些表述，或曰文学理念，在其小说中也有生动的细节呈现：

在其开端作品《晃来晃去的人》中，那个弄不清自己到底是谁和世界到底是何种模样的青年约瑟夫，非常清楚的是自己对艺术的尊崇——为了给整天被淹没在物欲海洋中的亲侄女以精神养育，每年给她的生日礼物便是古典音乐唱片，用以滋养其精神上的贫乏。小说中详细描写的听海顿大提琴协奏曲那一

---

[1] 宋兆霖.索尔·贝娄全集：第十四卷[M].李自修，等译.石家庄：河北教育出版社，2002：5.

[2] 宋兆霖.索尔·贝娄全集：第十四卷[M].李自修，等译.石家庄：河北教育出版社，2002：16.

节,约瑟夫的沉醉之状也是贝娄对人的精神丰富性的一种呈现;正是这种音乐中呈现出来的丰富与广阔,这种约瑟夫深深为之陶醉的精神世界,在他自己膜拜的同时,也试图去感染那个由于富有而傲气十足、浑身是刺的亲侄女。当然,结果是失败的,但约瑟夫的"企图"则是真诚的,这段叙事在小说中也是熠熠生辉的。而在直接写了两代作家的《洪堡的礼物》中,则干脆由西特林费尽财力、精力去创办《方舟》一刊。在一个几乎是四面受敌的物质、肉欲世界中,西特林试图用这样的努力去救助人类精神。小说认真清楚地表达了它的办刊理念:"在《方舟》上,我们打算发表一些天才的杰作。我们到哪里去找这种东西呢?我们断定必然会有的。要说没有,那将是对一个文明的国度、对全人类的一种侮辱。得采取一切可能的办法去恢复艺术的信誉和权威,恢复思想的严肃、文化的诚实和风尚的尊严。"①一方面是对人类文明的基本信任,另一方面则是要身体力行地去照亮混浊的人世间,可谓可歌可泣。小说中,洪堡遗留下的信件中也有对艺术的终极礼赞,诸如"坚持艺术之路",唱出俄耳甫斯之歌超越人类之沉沦云云。

另外,这里依然要再次强调一下,贝娄在孜孜不倦地强调艺术救助和现代人沦陷的同时,也并不是一味否定近代以来尤其是20世纪的科技进步,他并不一概反对西方几百年来的启蒙理性和科技带来的物质丰盛,他忧虑的是其压抑和忘却人性的一面,因此希图用艺术来填补这个真空地带,唤醒逐渐麻木的精神之国。在这点上,贝娄依然不是简单的二元思维,不是要否定就全盘否定,他不过是目睹了林林总总的现实状况后尽力给出一个类似光明的补救方式,因此我们用"艺术救助",而不用"艺术救世"。这是贝娄的拳拳心事。贝娄指出的是艺术之路,他和许多现代主义作家诸如普鲁斯特、伍尔夫以及超现实主义作家相似,对艺术在显现人的生命构成、激活原有的生命元素、吸纳诗性力量这些功能上,有着甚为一致的地方,这也可看作其文学创作的自我阐释。

当然,贝娄关于艺术的见解和理念并不是他的独创,确切地说,是存在于20世纪审美文化中的一个音部,也是古典美学的一个延续。无论是理论家还是作家,相关的论述比比皆是。席勒的审美教育、康德的美学思想,都在论述着艺术对人、对个体身心的滋润作用。同样生活在美国消费社会的马尔库塞,在其《审

---

① 宋兆霖.索尔·贝娄全集:第六卷[M].蒲隆,译.石家庄:河北教育出版社,2002:319.

美之维》中也谈到艺术想象力对表达人性潜能、保存人之感性的功能，是抗拒现代科技理性的力量。"个体与个体在戏剧中是如此接近，以至于在他们之间，似乎没有什么东西在原则上是不可言喻、不能名状的。而诗歌又使得那种在散文世界中曾经不可能的东西成为可能。人在诗歌中，可超越所有社会的孤独和距离，谈及任何东西。这些文学作品用崇高而优美的语词，战胜了现实中的孤寂，它们甚至可以把孤寂表现为一种形而上的美。"[①]"在艺术中，肯定文化展示出被忘却的真理，而这种真理在现实生活中却被'现实主义'所战胜。真理靠美的帮助，恢复了自身的光彩并摆脱了当下境况。"[②]马尔库塞较为深刻地谈到了具备超越能量的艺术形式，即美的形式对现实的救赎意义，当然他的指向在于唤醒革命的力量，而贝娄则是指向对人性完满之救助，人性完满本身即是目的。米兰·昆德拉在谈到欧洲艺术时也说，"小说的艺术教读者对他人好奇，教他试图理解与他自己的真理不同的真理"[③]，他指的是人们通过阅读而扩展人类以及人性的经验，人性丰满也是目的。而早在19世纪狄更斯的《艰难时世》中，也描写过功利主义教育对感性生命的破坏性，最后正是靠了马戏团（艺术）富于人性的帮助，小说中的悲剧才得以化解。这都是作家、理论家们各自的表达和表述。贝娄无论在人性的概念上，还是在"救助"或"救世"的概念上，和上述作家理论家都有交集处。可以说，他也是古往今来圣贤中坚持艺术对人类文明和人性完满具有重大作用这一理念的同路人。

贝娄曾经说过，一个人不得不保护自己的梦想空间。他的梦想空间即是自己的小说世界，即其心心念念的"艺术"空间。他感慨说，现在的文学界，没有了斯泰恩的沙龙，没有了布鲁姆斯伯里的晚间聚会，也没有了叶芝创办剧院、发表演说、撰写评论的快事，没有了乔治·桑和福楼拜希望彼此互相批评的通信，这些消失了的古典高雅聚会，是他所向往的梦幻世界。那么，在九十高龄之际，贝娄身体力行地和老朋友一起创办文学刊物《文坛》，更是他"保护自己的梦想空间"的事实性行为，也是他为这个缺乏诗意的世界所做的最后努力。

---

① 马尔库塞. 审美之维[M]. 李小兵，译. 桂林：广西师范大学出版社，2001：13.
② 马尔库塞. 审美之维[M]. 李小兵，译. 桂林：广西师范大学出版社，2001：24.
③ 昆德拉. 被背叛的遗嘱[M]. 孟湄，译. 上海：上海人民出版社，1995：6.

胡塞尔认为,最伟大的历史现象是为自我理解而拼搏的人类①,而这种"拼搏",是不为书写大事件的历史学家所注意的,只有在文学艺术世界,这种现象才成为可歌可泣的人类精神交响乐,显现其"伟大"。20世纪,是人类历史中一个充满各种转折的时代,世界大战、金融危机、冷战、科技信息革命、大众文化、信仰危机……贝娄居住其中,在生活和思想上裹挟其中,以文学的方式四面出击,涉足其中,源源不断地在思的领域、情的领域、社会文化和体制领域,用文学的方式探索了人性挣扎的深渊,瞥见了光明与黑暗的纠结,在光明与黑暗交集的灰色地带希冀着,追问着,并且幽默、智慧,给予审美之光照和超越,由此铸造了一个思性四溢的小说王国,在为人性"自我理解而拼搏"的文学谱系中,写下了具有时代烟火气息的辉煌一页。

贝娄,这位后现代语境中的思想者,不愧为20世纪的浮士德。

---

① 布伯.人与人[M].张健,韦海英,译.北京:作家出版社,1992:221.布伯在解释胡塞尔的哲学时说:"人类精神遇到了巨大的困难,遭到了来自它所竭力理解的有问题之物——即来自它自己的存在——的强大抗拒。有史以来精神就一直与这些困难和抗拒拼搏,这种斗争史乃是所有历史现象中最伟大的历史。"

结　语

什么是经典？这是仁者见仁智者见智的问题。经典文学通常被认为是某一历史时期最具典范性与权威性的作品，是经过时间之海的大浪淘沙留下的经久不衰的传世之作，具有代表性。从这个视角看，本书9个章节涉及的代表作家作品当属20世纪的文学经典，它们的文学价值基本得到公认。当然，还有很多经典未能完成书写，比如马尔克斯的《百年孤独》、凯鲁亚克的《在路上》、海勒的《第二十二条军规》、贝克特的《等待戈多》、纳博科夫的《洛丽塔》、昆德拉《不能承受的生命之轻》等等。可以说没有它们，经典的世界是不完整的。此外，中国文学经典与亚非拉文学经典在20世纪也是百花齐放，但因为超出了自身研究的专业范畴，力有不逮，未能挑选一二进行阐说，这些未尝不是遗憾。受制于时间与精力的有限，许多工作只能日后去做了。因此，本书所指的20世纪文学经典只能算是一部分的经典，它们在20世纪经典的世界里也是沧海一粟，只不过在我个人的生命中留下了深刻的烙印，因而也想把阅读它们的感动分享给每一位热爱文学的人。

本书是笔者在江南大学十余年课堂教学的结晶，主要围绕多位20世纪经典作家的作品开展专题研究，将知识梳理与个案细读融于一体，各章节相互关联、互有补充，为呈现20世纪文学的精神样貌提供了源自个人的视角。20世纪文学的起点多是荒原，在劳伦斯笔下是文明的废墟，在卡夫卡笔下是城堡的阴影，在海明威笔下是繁华下的迷惘，在福克纳笔下是逝去的南方，在意识流小说家那里是无法挽回摧毁一切的时间，在萨特与加缪那里是世界的荒诞，而在博尔赫斯那里则是现实的混乱。的确，经历过战争的残酷、传统价值体系的崩塌，文艺作品再也无法描写风花雪月，带上了黑色的印记，这时再畅谈鲜花和掌声显得很可疑。然而，每位作家都在尝试寻求出路，努力在荒原之上建造小小的生息之地。他们每个人都打开了一扇窗，组成了我们走出荒原的精神路标：艾略特引领我们重新回归古典主义的金色大厅，将玫瑰与火焰合为一体；卡夫卡以弱者的力量对抗异化，寻找本真生命的存在真相，闪烁着精神生命执着的微光;劳伦斯的小说是生命的童话,他一生都在揭示文明危机,重建两性和谐的伊甸园;海明威穿越繁华的迷雾,他笔下失败的英雄承受着命运的重压,依然保有人的尊严、勇气和优雅风度;福克纳徘徊在传统与现代之间,呼唤富有同情、坚忍、牺牲的灵魂,用爱的信念抵抗着现代进程中的仇恨与困顿;意识流作家抵制摧毁一切的现代线性时间,力图恢复时间的生命维度,通过追忆与艺术让生命得以永存;存在主义者以客观的态度直面生存的荒诞,肯定人的自由与责任,以独特的方式热爱着自己的同类与人世;博尔赫斯作为作家中的作家,以智力建构和管辖的世界承载着世界之谜,以精神秩序战胜世界的混乱,表达对于现实生活超越时空的关怀。最后,索尔·贝娄是20世纪文学精神当之无愧的总结性大师,没有贝娄的20世纪文学是不完整的。这里要特别感谢武跃速教授为这本书贡献了独特的一篇"寄语",她是索尔·贝娄研究的专家,对于贝娄更有发言权。并且,她和她的研究对象一样笃信:现代性的启蒙还是一场未竟的事业。

想起一位无甚名气的作家笔下的大学老师斯通纳,他在硝烟弥漫的时代默默耕耘着一两本薄薄的小书,因为从第一次感受到莎士比亚十四行诗中闪光的句子那一刻起,他就觉得这是一件必须去做的事情了。早在18世纪,启蒙大师伏尔泰就曾让一位"老实人"饱尝人间灾祸,对世界的好坏与人性的善恶的认知有了天翻地覆的改变。他决定不再纠结于这些无解的难题,世界永远令人喜忧参半,而只能是"种自己的园地要紧"。我所阅读过的这些20世纪大师,他们一生踯躅于现代荒原之上,以其生命铺设人类未来的道路。想到了他们,我的孤寂得到了某种安慰。于是,我在冬天写下了这些文字,希望有人能在春暖花开的季节读到它们。

2022.12.31